周永康
重要黨羽揭秘
被調查官員超過十萬人

I0661465

新紀元周刊編輯部

目錄

周永康重要黨羽揭秘

第一章

四川幫

中共 18 大以來，四川政要和富商頻頻落馬，近萬官員被查，四川政商勾結建立貪腐勢力網案件不斷曝光，敲打在四川經營多年的前中共政治局常委周永康。（新紀元合成圖）

第一節

李春城是買官賣官的「典範」

李春城花巨額資金買官，必然要以高價賣官收回投資，特別是李2003年任成都市委書記以後瘋狂賣官颳起買官賣官之風。周永康家族賣官生意興隆，也與李春城直接相關。（新紀元資料室）

　　在成都市主城區西側，一環與二環路之間，毗鄰浣花溪公園與府南河，有一片錯落有致的別墅區。該別墅區沒有名字，僅以「浣錦濱河路186號」命名。該片別墅區共有22戶。通過門口保安檢查，北向朝內步入約30米，有一處警衛室，無論白天黑夜，均有一名武警在此站崗。從武警站崗處左轉，約30米，即是李春城的居所，也是別墅區中最大的住宅。李自搬進來後，深居簡出，很少在小區內拋頭露面，有的同僚在小區住了三、四年，從未在小區內碰到過李春城。

　　2012年12月2日晚，四川省委副書記李春城的車子從別墅大院出去後就再沒有回來。在大院保安的印象裡，李春城每天出門與回家的時間相當有規律，早上九點左右李的司機開車來接他，晚上八、九點回家，有時候晚了會到11點多。

　　那一晚，李春城被中共中紀委帶走。12月3日，四川省委召

開常委會通報此消息。當日，李春城被帶離成都。12 月 4 日，消息逐步向外圍擴散，四川方面將李被調查的消息向中共省級幹部傳達，包括一些離退休省級幹部。有消息稱，除了李春城，時任成都市紅十字會黨組書記、常務副會長的李的妻子曲松枝及四名工作人員一併被帶走。

2013 年 1 月 9 日上午，中共中紀委監察部召開新聞發布會，在通報 2012 年大案要案時稱，中紀委已對李春城案立案調查。

據「六四天網」報導，消息人士透露，在雙規地點李春城曾將眼鏡摔破，試圖割腕自殺。在李自殺被發現後，紀委相關工作人員進行阻止。周永康恐怕沒有想到，自殺未遂的李春城反倒成了供出周永康罪行的第一主角。

李春城在成都工作 12 年，擔任黨政主要領導幹部 11 年。李春城早在中共 16 大時就當選中央候補委員，在 17 大上落選，坊間有傳聞稱，是因其牽扯「韓桂芝案」行賄被調查，屬組織部棄用之列。但在 2012 年 11 月，中共 18 大上，李春城以四川省委副書記身分當選中央候補委員。外界普遍認為，此一翻轉與得到周永康力挺有關，預測其仕途還將上行。但 18 大剛過，形勢劇變，李春城成為中共 18 大後第一位出事的副省級高官。

從「知青」到「副省級」

1956 年出生在遼寧海城的李春城，17 歲到黑龍江省雙城縣農豐公社保勝大隊當了兩年「知青」。1975 年「文革」尚未結束，李便入讀哈爾濱工業大學，三年後留校任教，在哈爾濱工業大學一做就是九年。1987 年，31 歲的李春城離開高

校，擔任哈爾濱市團市委副書記，七個月後「轉正」。此後五年，李春城一路升遷至哈爾濱市副市長。1998 年 12 月，作為交流幹部，李春城從哈爾濱來到成都，擔任成都市副市長。自此以後，除了 2000 年下半年短暫外調到四川省瀘州市擔任市委書記幾個月外，李春城在成都前後工作了 13 年，其擔任成都市市長、市委書記兩職的時間近 11 年。2011 年 9 月擔任四川省委副書記兼成都市委書記，兩個月後擔任四川省委專職副書記。

　　從其履歷看，李春城的仕途「坦順」，「官運亨通」，一路升遷，幾無中斷。2002 年更是罕見地以成都市市長的身分擔任 16 屆中央候補委員。出乎意料的是，2007 年身兼四川省委常委、成都市委書記的李春城卻落選了 17 屆中央候補委員，這被外界解讀為因涉案及被人舉報受挫。2012 年 11 月，時任四川省委副書記的李春城再次成為 18 屆中央候補委員，在 171 名候補委員中排名倒數第 17，然而不足 20 天即落馬。

　　《明報》助理採訪主任李泉 2013 年 2 月曾採訪胡耀邦的兒子、習近平的密友胡德華。胡公開表示：中央正在調查誰把官位賣給了李春城。胡德華表示，「對於薄熙來、李春城這樣的貪官，中央長期知而不辦，因為背後有『位高權重』的人。要追究是誰提拔了靠『買官賣官』上來的李春城。」

　　此前有消息說，李春城起初拒絕中紀委的調查，但後來為了保命，檢舉很多人，包括當時周永康在四川的很多親信，最後的結果是周永康的四川幫全軍覆沒。

四川民眾進京遞交嚴懲呼籲信

2013年12月14日，在被民間舉報一周後，中共組織部證實四川省委副書記、周永康心腹李春城因嚴重違紀被免職。此前一周，大陸官媒12月6日報導中紀委證實李春城遭到調查後，12月9日，有成都市民上街舉牌高喊：「不殺李春城，不平民憤！」呼籲繼續找出他的同黨！

12月10日下午，成都各區縣維權代表胡金瓊、彭天惠、吳萍、向陽平、辛國惠、周文明、辛文蓉、蔣玉等23人集體進京遞交呼籲信，並揭露李春城團伙的腐敗，要求當局嚴懲李在執政時期所犯下的罪行。李春城因為大搞「建設工程」四處拆遷，被封外號「李拆城」。

呼籲信中披露：「李拆城從拆城拆村、到人南廣場設計、違建高爾夫球場、鳥巢政府窩、國際商城審批……從企事業改制嚴重貪腐侵害民眾利益，濫用職權侵吞巨額市財政資產。

有的小公司與李春城勾結非法批地後到香港註冊資金數億，有的公司兩年間從1億獲土地暴利80億，有的個人公司法人與李春城勾結濫用職權騙取市財政數千萬。李春城非法強徵強拆，從大規模破壞耕地到操縱司法，腐敗極其嚴重，大量的冤假錯案在李春城治下得不到依法糾正。」

李春城有五宗罪 涉十大要案

李春城被抓之初，民間認為他至少涉及五宗罪，包括：

1. 買官賣官：哈爾濱任職時向時任黑龍江省委副書記韓桂芝

買官；

2. 貪腐受賄：涉成都工投集團戴曉明貪腐案，戴已被拘；

3. 籠絡領導：仗權為大領導在四川斂財；

4. 瀆職失政：2008 年四川地震後，李專門為成都超豪華行政中心揭幕，惹怒中共高層；

5. 以權謀私：提拔妻子從醫院雜工升做成都市紅十字會會長。

具體到案例上，可歸納出十個大案：

1. 成都工業投資集團董事長戴曉明案；

2. 成都會展集團董事長鄧鴻巨額資金案；

3. 成都郫縣「今日田園」數千畝別墅房地產土地案；

4. 成都南延線「麓山國際社區」數千畝別墅房地產土地案；

5. 成都一環路、二環路跨線立交橋和下穿隧洞工程腐敗案；

6. 成都七條地鐵全線開工建設工程腐敗大案；

7. 成都南延線天府大道「鳥巢」新益州國際金融城（原市政府新大樓）建設及裝修工程腐敗大案；

8. 強拆逼迫青白江房主自焚致死慘案；

9. 成都城投集團等關涉土地、資金等嫌疑案；

10. 黑龍江省委韓桂芝買官、賣官案。

買官賣官問題由來已久

李春城的落馬，與當地眾多官員的網路實名舉報或在中紀委調查中的招供有關。

2012 年 12 月 6 日上午 12 時 30 分，現任四川省成都市金牛區區委常委、統戰部部長的申勇在其實名認證的「人民警察申勇」

的微博裡連續多次公開發帖稱，李春城在上世紀 90 年代初就多次向曾任黑龍江省委組織部副部長、部長、省委副書記的韓桂芝行賄數萬元，並得到其一路提拔。2005 年年底，韓桂芝因受賄罪被北京市一中院判處死刑，緩期兩年執行。

申勇還稱，李春城花巨額資金買官，必然要以高價賣官方式來變本加厲地收回投資才符合市場經濟規律，特別是李 2003 年任成都市市委書記以後瘋狂賣官颳起買官賣官之風。

申勇揭露，李春城的妻子曲松枝隨李春城剛到成都時在某醫院當勤雜人員，李任成都市市委書記後，成都市衛生局專門設立科教處處長一職並委任其妻。「5‧12 汶川大地震」後「成都紅十字會」因接收天量捐款成了最熱門單位，三個月後曲又被任命為成都紅十字會副會長、常務副會長，一年後又用各種手段逼迫一把手（指周莉蓉）辭職而坐上一把手「交椅」，開啟了成都紅十字會的腐敗序幕。

不僅如此，根據民間流傳的多種版本，李春城可能涉案多起，被稱「貪腐數十億」，「涉十大要案」，如「成都一環路、二環路跨線立交橋和下穿隧洞工程」、「『鳥巢』（原成都市政府新辦公大樓）建設及裝修工程」等。據統計，李春城被懷疑涉及的問題多與土地、工程建設、拆遷等有關。

申勇稱李春城還涉及到「命案」，應是指 2009 年年底金牛區天回鎮金華村一「被強制拆遷戶」唐福珍見阻攔拆遷無望，憤而「自焚」的事件。因慣用強拆手段，李春城又被民間譏諷為「李拆城」。

據稱，目前除了已經被公開的實名舉報者申勇外，另外還有相當級別的官員。有網民評論，李春城的問題由來已久，而舉報

也是「源遠流長」。申勇稱他自 2004 年就開始實名舉報了，只是一直未在網路上公開而已。但申勇也承認，李春城被雙規並非源於他的舉報，因另有導火線。

李春城案發源自「圈內人」出事

大陸財新傳媒《新世紀》周刊報導披露，李春城的「圈內人」是成都「哈爾濱幫」。李春城案發源自成都黨政系統內幹部向北京提供的線索，若干個舉報環環相扣，指向成都市北郊五龍山一處房地產項目。

最終，這些舉報直接導致李春城的大學同學史某等一些哈爾濱籍商人涉案被查，知名地產上市公司萬科也因與這些商人合作低價買地而牽扯其中。

成都地產界人士向財新記者透露，史某年近 50 歲，黑龍江綏化人。2001 年李春城由瀘州市委書記調回成都擔任市委副書記、代市長後，史某從東北來到成都。他和李春城既是東北老鄉，又是哈爾濱工業大學的校友。業內人士都知道史某是李春城的鐵哥們兒。而史某的外甥 80 後的王某也是地產活躍人物。

知情人士告訴財新記者，成都同泰曾經股東中的于某，是史某好友之一，之前曾在北京從事房地產開發。

這批來自東北黑龍江、跟隨李春城的生意人，很快在成都被稱為「哈爾濱幫」。當地地產界人士認為：在五龍山地塊上，「哈爾濱幫」顯示了實力。可茲為證的是每畝 105 萬元的低價。公開資料顯示，也是在五龍山地塊附近，央企保利地產同期的拿地價

格為每畝 125 萬元。

成都官員向北京舉報 李春城案發

2012 年 8 月，時任成都工業投資集團有限公司（下稱成都工投）黨委書記、董事長的戴曉明，被當地紀檢監察機關帶走調查。

戴的「落馬」與成都工投位於新都區的一處工業園區有關，該園區的一起拆遷糾紛引爆土地案線索，致其案發。戴曉明進去後，既有對抗，亦有檢舉，其中即包括與新都土地有關的其他線索。9 月底，成都市新都區國土資源局局長毛一新被市紀委帶走調查。

在李春城治下，戴曉明曾長期擔任青白江區區委書記、成都市經濟委員會主任等多個要職，在成都民間被認為是李春城的「八大金剛」之一。據了解，自戴曉明擔任成都工投集團黨委書記、董事長以來，成都工投集團得到諸多看似無意的「關照」，如「彭州石化」、「土地收儲特權」等，成都工投集團的利益來源被指與李春城的「幫助」緊密相關。

而 18 大結束後不久，成都地產界又傳出史某被調查的消息。知情人士告訴財新記者，史某被查沒過幾天，李春城的祕書陳斌也被帶走接受調查。

12 月 3 日，四川省委常委會內部通報了李春城接受調查的消息。而李春城已於前一天被帶離成都。三天後，中央紀委向新華社記者證實：四川省委副書記李春城涉嫌嚴重違紀，正在接受組織調查。

維基解密：川震後成都官府奢華惹怒溫家寶

維基解密 2011 年 8 月 30 日公布的一份美國駐成都總領事館 2008 年 10 月 31 日發往美國華府的電報。

電文中談到時任成都市委書記的李春城，因在 2008 年四川大地震後，成都豪華的新行政中心揭幕，招致總理溫家寶的憤怒。

電文中說，李春城自 2003 年以來，坐上成都市委書記位置，他被廣泛認為是成都建設熱潮背後的主要力量之一。他最青睞的項目——成都新的行政中心完工的時機，讓他很不走運。這龐大複雜的「鳥巢式」外牆行政中心，占地 37 萬平方米，耗資超過 1.76 億美元（約 12 億元人民幣）。當成都市的工作人員開始往裡搬遷時，之前剛剛發生了 5 月 12 日的四川大地震，當地居民正處於悲痛和震驚之中，這造成了形象問題。

一位消息人士表示，真正「傷到」李春城的，是總理溫家寶造訪了這一新的政府總部。此前，溫家寶剛剛視察了被地震襲擊最嚴重的災區，見到被從廢墟中拉出來的死難者遺體和傷者。該消息人士描述了溫家寶是如何厭惡地離開該行政中心，他在裡面待了不到三分鐘。該人士評論說，至少「慶幸」的是，溫家寶沒有走進去那麼遠，看到李春城自己奢華的辦公室。

李春城是周永康的馬仔

據知情人透露，李春城背後的大後台就是周永康。汶川地震後，溫家寶公開表示要徹查豆腐渣工程，但隨後幾年，不但沒有抓一個豆腐渣工程的製造者，相反卻把為死去孩子討還公道的

上訪家長們抓了。據說，這顯然是周永康把保李春城，當作自身保衛戰的一場戰役來運作的結果。四川地震暴露的豆腐渣貪腐問題，很多都與周永康和其提拔的親信有關。

周永康 1999 年至 2002 年在四川擔任省委書記，李春城 1998 年 12 月花錢買官，調任成都市副市長後，竭力賄賂周永康，於是 2000 年 8 月周永康提拔李春城出任瀘州市委書記，接著又調回成都擔任市委副書記、代市長、市長，並成為 16 大中央候補委員。16 大後又升任省委常委、成都市委書記。2002 年周永康被江澤民強行提拔為政治局委員、公安部長之後，周為了保持他在四川的財路，繼續賣官給李春城，使李春城 2003 年 6 月任省委常委、成都市委書記，直到 2011 年擔任四川省委副書記。

有消息稱，周永康兒子周濱（即周斌）每次去四川，李春城必悉心接待，並對其在四川的大肆攫取利益大開綠燈。周永康曾在四川、石油系和國土資源部主政，李使其家族在四川的加油站項目大受其利。據稱，四川省委省府和成都市委市府裡有相當一部分人對李春城拍周家馬屁大為不滿。

有知情者對海外中文媒體透露，李春城本身涉及多起腐敗案。周永康兒子在石油、地產以及投資四川信託有限公司等的商業利益上，李春城的貢獻最大。四川信託擁有很多國有資產，包括部分五糧液和國窖白酒的股份，他們投資 2 億元就竊取了 70 億的國有資產。

周永康家族賣官生意興隆，跟李春城直接相關，如今李春城落馬，周永康兒子周濱夥同黑社會賣官、用錢赦免死囚犯等罪惡就將陸續會浮出水面，順藤摸瓜，周永康落網的日子也就不遠了。

第二節

郭永祥被抓
習近平「辱敵」手法曝光

2013 年 6 月 23 日周永康露面的同一天，官方宣布其前大祕書原四川副省長、四川省文聯主席郭永祥被查處。習近平此一對付政敵的手段已有前例：在劉雲山亮相新職的前一天，宣布解職其心腹衣俊卿；將蔣潔敏調任國資委後再清查其在中石油的問題等，都是步步逼宮，讓政敵無棋可走。（大紀元合成圖）

　　就在李春城落馬並招供的半年後的 2013 年 6 月 18 日，也就是習近平宣布發起「群眾路線教育實踐活動」的當天，《人民日報》官方微博發評論說：近期的「老虎」，劉志軍、劉鐵男、倪發科、趙萬祥等，均是帶病提拔。雖然「出事是遲早的事」，但邊腐邊升、越升越腐的現實暗藏買官賣官的腐敗鏈條對帶病提拔當回溯追責，嚴查推薦者說情者，嚴打幕後推手，也就是說從 2013 年上半年開始，北京的矛頭已經暗地裡直接指向周永康等高層大老虎了。

　　一周後的 6 月 23 日，在習近平召集中共政治局連續開會期間，大陸各大媒體報導說：「中共紀委稱，四川省文聯主席郭永祥『涉嫌嚴重違紀』，目前正接受調查。」短短 36 個字卻吸引了很多眼球，被稱為是很有「嚼頭」、很耐人尋味的新聞，原因

就是這個郭永祥的身分很不一般。

官方簡歷顯示，原中共政治局常委、政法委書記周永康在 1988 至 1998 年擔任中國石油天然氣總公司黨組副書記／書記職務，而郭永祥在 1990 至 1998 年間任中國石油天然氣總公司管理層職務。周 1998 年到 1999 年任國土資源部部長期間，郭也被調入國土資源部，任國土資源部辦公廳主任。周在 1999 年成為四川省委書記之後，郭先是在 2000 年成為四川省委副祕書長，後隨著周進入中央，郭也在 2006 年官拜四川省副省長。不過海外媒體稱，郭永祥的真實身分是跟隨了周永康 18 年的頭號祕書。

郭自稱「日軍司令」 受指示殺死周前妻

儘管郭永祥在 2013 年 6 月就被中紀委調查，2014 年 4 月 9 日因「嚴重違紀」被開除黨籍和公職。中紀委說，調查發現，郭永祥曾經「以權謀私，通過本人或他兒子大量受賄。」「道德敗壞」，但具體問題仍沒有公布。然而在海外網路上，人們看到他和周永康的一樣，不但「涉嫌嚴重違紀違法」，貪腐到了極點，而且其淫亂程度，也到了令人驚訝的地步。

素有「百雞王」之稱的周永康在石油系統時，便不斷傳出與女人淫亂醜聞，上級也不時收到舉報，說他玩弄婦女、強姦婦女。在這方面，其祕書郭永祥也一樣，網上盛傳郭永祥生性好色，曾在酒桌上自稱「日軍司令」，吹噓很多女人生的都是他的孩子。在四川方言中，「日」也代表發生性關係的動作。

此後落馬的周永康另一心腹大祕、海南省副省長冀文林也被曝出有 3 妻 13 妾，中共官場充斥色情已不是新聞。在中紀委宣

布郭永祥被調查後，海外紛傳郭永祥還涉及為助其主周永康迎娶新歡，設局殺害周永康的髮妻王淑華。

2014 年 3 月，大陸媒體在北京當局的「默許」下，對周永康窩案不斷報導。在起底周家時，大陸媒體披露了周永康元配、周濱生母王淑華曾在周家祖墳大哭一場，稍後死於車禍的內容。而此前曾有媒體披露，王淑華實際是被謀殺，周永康為迎娶新歡而故意製造死亡車禍，為此周濱之弟周涵和周永康斷絕來往。

2013 年 12 月，海外中文媒體引述消息來源披露，周永康任職四川省委書記時，通過他的祕書郭永祥指使司機謀殺了妻子王淑華，從而迎娶了江澤民妻子王冶坪妹妹的小女兒賈曉燁。事隔十多年後，肇事司機再度被捕，供認當年受命謀殺：當時分別駕駛兩輛車從相反方向撞向周妻，致其死亡。這兩名司機均來自武警系統，造成這宗「交通意外」後，二人分別判刑 15 年和 20 年，但僅關押了 3 到 4 年就釋放，且雙雙進入勝利油田，一人任汽車隊副隊長，另外一人調往中石油後在山東的公司並升職為副經理。

報導還稱，鮮為外界知曉的周永康與元配所生的二兒子周涵則一直相信母親是被謀殺。周涵也就是周濱的親弟弟。事發後，周涵斷絕和父親的一切聯繫，在成都開了一家小書店謀生。他第一個孩子出生後，周永康碰巧到成都視察，想看望兒孫，但遭拒見，周涵託人轉告：永遠不想再見到他。

習近平「辱敵」風格與手法

中共 18 大習近平上台後，江派大員的鐵桿親信、心腹相繼落馬。很多人發現，習近平對付政敵的手段有點與眾不同，比如

就在周永康露面的同一天，官方宣布其前大祕書郭永祥被查處；劉雲山亮相新職的前一天，宣布解職其心腹衣俊卿；將蔣潔敏調任國資委後再清查其在中石油的問題，以及讓周永康的親信傅政華負責調查周永康，步步逼宮，讓政敵無棋可走。

2013年9月28日，齊魯公安局官方網站發消息稱，6月23日，原中央政治局常委、中央政法委書記周永康來齊魯石化公司視察工作。即周永康露面的同一天，官方公布其前大祕書、原四川副省長郭永祥涉違紀被查。

據港媒報導，已經風雨飄搖的周永康6月23日到山東視察齊魯石化公司，山東省委書記姜異康、省長郭樹清避之大吉，以工作繁忙為由，只找了省委祕書長陪周到齊魯石化。

消息人士透露，姜異康和郭樹清之前已經聞到火藥味，對周永康像躲瘟神一樣，遠遠避開。耐人尋味的是，周永康在齊魯石化露面的舊聞9月18日被香港媒體曝光之後，齊魯公安局網站立即刪除這一消息。而齊魯石化的官方網站，始終沒有報導這一消息。

與其相仿的事件還發生在2013年4月底。周永康回母校蘇州中學露面的消息於7月初被香港媒體披露後，同樣遭到蘇州中學校友網的緊急刪除，似有意要與周切割。

而中共部分媒體近期報導周永康「露面」的新聞多與死人有關，大部分是給已故中共高官送花圈的消息。周永康所涉的主要罪行是政變和活摘人體器官。江澤民發動鎮壓法輪功後，周永康的政法系統是迫害的主要指揮機構。為逃避清算，江澤民、曾慶紅、周永康、薄熙來等江派「血債幫」，密謀在中共18大後政變，由薄熙來取代習近平。但因王立軍逃美領館使這一陰謀全盤崩潰。詳情請看本書後續內容。

第三節

上將之子舉報女富豪 十年才結果

成都國騰電子實際控制人何燕後
台強硬，讓中共開國上將的兒子
舉報了 10 年也沒告下來，直到
周永康黨羽被一一剪除之際，與
李春城關係密切的何燕才出事。
（新紀元資料室）

　　2013 年 7 月 18 日，「新華網」、「人民網」等眾多大陸媒體報導說，成都國騰電子科技股份有限公司實際控制人何燕已被中共中紀委帶走調查。其實曾上《福布斯》富豪榜、被稱為「美女富豪」的何燕，早已在 6 月下旬被帶走，被一同帶走的還有她的弟弟何力。

　　18 日，上市公司國騰電子在停盤半天後，中午發布公告，稱公司從何燕家人處獲知，何燕因個人「涉嫌非法經營」正在接受湖北省宜昌市公安機關調查，目前尚未能與何燕取得聯繫。儘管國騰電子竭力解釋何燕沒有參與上市公司的管理、她的被抓與國騰電子無關，但當天國騰電子的股價還是跌停了盤。

　　人在四川成都的何燕，為何公安部要出動湖北宜昌的公安來抓人，很明顯，孟建柱安排異地公安執行任務，就是不想讓四川公安插手。

宋任窮兒子舉報何燕

搜狐財經在題為《被開國上將後人舉報的億萬富翁》一文中稱，早在 2000 年 12 月，就有一個很有影響力的人向公安部舉報過何燕的國騰公司涉嫌侵占巨額國有資產，那封指控她「涉嫌侵占巨額國有資產」的舉報信曾驚動了國家幾大部委。舉報人就是中共建政上將宋任窮的兒子宋克荒。

宋任窮（1909 年 7 月 11 日～ 2005 年 1 月 8 日），中共建政上將，是鄧小平主政時期的「中共八大元老」之一。他的大兒子宋克荒，1945 年 3 月出生。1970 年畢業於清華大學，因反對江青、林彪被定為反動學生留校審查。1984 年曾任國家經委處長，1988 年任人大外事辦辦公室副主任，1992 年至 2005 年任商地置業公司總經理，退休後 2010 年任中國扶貧開發協會老區基金理事長。

文章稱，現年 68 歲的宋克荒是民政部所屬「中國扶貧開發協會老區基金」理事長，退休前他是國企商地置業的總裁，也是成都國騰通訊有限公司四大股東之一。1997 年 8、9 月間，正是宋克荒先後兩次飛赴成都考察成都國騰項目後，立即拍板投資的。國騰剛開始的業務是 IC 卡電話機，第一筆大單子也是經過宋克荒，最後以「支持民族通訊產業」的名義，從吉林拿過來的 2000 台 IC 卡電話機訂單。

當年何燕創業時，沒多少背景，很大程度上靠了有深厚資源的宋克荒。隨著公司業務的增長，1998 年初，何燕著手準備「MBO」即管理層收購，國騰 1995 年 9 月 22 日註冊時，占 62％股權的中儲成都（集團）投資服務公司，占股份 30％的四川

省郵電科研規劃院都是國有單位，何燕引進它們是為了資金，而引進商地置業同樣也是為了資金。

因為宋克荒認為何燕的「MBO」計畫太過大膽，怕涉嫌侵占國有資產觸犯刑律所以拒絕了。MBO 是英文 Management Buy-out 的縮寫，意為管理層收購，主要是指公司的經理層利用借貸所融資本或股權交易收購本公司的一種行為。通過收購使企業的經營者變成了企業的所有者。由於管理層收購在激勵內部人員積極性、降低代理成本、改善企業經營狀況等方面起到了積極的作用，因而在 1990 年代在中國開始盛行。不過，這也是國有資產被私人鯨吞的大好時機。

而後，何燕通過一系列複雜的運作，終於通過「四川華威」這家公司控股了成都國騰，國騰也從國資背景的企業變成了何燕的企業。期間，四川郵電規劃院、四川日報社等多家四川的單位參與了運作，可見何燕在川中頗有人脈。

對此，宋克荒很憤怒，一直不在相關文件上簽字，作為一開始的大股東，宋克荒及商地置業一直不予簽字，導致上市帳目無法完備，只好作罷。

對於宋克荒的舉報，2003 年公安部曾委託四川省公安廳專門對國騰是否涉嫌侵占國有資產進行調查，但由成都市高新區公安分局具體寫成的調查報告認為，在國騰系列企業變更過程中，並不存在國有資產流失情況，不予立案。

不過宋克荒一直鍥而不捨地舉報，長達十年。也因為宋克荒的舉報，何燕也從當年的高調，變得低調起來。

國騰上市 何燕隱瞞了罰款

　　《經濟觀察報》在《國騰電子起底：不實的上市陳述》一文中，揭開了何燕在將成都國騰電子推向深圳證交所上市時違反規定的黑幕。文章說，出生於 1961 年的何燕並非一個低調之人，在她實際控制的成都國騰實業集團有限公司（下稱「國騰實業」）公司網站上，專門設有「領導關懷」一個欄目，貼滿了歷屆領導考察國騰實業的照片，驕傲地向外界暗示著這家企業似乎有著不同尋常的背景和關係。

　　簡歷顯示，何燕的戶籍位於成都青羊區青龍街道，1991 至 1993 年在中國非金屬礦業總公司工作，1993 年至 1995 年在中國物資儲運成都集團投資服務公司工作，1995 年創辦成都國騰通訊有限公司至今。1999 年何燕設立了四川省華威資訊產業投資有限公司，並出任法人代表。2002 年 5 月，何燕設立成都國騰通訊（集團）有限公司（國騰實業的前身），並出任法人代表。2003 年 3 月，何燕出資 1000 萬元，設立成都國騰微電子有限公司（國騰電子的前身），並出任法人代表。

　　2001 年，何燕以「何然」之名，首次登上《福布斯》的中國富豪榜，列第 82 位，個人資產大約 7000 萬美元，此後成為富豪榜上常客。2013 年，以國騰實業董事長的身分，成為成都財富論壇的受邀嘉賓，直至 2013 年 7 月，何燕被公安局帶走調查而案發。

　　文章指的何燕的「虛假」陳述主要指 2010 年 3 月 25 日，國騰電子公布招股說明書，準備在創業板上市。其第 162 頁中，關於發行人近三年違法違規行為情況的陳述中，國騰電子稱發行人最近三年不存在違法違規行為，也不存在被相關主管機關處罰的

情況。為此何燕簽署了一份誠實承諾書。

　　但事實並非如此。作為發行人的實際控制者何燕，曾經在2007年12月因虛報註冊資本，而被成都高新工商行政管理局處罰70萬元。這份成工商高新處字〔2007〕01022號的處罰書顯示，四川國騰通訊股份有限公司在1999年的股權轉讓並增資過程中，未經其他股東（主要為商地置業公司，實際控制者為宋克荒，京城人稱「老宋」）同意，構成了國騰通訊的虛報註冊資本行為，成都高新工商局於2007年12月21日告知當事人需繳納罰款70萬元。

　　與此同時，國騰電子在上市前的招股書中，亦刻意隱瞞了發生在國騰通訊1600萬元的股權轉讓官司糾紛。四川省高級法院於2007年11月12日下達的終審判決書，該判決書解除了國騰通訊與中國物資儲運成都（集團）公司簽訂的股權轉讓協議，並判令後者協助國騰通訊到成都工商局辦理注銷其股東身分及持有1600萬元的變更登記。

　　文章總結說，「從創辦自己的公司到登上《福布斯》中國富豪榜，何燕用了六年時間。從創辦自己的公司到公司創業板上市用了15年時間。而從公司上市到被公安機關帶走調查則只用了短短兩年多時間。」

資金輾轉騰挪 國騰集團的出籠

　　國騰公司或許其背景太深，在大陸甚為低調，從不接受採訪。2003年4月，《21世紀經濟導報》發表名為《福布斯：何然＝何燕，一位女億萬富豪誕生記》的文章，披露國騰借殼上市的資金「鏈」。

報導稱，告訴你一個祕密：赫赫有名，連續在《福布斯》中國富豪榜上有位的何然，在她的「國騰系」中，她名字是何燕。一家國有企業的總經理，是如何衍生出一群私有為主的企業的？這有些複雜。

1994 年前，成都電子科技大學的幾位電子技術研究人員捕捉到 IC 電話卡技術之後，與畢業於南京郵電學院、深知這一科研成果巨大市場價值的何燕一拍即合，由何負責拉來投資 50 萬元並擔當總經理，完成了資本與技術的結合。

至今成都國騰通訊還是一家完全的國有控股企業，何燕與其他創業人員並不占有股份，而成立於 2000 年的成都國騰集團，其大股東無論是四川國騰通訊股份有限公司、四川華威資訊產業有限責任公司、成都國星通信有限公司、四川華威電子有限公司、四川道亨計算機軟體有限公司，均是民營或個人控股的企業，而國企成都國騰通訊僅占有 18.75％的股份。不過，在國騰系近幾年飛黃騰達的資本計畫和產業運作之中，這家國企已經漸漸隱沒於江湖，很少出現了，國營資產就這樣悄悄被蠶食了。

在英屬維爾京群島註冊的公司 Shining Star technelogy limited，成了國騰資金鏈中最神祕的一環。該公司成立時間、註冊資本與法人代表均不說。但因此 1998 年 5 月 16 日，該公司在國內成立四川華威資訊產業有限公司，並控有 100％股份，何燕任董事長，何燕的姐姐、出任四川旭光電子董事的何瓊任總經理。

這家公司和成都國騰通訊在同一人控制下，又是同業關係，因此成都國騰通訊有人指責四川華威轉移了國騰的產品和技術——現四川華威的一種主要產品 IC 卡的專利技術和銷售網路都是成都國騰通訊的。宋克荒在舉報信中稱，在此過程中，成都國騰通訊出

現了向四川華威轉移的情況，成都國騰通訊實際上成為國騰系的一個生產基地，而營銷等大量利潤部分卻出現在四川華威。

隨後，國騰系一系列的企業成立：1999 年 2 月 4 日，四川道亨計算機軟體有限公司成立，何燕控股，其胞弟何力任董事長；1999 年 10 月 18 日，由程慶這個從未有人見過他的「影子人」控股下的四川國騰占 65.5％股份的成都國星通信有限公司成立，何燕任董事長；1999 年 11 月 30 日，四川國騰通訊股份有限公司成立，程慶任董事長；2002 年 3 月 20 日四川華威電子系統有限公司成立，程慶是第一大股東。

借殼旭光上市 轉手掙 7000 萬

2000 年 12 月，經四川省財政廳批准，成都市國資局將其所持有的旭光電子公司股本中 1545.644 萬股，分兩筆分別轉讓給成都國騰通訊集團和四川道亨計算機軟體有限責任公司。2002 年 11 月 20 日，旭光電子在上交所正式上市，每股淨資產達到 4.4 元，而國騰收購旭光電子法人股的價格僅每股 2.2 元。僅此一筆，國騰集團可以說是淨賺 3700 萬元以上。2010 年 8 月，國騰實業旗下的國騰電子在創業板上市，開盤後就大漲，何燕的身家估計在十億元人民幣以上。

據大陸南方報系的《21 世紀經濟報》報導，2000 年初，成都國資局將所持未上市法人股旭光股份共計 22.34％的股權轉讓給何燕的公司，「轉讓時上市基本已經確定，成都國資明顯在輸送利益。」有知情人士透露，基於與成都市政府的良好關係，成都國資對國騰明顯傾斜，其當時的收購資金實際是由一家國企借

出，且藉助這個東風，國騰系也很快在成都高新西區以每畝幾萬元的超低價拿下了數千畝的教育用地。而至 2005 年，國騰亦將所持旭光股份脫手轉予廣東新的集團，淨賺 7000 餘萬元。

攀附李春城、郭永祥背後的周永康、江澤民

人們不禁要問，何燕有什麼後台，居然讓中共開國上將的兒子舉報了 10 年也沒告下來？哪怕工商局都開出了罰單，她依然能長袖善舞般地把公司推上市圈錢？何燕不光是上市公司國騰電子的控制人，也是借殼旭光公司上市的幕後老總。是哪個國企違規借錢給何燕呢？為何成都國資局把到嘴邊的肉要吐出來餵給何燕吃呢？這背後的黑後台是誰呢？

《21 世紀經濟報》7 月 22 日引述知情人士的消息稱，何燕與多位四川前省領導關係密切，包括原四川省委副書記李春城、原四川省副省長郭永祥等。李春城在任職成都市委記期間，就曾親自指使成都市屬國有企業，與何燕的公司進行合作。7 月 23 日，中共官媒新華網以標題《知情者稱四川被查女富豪與李春城關係密切多次合作》轉載報導，人民網等以及大陸各大媒體也紛紛轉載報導。

不過，李春城、郭永祥都只是地頭蛇，背後的大老虎是周永康和江澤民。

早在 2001 年，中國唯一一條 6 英吋 0.5 微米模抑集成電路晶元生產線在成都奠基，總投資 12 億，2002 年建成後年利潤達 3.7 億。這是四川實施電子信息化的一號工程。時任四川省委書記的周永康、張中偉、王榮軒、李春城等省市領導都出席了 2001 年 1

月 21 日的奠基儀式。

　　該工程由資訊產業部和四川國騰通訊公司共同出資興建。2001 年 2 月 6 日中國第一個大學生創業園在成都高新區奠基，規劃面積六萬平方米，國家科技部及省市領導前往祝賀，這也是由國騰公司的全資 3000 萬所興建。國騰公司於 1999 年 8 月在成都高新區成立，註冊金 50 萬元，主要生產 ip 電話機，產品由中國電信包銷。

　　據博訊網報導：2000 年 3 月何燕的國騰向建設銀行高新支行提出 2000 萬元貸款申請，因無固定資產抵押未獲通過，後在周永康的親自過問下，由省建行直接貸款給該公司，這筆貸款通過多家證券公司炒做股票共獲利 1.25 億。

　　2000 年 4 月應中共國家煙草專賣局要求，成都五牛足球隊被命名為五牛國騰隊參加聯賽。在 2000 年中李嵐清等多個中共中央高層專程前往該公司視察。在西部論壇召開前中央電視台兩次專訪該公司，會後該公司獲西部專項貸款 10 億。這個公司的老闆就是江綿恆。

江澤民之子江綿恆被曝光是國騰公司的幕後老闆。（大紀元資料室）

　　何燕國騰集團被查，還有一個案子就是教育用地弊案。1999

年周永康在國土資源部部長轉任四川省委書記後，放行以辦校為名的何燕，用平均每畝價格低至僅為同期商業用地市價的 3%，進行徵地約 2000 餘畝，但學校建成後實際占地只有約 1100 多畝，餘下 900 餘畝土地被囤積起來，後與成都高投合作商業開發。此手法如出一轍讓趙本山以辦學名義，在瀋陽南郊的蘇家屯區，以 8000 萬圈到當時要價 7 億、目前市價 20 億的 300 畝教育專用地，再於日後非法變更為商業用地。

北斗導航系統 與政法委聯手撈錢

不過軍用與民用目的兼具的北斗導航系統，才是何燕坐穩富豪的搖錢樹。據《大紀元》專欄作家陳思敏介紹，可用於情搜、偵察、監視和通信的北斗導航系統，更是各地各級公安系統最愛的維穩工具。特別是每次中南海開會，就大量布署安保，以 2012 年 18 大為例，京警一口氣就新增啟用 500 套以上的北斗定位終端。

講到政法系統維穩經費的採購開銷，就不能不提 2013 年 4 月，因一名英商被判刑而曝光的公安部大醜聞。那就是將價值只有 20 美元的假「炸彈探測器」高價賣給中國、伊拉克等國的軍隊和警察的商人 James McCormick，被英國法庭判定欺詐罪。而 McCormick 當庭表示，其賣出所得實際上以大量傭金回流至採購國官員的口袋。McCormick 舉例，在伊拉克政府支付給他的 4900 萬英鎊中，他僅拿到了 780 萬英鎊。

英商 McCormick 以普通的高爾夫球尋找器偽裝高科技的炸彈探測器，在 1995 年，美國 FBI 就通知是騙人的假貨。但在 2002 年，中共公安部門把它引進中國國內，並在 2004 年開始在重點城市

推廣，在 2008 年用於奧運後，全國各地開始廣泛使用於春運等安保檢測工作，甚至四線鄉鎮也以查緝煙花爆竹為由大量採購。而公安部的統一採購單價普遍為 28 萬元人民幣左右。

據估計，軍民兩用的北斗衛星導航系統的市場價值為 4000 億元，而這塊巨大蛋糕的最大掠食者便是國騰電子的何燕，但何燕豈能不孝敬幕後大老闆周永康？另 20 美元一個的高爾夫球尋找器，公安部卻以炸彈探測器為名用 28 萬人民幣的高價購，而騙局的始作俑者透露八成用於回扣賄賂採購官員，那時任公安部部長、政法委書記的就是周永康。

四川眾多富商被捲入江習鬥

2012 年 18 大以後，習近平與江澤民在各個領域展開激烈的搏擊。

周永康一直被視為是江澤民的左膀右臂。1999 年江澤民迫害法輪功後，周充當打手，被江澤民看中，在 17 大成為政治局常委。身為「政法王」的周永康掌握了很多高官的黑材料。習近平動了周身邊的人，其實就是動了周永康，直指江澤民。

18 大後，多名與周永康有關的高官落馬。原四川省常委、省委祕書長已退居二線，跟隨周永康 18 年的大祕郭永祥被雙規，四川省委副書記李春城，湖北政法委書記吳永文也紛紛落馬。

在此過程中，四川省與周永康等有關的富商也紛紛被調查，其中包括：四川富商成都會展旅遊集團董事長鄧鴻；四川金路集團董事長劉漢；郎酒老闆汪俊林；四川省成都市最大的國企，成都工業投資集團有限公司董事長戴曉明等。

第四節

四川富豪被查：汪俊林與鄧鴻

「跟中央關係最鐵」的四川富商鄧鴻背景神祕，外界猜測頗多。2002年江澤民下台後，第一時間到灌縣看望鄧鴻，並在他興建的六星級「九寨天堂」小住。（新紀元資料室）

汪俊林：「盤活」國有資產的好手

在 2012 年 12 月 6 日李春城案發的當天，四川瀘州市古藺縣郎酒集團董事長汪俊林被調查的消息就傳得沸沸揚揚，官方也一直不出來闢謠。汪俊林還主動打電話給媒體，表示「自己好好的」，而到了中共兩會結束後的 3 月 20 日，記者們就再也打不通汪俊林的電話了，所在公司也對其去向支支吾吾。

翻開李春城的簡歷，人們不難發現一個奇怪之處：1998 年 12 月李春城花大錢買官當了成都市的副市長，可是在 2000 年 8 月，他卻調到遠離天府之國成都、而靠近「黔驢技窮」貧困貴州的瀘州市當了市委書記，然而五個月後，李又返回成都重新任副市長，不過，一個多月後，他被提拔成了代市長和市長。

為什麼李春城要去瀘州而不是別的地方走一圈呢？一年後當

人們得知李春城在瀘州幹的一件大事後，就明白李春城和汪俊林的貓膩，以及背後的黑後台了。

蛇吞象的「自管自賣自買」

2002 年底，周永康剛調離四川時，《華西都市報》、《成都晚報》紛紛報導了《當今社會蛇吞象》的文章。2009 年 8 月 7 日網路上有人發帖：「今天在報上看到『郎酒品牌價值 87.79 億』的頭版消息，讓我想起幾年前看到的《成都晚報》登的一篇題為《5000 萬購買郎酒集團產權——當今社會蛇吞象》的文章。」

據知情人介紹，郎酒集團被賤賣，汪峻林只是在前台買方的一個代表而已，實際在背後的買方股東是當年四川省級某高官的兒子，在蛇吞象已經吃定後，這位高官的兒子成為郎酒集團大股東之一。後來有文章證實，暗箱操作「空手套白狼」的幕後老闆正是周永康的兒子周濱，汪峻林只是前台一個招牌。

汪俊林出事前，大陸吹捧他的文章這樣寫道：「在酒城瀘州，瘦瘦的汪俊林是個傳奇式的人物，學醫出身，看上去其貌不揚，為人謙卑，缺乏大佬們的範兒，但他卻是行業裡的『資本高手』。」

汪俊林出生於 1967 年，瀘州醫學院畢業後，擔任「成都恩威集團」研究所所長，1992 年初任瀘州國營製藥廠廠長，官方稱他上任一年，「就使得一度瀕臨倒閉的國企瀘州製藥廠扭虧為盈，當年就使得該廠銷售額增加了四至五倍。」1995 年，該廠轉製成股份公司：瀘州寶光集團，「經過一系列的改制，汪俊林把當時年收入僅 200 萬的製藥廠，打造為年收入過四億的民營寶光集

團。」1999 年，汪俊林又接管了國企四川長江機械集團，「並使該集團 2001 年盈利數百萬元」。

文章接著說：「令外界驚詫的是，2002 年 3 月，汪俊林上演了一幕『蛇吞象』的資本收購大戲，將淨資產六億元的四川酒業『六朵金花』之一的郎酒攬入懷中，而通過掌控郎酒，寶光藥業又順利借殼成都華聯。」

目前除擔任寶光集團董事長總經理外，汪俊林還身兼郎酒集團董事長、郎酒銷售公司總經理，四川大型國企長工集團董事長、總經理，瀘州老窖股份公司董事，瀘州市投資公司副董事長等多種職務。

汪俊林是如何蛇吞象的呢？郎酒廠坐落與瀘州靠近貴州的古藺縣，該縣是貧困縣，除了農業就只有這個酒廠。2012 年 4 月，網上流傳一份題為《爆料！周永康兒子謀吞四川郎酒廠黑幕》的文章。

據郎酒知情職工舉報，「1999 年 9 月，由縣政府宣布郎酒廠原董事長彭迫遠退居二線管生產，副縣長付志明任郎酒集團公司董事長管銷售。郎酒廠在 2000 年前是銷大於產，根本無負債，但付任職後，郎酒廠自 2001 年 1 月至 9 月 30 日期間並無擴大生產，無大搞建設的情況下卻負債 9.0645 億元，短短九個月時間 9 億元去向不明。然後古藺縣長申遠康出面，先後多次動用郎酒廠資金，將想知道事情真相的工人們解散。後立即由縣政府宣布將郎酒廠交由寶光藥業的小私企老闆（資產約為 1 億元）汪俊林託管。」

2002 年春，縣委書記趙田在四川郎酒集團動員大會上宣布：「不惜一切代價、無條件地對郎酒集團實施產權制度改革，凡是

阻撓的，不執行的，一律換位子，摘帽子……」

四川郎酒集團要出售。消息一出：五糧液集團來了，茅台集團來了，同行業老大紛紛前來要求收購！然而，竟出人意料地一一被拒之。居然冒天下之大不韙，以暗箱操作的方式，指定瀘州市內的民營企業寶光藥業——一個與酒毫不相干，毫不沾邊的民營企業老闆汪俊林收購。

2002 年 3 月 10 日，強制託管郎酒廠的汪俊林等，採取自管、自賣、自買的手段，在瀘州南苑會議中心戲劇性的簽訂了賣廠協議，由縣長申遠康代表賣方，汪俊林代表買方，把擁有資產 17.28 億元的郎酒廠以 4.9 億元賣給汪俊林。其協議內容是：簽訂協議後買方四個月內首付 5000 萬元，其餘剩餘款項分三年付清，也就是至 2005 年 12 月 30 日前付清全部款項。

2002 年，四川華信會計師事務所評估郎酒集團資產總額為 17.28 億元（不含商標、商譽、專利技術、天、地寶洞）。實際上，評估時郎酒廠單是庫存的成品、半成品郎酒（中國名酒）和系列濃香型白酒（部、省雙優），就可值 20 多個億（保守計算）。另一項就是投資近一億建的熱電車間，僅僅估值 1700 萬元。

汪首付 5000 萬元後，動用了郎酒廠的庫存酒，將庫存酒當散酒賣出，並用郎酒廠的酒和物作抵押向銀行貸款，甚至於把租用的無形資產、價值數十億的郎牌商標作抵押貸款 2 億元，從而使郎酒廠變成了有名無實的空殼。到此為止，寶光集團共欠郎酒廠的轉讓款和租用費 3 億 6583 萬元。

申遠康在 2004 年 10 月 18 日又給汪續簽了一個補充賣廠的協議，把原定的 4.9 億元又降價 3187 萬元，並又續簽延期付款協議至 2007 年付清此款。汪俊林的轉讓費遲遲到不了位，縣政府

不但不追究其違約責任，反而續簽了一個補充協議，延長付款期限兩年（原協議為 2005 年底付清），減少轉讓費 3000 餘萬元。實際上周、汪一夥是用郎酒廠的錢買了郎酒廠。

當時全廠幹部、職工在無可奈何之下，曾自發性組織集會、遊行罷工三天，要求政府出面給一個說法，可政府不予理睬，引起廠內 40 餘名黨員要求退黨及 900 餘名職工集體聯名上訴至市、省及中央有關部門數十次，並親臨中央二次，雖取得中央經貿委批示，可至今未果。

周家空手套白狼 李春城汪俊林是幫兇

舉報信還介紹了郎酒職工多年來持續不斷地上訪遭到公安的暴力抓捕鎮壓。「2001 年 10 月 9 日，汪俊林等通過市縣黨政主要官員，動用郎酒廠公款 50 萬元，從一市、四縣調動收買 80 多名公安、防暴警察、保安人員，對不同意汪俊林搞託管、並要求懲辦彭追遠、付志明等的上千工人使用武力鎮壓，『平亂』抓了 20 多名職工進行關押、拘留、審訊；2002 年 10 月，又從瀘州、古藺調動公安幹警、保安人員一百多名武裝到郎酒廠，對維護合法權益的幾百名長期臨時工進行鎮壓，抓了三人進行拘留、審訊；2002 年 11 月，又組織 20 多名公安幹警進駐郎酒廠，群眾稱為『軍事管制』；2003 至 2004 年先後兩次對維權的長期臨時工進行壓制，由公安機關拘留、審訊數人；2005 年 10 月下旬，有 300 餘名離退休職工、下崗工人，要求縣和廠裡解決具體問題，無果。百姓都痛罵：『何處有青天？！』」

也許汪俊林真是個扭虧為盈的好手，不過至少在郎酒收購

中，他成了侵吞國有資產的蛀蟲。現在回頭看事情的經過，周永康、周濱看中了大陸官場請客吃飯喝酒的生意非常興隆，白酒業前途很好，於是開始打郎酒的主意，並派李春城到瀘州具體安排。等把古藺縣的縣長、公安、法院、檢察院等方方面面安排妥當，並與汪俊林談妥權錢交易條件後，上演了這場空手套白狼的「蛇吞象」鬧劇。

雖然正式收購時李春城已經離開瀘州，但前期內幕交易早就開始了。於是周濱夥同汪俊林，採取自賣自買手段，用郎酒廠的錢把郎酒廠買了，一分錢沒掏，就掠奪了幾十億的郎酒廠資產。

鄧鴻：一個從「天堂」被抓下來的人

李春城被中紀委立案調查後，民間流傳李貪污賄賂贓款高達十多億，主要涉及 16 大要案，其中第二大案就是成都會展集團董事長鄧鴻巨額資金案（「九寨天堂」資金案、成都「新會展世紀城」資金案等）。

2013 年 4 月 2 日，多家媒體報導稱，四川富商、身家逾九億元人民幣的四川會展王兼旅遊王鄧鴻正在接受有關部門調查，據說他的數十家經營實體牽涉的巨大利益最終流向了何方，正是調查的重點。

就在這一天，大陸還有媒體公開為鄧鴻捧場，稱他「一不小心建了座天堂」，故意把這位「紅頂商人」描述成一個「藝術家」，一個只想有更多時間作夢的人。可見鄧鴻的後台相當頑固。

文章介紹說，鄧鴻十分低調神祕，是位「美籍華人」、「西部第一會展強人」、「藝術家」、「房地產開發商」。「他喜歡穿

著八塊錢一雙的布鞋，每天抽一美金的雪茄，最喜歡到大排檔吃東西，喜歡在百貨公司到處逛，不買但是很愛看，喜歡出門打車，也沒什麼朋友，低調得連九寨天堂的員工都認不出他是老闆。」

他規劃設計修建的「九寨天堂的橫空出世，曾令國內建築界譁然。這是一座有爭議的建築，不是因為建築本身，而是因為它占領了中國最好的生態環境。」

文章介紹說：九寨天堂的大廳採用鋼拱架全透明玻璃結構，「他認為酒店的大堂一定要『大』，竟然用了一萬平方米。他還想到了一點：穹頂使用全自動溫控系統，『天窗』可隨溫度變化自動開合。據此，九寨天堂可以寫入中國的建築成就史。」

「他向來出手就『大』。從成都國際會展中心的投資額 14 億開始，九寨天堂的 15 個億加上甲蕃古城的 22 億之外，鄧鴻實際上正在構築他的『大九寨』版圖，連接黃河九曲第一灣、花湖、神仙池，再到古城和九寨天堂。所以九寨的整個投資額，是難以估算的一個天價（用鄧鴻自己的話說：國內幾乎沒有人能比）。在世紀城，光種樹就花掉了兩個億（包括 6000 棵銀杏）。」

「跟中央關係最鐵」的四川商人

人們不禁要問，這 50 多億從哪裡來的呢？鄧鴻是個什麼樣的人呢？文章說：「鄧鴻最早是畫畫出身，1993 年前往美國做貿易，第二年便神奇地取得美國永久居住權。媒體對鄧鴻頗多猜測，而鄧鴻亦不願拋頭露面。鄧鴻的朋友不多，更幾乎沒有一個是有錢人。鄧鴻亦對自己的曾經輕描淡寫，做過軍人、中國改革開放後最早一撥經商的人，他擺過小地攤，賣過服裝，開過小飯館和

小工廠，幾乎是那一代企業家『白手打天下』的典範。」「鄧鴻避免談及自己的家庭和孩子。離過一次婚，有四個孩子，講到寶貝女兒時滿心歡喜。」

有人根據鄧鴻的長相和特權，猜測他和鄧小平家族有關係。鄧小平的胞弟鄧墾，就曾任重慶市副市長，一家人定居四川，百歲時的題詞還被薄熙來拿來當虎皮炫耀。也有人說，鄧鴻去美國一年就拿到永久居住權，還有四個孩子，很可能是當了哪個高官的乘龍快婿；也有的說他和張高麗有關，也有的說是因為他和江澤民、周永康的關係特別好。2002年江澤民下台後，不但第一時間到灌縣看望鄧鴻，還在他興建的六星級「九寨天堂」小住過一段時間。不管怎麼說，成都圈內的人都知道，生於1963年的鄧鴻，是「四川和中央關係最鐵的人」，否則他怎麼能輕易搞到幾十億貸款呢？

官方資料為了掩蓋事實，稱1995年鄧鴻帶了億萬美元從美國回成都，以14億元投資建設國際會展中心，他有美國加利福尼亞州居民身分，但經調查，鄧鴻的「美國母公司」加州國際投資貿易有限公司註冊地其實在奧克蘭某居民區裡，而他在成都的公司外資投資僅有最初的註冊金127.5萬美元，何談上億美金？鄧鴻1998年開始籌劃九寨天堂，景區酒店和會議中心的投資超過15億元，此項目一度遇到嚴峻的資金問題。2003年鄧鴻開始建設成都世紀城新國際會展中心，又以九寨天堂和會展中心的資產，共計從工商銀行成都市金牛支行獲得約2億長期貸款用於啟動，中信銀行曾為該項目授信20億元。

鄧鴻「跟中央關係最鐵」，還體現在他被帶去調查前，高層有人給他通風報信，「鄧鴻準備乘坐私人飛機出國去自己購買的

海外雅浦島度假時，在出國的機場被帶走接受調查的。那座小島就是鄧鴻用 18 億美金購買的一個位於南太平洋的島嶼，租期 100 年，是中國商人在海外購買的最大的島嶼。鄧鴻想在該島開發高檔別墅住區，並配備專屬航線。他此行，還帶了一名廚師，想必是怕吃不慣南洋小島的東西，還想著在島上吃川菜。」

鄧鴻是標準的紅頂商人，也是商業奇才。朋友們給他打電話問他在哪，他經常隨口說，「我在天堂」。九寨溝本是中國大陸最後一塊沒有被污染的寶地，卻成了一幫中共貪官的天堂。鄧鴻基本每兩周就會在九寨溝住幾天，他常說下半輩子就住在天堂了。不過這次他能否通過調查，能否再回「天堂」，下半輩子是住在「秦城」還是「天堂」，恐怕不是由他自己決定的了。

第五節

四川官場大地震 近萬官員被查

四川省長蔣巨峰的提前辭職，傳是高層將其降級處理，以減少對周永康惡行調查的障礙。（新紀元資料室）

蔣巨峰疑涉李春城案 被提前下課

人們說四川出事了，不光體現在李春城的落馬、以及與他有錢權交易的富豪被抓被查，還體現在原四川省長蔣巨峰的提前辭職上。

2013 年 1 月 5 日，在四川省第 11 屆人大常委會第 35 次會議上，蔣巨峰辭去省長職務，會議任命魏宏為省政府代省長。按照中共官場慣例，在正省部級崗位上的退休年齡為 65 歲，而蔣巨峰 2013 年 10 月份才到退休年齡，按正常程式，他在 3 月兩會召開後再交班也不遲。

此前，為配合魏宏「名正言順」就任省長，中南海特別批准魏宏擔任四川省委常委、副書記。而在 2012 年 5 月的四川省委常委選舉中，新選出了 12 位常委，魏宏並不在列。

接替蔣巨峰出任代省長的魏宏，既不是省委常委，也不是中共中央委員、候補委員，按中共慣例屬破格提拔，這也是繼楊雄任上海代市長後，中共中央第二次撇開地方直接破格任免地方官員。特別在李春城事件之後，四川官場的人事變動，更加引發外界關注。

2002 年周永康離開四川後，蔣巨峰被江澤民從浙江溫州調到四川，先任四川省委副書記，後來提拔成書記。周永康能夠「人走茶不涼」，這裡面就有蔣巨峰的作用。因此人們把蔣巨峰的存在理解為對周永康惡行調查的障礙，於是高層事先把他降級處理，讓他辭職下課。

有消息說，周永康於離開四川任中共政治局常委、政法委書記後，李春城與蔣巨峰等一些四川官員對其家族在當地的商業活動大開綠燈。周永康兒子在四川的地產項目、石化油品業、及投資「四川信託有限公司」等活動得到周系官員的大力支持，其家族的加油站項目也深受其利。四川信託擁有很多國有資產，包括部分五糧液和國窖白酒的股份，其中周永康兒子投資 2 億元就換回 70 億的國有資產。

網在收 周永康家族腐敗已走到頭

重慶事件發生以來，隨著薄熙來落馬，周永康貪贓枉法、殺妻淫亂、另立中央、陰謀篡權、草菅人命、活摘器官等等罪行不斷曝光。周永康父子利用在石油和政法委系統的影響力大搞權錢交易、賣官鬻爵，收取巨額「保護費」的醜聞也不斷浮出水面。

據《大紀元》獲悉，周永康家族財富至少 200 億人民幣。

自周永康的心腹大祕李春城落馬後，四川政界、商界持續「地震」。陸媒報導 2013 年四川近萬官員被查。其中包括南充市副市長鄒平，和李春城的「愛將」、四川遂寧市長何華章。

2014 年 3 月 17 日傍晚，四川省紀委網站發布消息稱，南充市副市長鄒平涉嫌嚴重違紀，目前正被調查。時年 51 歲的鄒平，2012 年當選南充市副市長，其主要負責農業、城鄉水務、扶貧開發、民政、人口和計畫生育等工作。

與此同時，又傳出四川遂寧市長何華章被調查。3 月 17 日下午，遂寧市委召開六屆 75 次常委會議，參加會議的官員中，沒有何華章的名字。

據港媒報導，何華章於當天被帶走，其備受四川原省委副書記李春城的賞識。有消息稱他捲入「中國報業第一股」博瑞傳播黑幕。但此消息尚未得到官方的證實。

從公開資料顯示，何華章先後擔任成都日報社總編輯、成都市委宣傳部部長、成都副市長、市委祕書長，2012 年擔任遂寧市委副書記、代理市長、黨組書記。

從 2013 年以來，雅安原市委書記徐孟加、雅安原常務副市長蒲忠、廣元市原副市長吳連奇等多個四川地市官員被查。

《第一財經日報》報導，2012 年以來，四川原省委副書記李春城、四川省原政協副主席李崇禧、四川文聯原主席郭永祥等高官接連被中紀委調查，震動了當地政商兩界，由此也帶來其他層級官員及企業老闆的調查。

據中紀委網站 2014 年 3 月 16 日披露，2011 年四川省紀委立案 4530 件，2012 年立案 7839 件，2013 年立案 9938 件，其中廳級官員立案數量增長兩倍，顯示 2013 年至少近萬名官員被調查。

不過具有諷刺意義的是，2014 年 3 月 6 日兩會上，四川省委書記王東明表示，四川幹部隊伍是完全可以信賴的。在歷次地震中幹部都衝在第一線。毋庸諱言，這些年也出現了一些腐敗分子，但這只是極少數，不代表幹部主流。

王東明的話，顯然與中紀委公布的調查結果相左。比如 2013年，四川接連爆出成都市國企系統腐敗案、高校腐敗案、農村能源腐敗案、雅安腐敗案等。

自 2012 年以來，成都工投集團董事長戴曉明、成都建工集團董事長張俊、成都市興蓉集團董事長譚建明、成都投控集團董事長吳忠耘、成都高投集團董事長平興和成都銀行原董事長毛志剛等一把手被調查。

中共四川省紀律檢查委員會第十屆三次全會在總結 2013 年工作情況的報告中，披露了四川省一年裡的吏治概況。這份在2014 年 1 月底公布的報告顯示，負責檢查中共黨員領導幹部違紀情況的四川省各級紀檢監察機關在 2013 年共立案 9938 件，同比上升 26.7％；這其中，被立案的廳級幹部有 20 人、縣處級幹部有 246 人，分別同比上升 233.3％、31.6％……

一個省的紀檢監察機關，一年之內立案 9938 件，平均每月800 多件，平均每天近 30 件，由此看出大陸官場貪腐嚴重。據說這 9938 件被立案的紀檢監察案件，還不包括被中紀委查處的那些四川省的省部級官員和央企在川企業的「碩鼠」及其窩仔。

周永康重要黨羽揭秘

第二章

黑社會幫

劉漢是周永康之子周濱在四川的生意夥伴之一,其漢龍集團涉足能源、礦山、地產、跨投等多個領域。劉漢在北京被控制後,震動四川官場,該案被作為典型的警匪勾結、政商勾結案件。(新紀元合成圖)

第一節

劉漢：「最慷慨慈善家」的行賄

據知情人透露，劉漢本人是江澤民派系的腐敗官員貪腐鏈中的一個重要人物，掌握江派黑道洗錢的大量祕密。（新紀元資料室）

周永康在 1999 年至 2002 年任四川省委書記，坊間一直流傳周永康是江澤民的外甥女婿，周也經常炫耀自己是「江主席的人」。在離開四川升任公安部部長、政法委書記、政治局常委之前，周永康拉幫結夥，不斷提拔安插自己的親信把持重要位置，以至於周走後，四川也一直是周家的地盤、周永康家族貪腐劇目上演的大舞台。

最早被爆出被警方「控制」的四川富豪是漢龍集團的總裁劉漢。2013 年 3 月 19 日，據傳劉漢與其兩任妻子被祕密逮捕。政界傳言稱，「此事除了與目前已經落馬的原四川省委副書記李春城有關外，可能還指向某位曾在四川任職的退任常委。」從他的兩個妻子被抓，人們看出劉漢被調查的內容時間跨度大，是「老帳新帳一起算」。

官方資料顯示，劉漢 1965 年出生於四川廣漢的一個教師家

庭，畢業於四川大學企業管理系。1990 年至 1991 年任廣漢特油供應站副經理、經理，1994 年，在鋼材期貨市場淘到第一桶金。1997 年 3 月，劉漢在綿陽成立漢龍集團，註冊資本 9998 萬元，法人代表為蒲萬昌，劉漢隱身幕後。2003 年登上胡潤百富榜，2008 年，因四川地震捐款超 5000 萬元全國知名。

2008 年 4 月 23 日，「2008 胡潤慈善榜」子榜單「川渝慈善家」發布，43 歲的劉漢以 1.27 億元捐贈成為最慷慨、最年輕的慈善家。在「2009 胡潤慈善榜」中，劉漢以 2.09 億元的捐款額位列榜單第 16 位。劉漢還有個最出名的點，他在汶川修建的希望小學，由於質量過關，在地震中完好無損，這與四川教委修建的豆腐渣學校形成鮮明對比。

劉漢極為低調，從不接受媒體採訪，其營商風格卻多有爭議，多年來多有其「涉黑」傳聞。而劉漢所掌控的漢龍集團官方網站資料顯示，四川漢龍集團資產規模達 200 億元。至 2012 年下半年，漢龍集團擁有、持有境內外上市公司五家，擁有全資及控股企業 30 多家，資產超 360 億元，年銷售額超過 160 億元，雇用員工超過 1 萬 2000 名。胡潤百富 2012 年估測，劉漢擁有 10 億美元的淨資產。

據知情者透露，從 1990 年代中期陸續收購六家國企化工廠後，劉漢和其堂弟劉滄龍就在四川先後分別成立宏達與漢龍兩個集團。時值周永康主政四川期間，據稱宏達以為數不少的集團股份回贈周永康的兒子周濱。為了宏達股份順利上市，劉氏兄弟至少拿了 5000 萬人民幣行賄證監會的官員。四川礦產界一位資深人士說，外界鮮為人知的是，「劉氏兄弟」（指劉滄龍和劉漢）才是四川礦產界真正的大老，「手上不僅礦多，而且不少都是好礦。」

不過到了 2013 年 3 月 22 日，新華網發出通稿，以刑事案件掩蓋貪腐罪行，以便釋放出煙幕彈，讓人看不清劉漢被調查的真實原因。新華社稱：「從警方獲悉，潛逃多年的公安部 A 級通緝令通緝的重大殺人犯罪嫌疑人劉勇（男，43 歲，四川廣漢人）於近日被公安機關抓獲。其兄劉漢涉嫌窩藏、包庇等嚴重刑事犯罪，正在接受公安機關調查。」

劉勇雇凶殺人與袁寶璟案

據六年前的大陸媒體報導，「2009 年 1 月 10 日 14 時 50 分，四川德陽市廣漢雒城鎮北海路鴨子河堤一露天茶鋪發生一起持槍殺人案。犯罪分子光天化日之下連開數槍，致三人當場死亡、兩人受傷。」

70 天後，偵破結果是：死者陳富偉與劉漢的弟弟劉維（曾用名「劉勇」）互有積怨。陳富偉是個一貫打砸搶的人，「1991 年因故意傷害罪被判緩刑，1994 年因流氓罪、脫逃罪被判刑 14 年，2004 年因非法持有槍枝罪、尋釁滋事罪被判刑七年，2008 年 7 月刑滿釋放。」由於幾次判刑他都提前多年釋放出來了，有人猜測陳富偉很可能是黑社會頭目，也許曾經跟劉勇是一夥的，或早就是江湖冤家。2008 年陳富偉放言，一定要殺了劉勇，於是劉勇在 2009 年 1 月出錢雇了三個馬仔，眾目睽睽下把陳富偉一夥三人給打死了。案發後劉勇的人馬紛紛被抓被判刑，但劉勇潛逃。

廣漢認識劉漢的人都說，這是老天爺報應。20 多年前劉漢剛出江湖時，除了高期貨市場攫取第一桶金，還因為欺詐騙市等行

為，與遼寧的年輕富豪、北京建昊集團董事長袁寶璟兄弟結怨。
袁寶璟被稱為「中國股票第一人」、「北京的李嘉誠」、「資本
市場魔術師」。一向是期貨高手的袁，在廣漢高粱期貨上卻損失
了 9000 多萬。袁懷疑是劉漢與證券交易所修改規則所致。1996
年秋天，袁寶璟這個窮孩子上大學時認識的朋友、曾是刑警隊長、
黑白兩道通吃的汪興，主動提出要安排人去幹掉劉漢，這個黑道
殺人手法得到袁寶璟的認可。後袁寶璟出資 16 萬元讓弟弟袁寶
琦交給汪興。

　　1997 年 2 月 1 日晚九時許，受袁寶璟等人指使的李海洋在四
川省廣漢市發現劉漢，李海洋向劉漢近距離連開兩槍，但未擊中
劉。1997 年後，因汪興多次向袁寶璟借錢未果，便開始以打電話、
寫信以要舉報袁寶璟的違法犯罪事實相威脅。不過無論汪興怎麼
舉報，官方也沒有對袁寶璟進行調查。

　　官方判決書上說，2001 年 11 月 15 日，袁寶森刺汪興數刀後
逃離。2003 年 10 月 4 日 23 時許，袁寶福與袁寶森攜獵槍來到汪
家附近，袁寶森對汪連開二槍，汪當場死亡。不過袁家人認為這
是誣陷，他們的一審時的認罪，都是刑訊逼供的結果。一審後，
袁寶璟提出要舉報立功，並捐出在國外的上百億資產以保命，一
度官方有鬆動，但由於他舉報的是政法委書記李峰，一個薄熙來
的紅人，反而加速了其死亡。李峰向袁寶璟借了很多錢，袁一死，
就不用還錢了。李峰因殘酷鎮壓法輪功，被國際人權組織列入追
查惡人榜。

　　劉漢當初設計謀算了袁寶璟，沒想到自己也會重演袁寶璟的
悲劇。

在資本市場興風作浪的劉漢

《華夏時報》在「劉漢的資本江湖」中介紹說，劉漢的被查，「資本市場關注他，因為金路股份、宏達股份兩大上市公司背後都有其影子；《福布斯》關注他，因為他是隱藏在水面下的真正富豪……」劉漢的身影出現在資本市場上總是掀起風浪。

2008 年 5 月，國內第一例大小非違規減持，始作俑者便是宏達股份。兩名股東單日減持均超 1％，涉嫌違法違規。……宏達股份復牌後，據報導稱，一開盤便跌停，隨後連續六個交易日跌停。作為首例大小非違規減持案件，兩大股東這種「頂風作案」的做法，帶給股市非常大的影響。

除了違規減持股份外，和劉漢隨行的還有炒作股價。轉型鐵礦石生產及銷售的宏達礦業，2013 年 1 月 7 日迎來了第三個連續漲停。據查，當時進口鐵礦石的招標價格為每噸 157 美元，較三個月前的 2012 年最低位上漲 80 美元左右。換言之，鐵礦石在三個月當中漲幅翻番。受此消息提振，龍頭股宏達礦業連續三交易日漲停。

從交易龍虎榜上可以看到，宏達礦業的三個漲停板，交易額居前的席位全部是券商營業部。值得一提的是，2008 年 A 股自 6124 點調整以來，滬指下跌幅度達到了 62％。在此期間，宏達股份也以 78.45％的跌幅高居川股跌幅榜首位。

作為一支基金重倉股，宏達股份復牌前被 60 多支基金持有，連續的深跌自然讓基金叫苦不迭。宏達股份股價異動，市場上對游資炒作和機構護盤的猜測一時四起。一家大型券商的分析師稱，宏達股份的走勢屬「大資金玩法」，肯定不是散戶力量所能為。

江派貪腐鏈上的重要人物

漢龍集團自創立至 2008 年間，劉漢的足跡均在國內。2009 年開始，漢龍將發展重點轉向礦業，控股澳洲鉬礦有限公司，與美國通用鉬礦公司合作；在鈾礦領域，該公司於 2010 年收購國際大型鈾礦開發商馬里尼加能源有限公司 12.5％股權，成為第一大股東。

漢龍集團目前持有境內外上市公司五家，擁有全資及控股企業 30 多家。劉漢經常說的一句話是：「錢是沒有問題的！」彷彿銀行就是他們家開的。據知情人透露，劉漢本人是江澤民派系的腐敗官員貪腐鏈中的一個重要人物，掌握江派黑道洗錢的大量祕密，外界高度關注劉漢案是否會演變成反腐「打虎」的要案。

知情人表示，劉滄龍與劉漢兩兄弟跟周永康關係匪淺，從一些官方報導中就能看出端倪。「2001 年 3 月 28 日，四川省委書記的周永康攜省、市主要領導班子視察巨集達化工，稱董事長劉滄龍為『生龍活虎地開展工作的企業家』。2002 年 11 月 30 日，升為中央政治局常委的公安部長周永康再度視察宏達。2003 年 11 月，新疆黨委書記的王樂泉視察宏達。2005 年 8 月 26 日，宏達控股的雲南金鼎鋅業大礦開發一期 10 萬噸電鋅項目舉行竣工典禮，四川省副省長楊志文、雲南省副省長李新華、中國有色金屬工業協會會長康義等領導參加典禮並剪綵。

此外，2007 年 4 月 22 日，四川省委副書記、省長蔣巨峰視察宏達有色金屬生產基地；同年 11 月 21 日，賈慶林和國務委員劉延東親切接見劉滄龍。2010 年 11 月 29 日，由四川省副省長黃小祥、四川省政協副主席兼四川省工商聯主席陳次昌等相關主

管部門領導出席宏達控股的四川信託有限公司開業慶典並發表講話……」

　　具體來說，2012 年 7 月，四川什邡民眾因重金屬高污染項目而引發的抗暴之舉引起全國各地乃至世界民眾的關注和支持。人們不禁要問，這個先後被新疆、西藏、雲南拒絕的項目緣何可以落戶什邡？鉬銅項目由於其對環境的高污染，尤其將對水源造成污染，而幾次被他省拒絕，什邡當地民眾也反對，不過，什邡市市委書記李成金卻強行要求該項目上馬，稱「項目能給三年前遭受嚴重地震災難的什邡市創造許多就業機會和盈利。」殊不知，掙的那點血汗錢還不夠吃藥的。

第二節

劉漢被定為「特大黑社會」

劉漢是周永康之子周濱在四川的生意夥伴之一，漢龍集團涉足能源、礦山、地產、跨投等多個領域。（新紀元資料室）

「神祕富豪」的血腥致富過程

2014 年 2 月 20 日，湖北省咸寧市檢察院通報：原四川漢龍集團董事局主席劉漢、劉維（曾用名劉勇）等 36 人，因涉嫌組織、領導、參加黑社會性質組織以及故意殺人、故意傷害、非法經營和包庇、縱容黑社會性質組織等 21 項罪名，被檢察機關依法提起公訴。

中共官媒報導稱，這位「神祕富豪」的資本積累過程充滿血腥，他的「黑金帝國」涉嫌實施故意殺人、故意傷害、非法拘禁等嚴重刑事犯罪案件數十起，造成九人死亡，而九名被害人中有五人是被槍殺的。繳獲軍用手榴彈 3 枚、槍枝 20 枝、子彈 677 發。非法掌控公司 70 家，坐擁資產 400 億元人民幣，並曾在項目競拍揚言，誰敢舉牌，舉一次砍條胳膊，因此此案被定性為「國內

特大黑社會性質犯罪案」。

此前早有報導稱，劉漢被抓是因為深度捲入周永康案，是周永康的馬仔。從現在官方發出的報導看，雖然並沒有明顯點出其與周永康之間的關係，但是其怵目驚心的程度比以前的報導有過之而不及。

被坊間稱為「資本大鱷」、「礦業大亨」的劉漢旗下擁有數十家子公司，橫跨金融證券、能源電力、房地產、礦業開發等多個領域，曾被《福布斯》雜誌稱為「潛在水底的真正富豪」。

具諷刺意義的是，劉漢還有四川「首善」之稱，曾連續三屆當選四川省政協委員、政協常委，擁有的個人榮譽稱號多達 20 餘項。

四川「首善」的野蠻發跡史

2014 年 2 月 20 日，《南方周末》發表長篇報導披露，48 歲的劉漢出身四川一戶貧寒之家，底層打拚幾十年，變身礦業大亨、資本大鱷。在他這條驚險離奇的成長之路上，布滿騙局、暴力和不為人知的祕密。

「他牽涉的背景太深。」廣漢市委一位人士對《南方周末》記者說：「調查劉漢，其實是各方勢力博奕的結果。」

《大紀元》此前報導，劉漢一案的特殊之處在於他控制下的漢龍集團和其堂兄劉滄龍的宏達集團，與周永康之子周濱之間的經濟聯繫和商業往來。

2 月 20 日新華網發文指稱劉漢涉黑犯罪內幕，文中說劉漢一案並不簡單，而是在中共高層「堅強領導」下，由公安部直接指

揮北京、湖北、四川多地警方聯手，「歷經 10 個月艱苦偵辦」，並透露「當地三名政法幹部」成為劉漢保護傘，「劉漢的關係網隨著經濟實力的擴張水漲船高，從最先起家的廣漢、德陽，輻射到綿陽、成都，乃至北京。」

官媒罕見拋出「政法幹部」、「關係網輻射至北京」……，裡面透露的種種資訊，引發北京觀察人士對周永康一案將如何定性作出猜想。

此報導最後一句稱：「隨著案件的進一步辦理，劉漢黑惡組織昔日與政商兩界逾越黨紀國法、進行種種勾連的內幕，或將一一揭開。」

政法官員為劉漢提供槍彈

與劉漢一起被提起公訴的，還有當地三名政法官員：原德陽市公安局刑警支隊政委劉學軍、原德陽市公安局裝備財務處處長呂斌和原什邡市檢察院副檢察長劉忠偉。

據劉漢的弟弟劉維供述，除了送金錢財物，他幾乎每周都會和這三人在自家的會所裡聚會，一起尋歡作樂，甚至吸食毒品。由於這種特殊的關係，劉學軍以隱匿、銷毀案卷材料為條件，請劉漢幫助其升遷，發生命案後多次通風報信；劉忠偉、呂斌為劉維提供槍枝配件和子彈。

為尋求更大的保護傘，劉漢不僅大肆結交官員，還利用自己的妻子結交官太太，從而接近官員。

在四川省內外，很多人都知道劉漢是「有大背景、大靠山」的人物。這使得劉漢的斂財之路更加暢行無阻，甚至能夠左右當

地人事安排。對於能帶來利益的官員，劉漢可以幫忙提拔升遷；對於擋他財路的幹部，不擇手段予以清除。

2001 年遇「領導」後發跡

四川省政法系統一匿名人士稱，他曾在私人飯局上見過劉漢，1.8 米的個頭，有點沉默寡言，但眼睛很精神，透露著狠勁。

截至 2013 年 3 月，劉漢被抓前，他名下的四川漢龍集團已發展成一個巨大的商業帝國，資產達 400 多億元。據陸媒披露，劉漢能聚斂這麼多巨額財富，除了「打打殺殺」的爭搶外，還與其深厚的政商背景相關。

知情人士說，2001 年，劉漢遇到「貴人」幫助。當年，劉漢被列入公安機關查處名單，花費巨資攀附上某位領導，將他從查處名單上撤除。此後，劉漢通過資本運作迅速把產業擴充到外省、外國，建立了礦業帝國、資本帝國。

陸媒披露，劉漢與「領導」搭上線後，變得更為低調、謹慎，很少在公共場合出現。知情人士隨後少數幾次與劉漢會面，感覺到了他的變化。「言語之間連省裡的官員也不放在眼裡。」

另一名與劉漢接近的匿名人士稱，有特殊背景的商人周濱（或稱周斌，周永康之子）2002 年前後到四川投資，劉漢高價從其手中購買項目，「為了維護關係。」

知情人士透露，2001 年，為討有關「領導」歡心，劉漢在阿壩州投資建設兩座水電站。2005 年，劉漢把經濟效益良好的天龍湖電站和金龍潭電站賣給四川匯日電力公司。

廣漢當地坊間流傳，劉漢是當地政府之外的地下組織部長，

他能在一定程度上影響幹部任免。

據四川政法系統內部人士透露，劉漢在北京被控制後，公安部成立「1‧10」專案組。據稱，劉漢案震動四川官場，該案被作為典型的警匪勾結、政商勾結案件，要求一查到底。

綜合資料發現，周永康於 1999 年 3 月到 2002 年 11 月出任中共四川省委書記。正是由於周永康瘋狂迫害四川法輪功學員，深得江澤民「賞識」，於 2002 年 12 月，接任公安部部長。周在四川既有死黨，使四川至今迫害法輪功嚴重程度居全國前幾位；周永康與其子周濱等家族又有巨大的經濟利益在四川。

李崇禧案涉劉漢案

2013 年 12 月 29 日，曾經是周永康心腹大祕的四川省政協主席李崇禧落馬。當時有陸媒透露，李崇禧落馬，很可能與其在四川省紀委書記任上擔任「礦業秩序整治督導組」組長涉及礦業重整併購有關。知情人士透露，涼山州政府收購私人礦山進行拍賣，四川礦業大佬劉漢成為最大贏家，涼山州多數礦產流入劉漢的漢龍集團和堂兄劉滄龍的宏達集團。

李崇禧曾是周永康大祕，在周任職四川省委書記期間一路高升，惟命是從，俯首貼耳。在一系列迫害法輪功學員事件中，李崇禧的阿壩州迫害經驗受到周永康的肯定後在全省推廣，李崇禧也因迫害中罪惡累累得到周永康賞識而納入其派系之中，2000 年 12 月，李崇禧升任中共四川省委祕書長、辦公廳主任、省直機關工委書記（後又升任省委副書記、紀委書記、政協主席等職務）。

劉漢政商勾結 周永康難脫干係

2014 年 2 月 20 日，美聯社報導說，劉氏兄弟的案件涉及四川政商勾結的黑幕。對此新華社的報導並不諱言。報導披露，劉漢曾連續三屆「當選」為四川省政協委員和政協常委，擁有的個人榮譽稱號多達 20 多項。他的弟弟劉維親手殺人後逃遁，在他被通緝的四年期間根本就沒有離開過四川。雖然警方不時接到舉報線索，但每次抓捕行動都會「差之毫釐」，劉維總與抓捕人員「擦身而過」。

有報導說，四川官場和商場頻頻「地震」很可能是在清理據稱中國第一大貪腐案件周永康案的外圍，這位前政治局常委據報導目前正在接受調查。

美國之音引述網路維權人士黃琦的看法認為，四川政商勢力盤根錯節，一些腐敗官員充當了一些民營企業涉黑經營的保護傘，對此，周永康脫不了干係。

他說：「眾所周知，周永康先生在四川搞了很長時間，包括他後來擔任中央政法委書記期間在我們四川培植了一系列官商勢力。這部分勢力在政法委系統和黨政部門的庇護下，在四川積累了大量冤案。僅雙流縣一個縣，據我們所知，類似案件就多達兩、三千起。」

過去一年來，輿論熱議周永康可能成為習近平打擊貪腐的一隻「大老虎」，但周永康案卻遲遲不能浮出水面。觀察人士預計，這次新華社高調報導又一起官商勾結大案，可能距離「周老虎」曝光更近了一步。

劉漢與江系深度瓜葛

2011 年 9 月 13 日，澳洲證券與投資委員會（ASIC）發表聲明稱，正對中國四川漢龍集團下屬的漢龍礦業投資公司三名高管涉嫌與澳洲兩家礦業公司內幕交易進行調查。此公司的信譽、員工的職業操守已受到質疑，人們也憂慮中國證券市場的「潛規則」被帶到海外。

近年來，漢龍集團頻頻出手，赴海外收購礦產資源，其目標是在 10 年內成為全球第四大鐵礦石供應商，爭奪全球鐵礦的話語權，有效制衡全球三大鐵礦石巨頭。漢龍礦業目標在澳洲組建一個價值 300 億澳元到 500 億澳元的大型礦業公司。

澳洲砂礦生意基本被曾慶紅家族壟斷，而漢龍礦業投資公司的行動據悉得到中共官方的大力支持，而劉漢本人曾說錢從來都不是問題。

劉漢是周永康之子周濱在四川的生意夥伴之一，而周濱以其深厚的背景涉足水利、石油等多個領域。2003 年左右，周濱以 2000 萬元左右的價格，轉讓其位於四川阿壩州的一個旅遊項目給劉漢旗下的公司，獲利不菲。劉漢公司的一位前員工認為，該處旅遊項目的地理位置並不好，價值最多只有幾百萬。劉漢曾對其指示，「只要不是太過分，我們就答應他。」這名員工認為，劉漢做該筆交易，只不過是為了維護他和周濱的關係。

2005 年左右，漢龍集團成立了一家電力公司。四川省發改委以保護資源為由，限制劉漢公司掌握全部股權。於是，周濱應邀出面，代劉漢持有了該公司 20% 的股權。後來劉漢再從周濱手中回購這部分股權，但此次回購只是形式，劉漢並沒有付款。

第三節

億萬富翁袁寶璟的死刑黑幕

袁寶璟和他的建昊集團被稱為「資產收購大王」、「北京的李嘉誠」，因追殺劉漢未遂，反受其害，兄弟四人，三人被處死，一人被判死緩。（新紀元合成圖）

2014 年 2 月 20 日，大陸媒體廣泛報導了四川漢龍集團董事長劉漢，因涉嫌組織、領導、參與「特大黑社會集團」而被提起公訴。據說過去十多年裡，劉漢團伙至少涉嫌造成九人死亡，其中五人遭槍殺身亡，而享有「四川首善」稱號的劉漢，掌控的資產高達 400 億。

不過大陸媒體沒有報導的是，劉漢這個 1965 年出生在四川廣漢普通教師家庭的人，2001 年是在某「貴人」的保護幫助下，才憑藉各種黑社會手法，迅速成為億萬富翁，而這位貴人就是中共前政治局常委、政法委書記周永康。

周永康在四川任職期間，曾兩次到劉漢集團視察，可見兩人關係不一般。《新紀元》曾報導披露，劉漢正是因為捨得花巨資巴結周濱（即周斌）和周永康，才迅速起家。劉漢的黑社會頭目身分的曝光，讓人們想起了八年前因涉嫌謀劃「槍殺劉漢」而被

官方迅速處死的另一位億萬富翁袁寶璟的死刑案。

早在 2013 年 12 月劉漢被官方逮捕調查時，海外網路上就流傳一則消息，說周永康在四川的馬仔劉漢，以及在遼寧的馬仔李峰，這三人的勾結，才導致了袁寶璟的「屈死」。不過袁寶璟是否是屈死，還有待進一步調查，但知情人列舉了很多疑點，從中讓人看到周永康統治下的政法委司法黑暗，袁寶璟哪怕主動捐出 500 億人民幣，也買不回一個「清白」。

劉漢與袁寶璟結仇始末

1966 年 2 月出生在遼寧遼陽的袁寶璟，家庭貧寒，是五個孩子中的老三，考大學時他非要去北京，結果在 1985 年考入了中國政法大學，不過讓他發財的卻是他天生的金融炒作天賦，而政法大學那些年的苦讀，最後也沒能讓他利用法律知識保全自己一條性命。

袁寶璟和他的建昊集團被稱為「資產收購大王」、「北京的李嘉誠」，是中國首位「世界青年創業者大獎」得主。同時，他建立的「中國大學生跨世紀發展基金」、「五四獎學金」、「建昊獎學金」等，也是當時企業家做慈善的先行者之一。

袁寶璟與劉漢的怨仇始於 1996 年秋的期貨市場。當時袁寶璟在成都炒期貨，從不失利的他卻莫名其妙地損失了 9000 多萬元，袁寶璟懷疑是劉漢與交易所勾結，修改規則所致。

袁寶璟的朋友，刑警出身的汪興主動提出，可以安排人收拾劉漢。汪興 1958 年生，曾任遼陽市刑警大隊專案中隊隊長，1992 年下海經商，兩人在火車上認識，當時袁寶璟還是個窮大學

生。後來袁寶璟曾多次借錢給汪興炒股，汪興曾任深圳南方建昊公司經理。

1997年2月1日晚9時許，受汪興委託，遼陽「黑老大」楊忠學指使李海洋持槍來到四川省廣漢市，向劉漢近距離連開兩槍，不過劉漢並未被擊中，李海洋則逃離現場，後被警方抓獲，但當時警方並未追查背後的指使者。

遼陽刑警隊長的「好主意」

「廣漢行刺事件」後，汪興被袁寶璟調回北京，未獲重用。1997年秋，汪興離開了袁，並向袁寶璟提出借100萬元回遼陽單幹，袁寶璟反應冷漠。汪興開始搜集和整理自己掌握的袁寶璟和建昊集團材料，並四處舉報，但無人受理。

據大陸雜誌報導，2001年11月，汪興被人追殺，身中數刀，因搶救及時保住性命。汪興認為是袁寶璟幹的，事後他給袁打電話說：「追殺我的人，我都想好了，就這麼幾個人，有姓趙的（汪興妻子的前夫），四毛子（遼陽的一個『黑老大』，真實姓名張宏東，2005年5月被判處死刑並執行），還有XX（即被袁寶璟臨刑前舉報的高官）；你也算我一個仇人，你必須給我拿錢，不然我和你沒完。」

兩年後的2003年10月4日23時30分，在遼陽市某居民小區，人們發現汪興身中兩槍，倒地身亡。官方一口咬定是袁寶璟兄弟四人參與幹的，不過事隔多年後，很多人認為，完全不能排除是劉漢指使人幹的，而嫁禍給袁寶璟，也不排除是其他人幹的，而劉漢、李峰等人藉機栽贓在袁寶璟身上。

袁寶璟是屈死的嗎？

2004 年 4 月袁氏四兄弟殺人案開庭前，袁寶璟的妻子、大陸著名藏族舞蹈家卓瑪召開新聞發布會，質疑當地警方的偵查程式：如果警方認為袁寶璟讓自己的二哥袁寶琦找人殺汪興，袁寶琦又找袁寶森、袁寶福兩個堂兄去殺汪興，這是連環委託案，按常理，偵破程序首先應該抓直接行凶人袁寶森、袁寶福，審訊落實證據後才輪到袁寶琦，再證據確實後，才最後輪到袁寶璟，但實際上卻是在 2003 年 11 月 23 日下午 6 時抓了袁寶森、袁寶福，次日凌晨在廣西抓到袁寶琦，24 日下午在北京抓到袁寶璟。沒有進行審訊，就抓捕連環案中所有嫌疑人。

官方認定袁寶璟有罪的主要證據，只有袁寶琦的口供，儘管後來四人都在法庭上表示是因為刑訊逼供才做了偽證，但案子一直無法翻供。

刑訊逼供出來的證據

2005 年 10 月 14 日，本該被執行死刑的袁寶璟一度出人意料地活了下來：死刑被暫緩執行。兩周後有媒體曝出袁寶璟沒死是由於他捐出了價值近 500 億人民幣的個人資產，不過袁的一個律師鄔明安對媒體表示，袁案存在眾多疑問，如沒有直接證據證明袁雇凶殺人等等。

據說在長達 11 個小時的庭審過程中，袁寶璟曾說，警方將他反銬在一個鐵凳子上審訊，在拘留所的五天五夜裡，警察兩人一組換班不分日夜地對他們兩人同時進行審訊。在他極其睏倦的

時候，警察會把他一巴掌搧醒。審訊當中，警察要求他必須按照警察的意思供述，否則，就用礦泉水瓶子砸他，用穿著皮鞋的腳踢他。袁寶璟當庭出示了自稱是刑訊逼供導致的右小腿上的傷痕，這個證據一度令旁聽的 200 多人譁然。

另外袁寶璟還說，他是中國政法大學畢業的學生，完全明白簽字畫押意味著什麼，但實在是沒辦法，「我當時在那個假供上簽字，就是為了先活下來，然後到法院翻供。」

一審後，袁寶璟的律師們在審查卷宗材料時，有了「一審時未能獲准看到」、但可能「足以推翻原死刑判決」的重大新發現：汪興屍體內的彈頭含有鉛的成分，而打撈出來的槍枝及其彈殼在警方送交大連市公安局檢測的時候，沒有檢到鉛和發射藥的成分，如果實際射殺汪興的槍枝不是槍手袁寶森供述的「扔於護城河中的槍」，也就不能認定是袁寶森射殺了汪興，因此也就更談不上是受袁寶琦、袁寶璟雇傭指使。

主動捐出印尼公司 500 億股份

按照坊間說法，袁寶璟第一次死刑沒執行時，他不但把瑞士巨額存款密碼告訴了妻子卓瑪，還委託卓瑪和律師捐贈其擁有印尼公司 40％股份（時價約合 495 億人民幣）。

劉家眾律師說，袁寶璟多次表示，捐贈完全不是為了「買命」，而是的確想將自己財富的一部分捐贈國家。為了順利實現這次捐贈，袁寶璟還讓他的妻子——夫妻財產的共同所有人——卓瑪也簽署了一份同意捐贈書。

10 月 14 日，卓瑪在會見完袁寶璟後，立即回到北京，在第

一時間落實這份捐贈。就在 10 月 15 日，國家某部委一名辦公廳主任會見了卓瑪，在表示願意代表國家接受捐贈後，反覆問卓瑪有什麼要求，卓瑪說，除了接受這份捐贈，沒有任何別的要求。此前卓瑪曾對媒體表示，袁寶璟是出於提高國家能源安全度才有此「遺願」的。

不過，這些翻供和捐獻都沒能救了袁寶璟的命。很多人都還記得，2006 年 3 月 17 日在電視上看到，當遼陽市中級法院宣布以故意殺人罪判處被告人袁寶璟、袁寶琦、袁寶森死刑時，身穿白色運動服，脖子上圍著白色哈達的袁寶璟拚命大喊：「我不服，我要檢舉！」

不過，他沒想到的是，他要檢舉的人，正是有權力讓他死的人：遼寧政法委書記李峰。

李峰拿了袁寶璟的 1.2 億港幣

當袁寶璟第一次死刑沒執行時，袁的另一律師劉家眾曾對媒體表示，袁被暫緩死刑，並不是因為他巨資捐款，而是由於他檢舉揭發了涉及現任某省常委、政法委書記的經濟犯罪事實。海外媒體報導說，這人就是遼寧省政法委書記、長期在周永康手下幹活的李峰。

袁寶璟出事前，李峰授意袁寶璟花 1.2 億港元購買香港一家上市公司的股權，而股東登記姓名則是李峰的妻子。袁寶璟還舉報說，李峰甚至掌控著遼寧省毒品犯罪和假鈔買賣活動。《新紀元》分析說，很可能這些祕密情報都是袁寶璟從汪興那裡聽來的，汪興畢竟當過刑警隊隊長，這也從另一角度印證了汪興第一次被

暗殺後留下的話，想殺他的人也包括李峰。

「遼寧的某種勢力想要袁寶璟的命！」袁寶璟妻子卓瑪2004年5月間曾對媒體如此說。據透露，2002年袁寶璟母親下葬，李峰親自接風，並安排武裝保鏢，駕駛武警牌照轎車跟隨袁寶璟。為了讓李峰妻子持股的公司上市，袁寶璟隨即出資億元支持，該筆資金袁寶璟後來曾經多次催收，但一直沒收回來。卓瑪當時對媒體表示，該事有詳細財務報告可提供查證，同時案情內幕亦有相關證人可以核實。

2005年6月1日，袁寶璟在看守所向兩位代理律師口述了李峰通過汪興找到他，要求他幫這位領導洗「黑錢」，並開出每洗1000萬元提成300萬元的事情，當律師通過看守所幹警讓袁寶璟在會見筆錄上簽字時，看守所找出各種理由就是不讓袁寶璟簽字。

無奈之下，卓瑪只好在北京長安公證處的公證下，將這些舉報材料寄送至遼寧省有關領導和部門。卓瑪當時還對媒體透露，一份寄給有關領導的舉報材料，為安全起見留有卓瑪一位朋友的手機號碼，材料寄出不久就有自稱警察的人打這個號碼，並索要3000萬元，稱交錢就可放人。卓瑪還稱此前和此後自己和家人、律師曾經多次遭遇人身威脅甚至襲擊。

回頭再來看劉漢和袁寶璟的命運，兩人都從貧寒家庭出身，都是在某些方面有才幹的民營企業家，但由於陷入政治中，無論是主動巴結周永康，還是被動舉報李峰，兩人最後可能都是「殊途同歸」：劉漢可能也會被判處死刑。

這也是當今民營企業家拚命移民國外的原因：在中共的統治下，誰能保證自己的人身安全呢？

第四節

劉漢送 22 億給周永康
獲「殺人執照」

據大陸媒體有限的披露：在長達十多年裡，劉漢黑社會組織涉嫌故意殺人、故意傷害、非法拘禁等嚴重刑事犯罪案件數十起。（新紀元資料室）

　　2014 年 2 月 27 日，在《明報》前總編輯劉進圖被刺發生後的第二天，大陸上至官媒，下至門戶網站都在全方位起底周濱（又名周斌），中共喉舌人民網甚至以《起底周濱：以父之名》的標題高調影射周永康。

　　2014 年 2 月 25 日北京中央政府致函香港特區通報，取消原定 9 月在香港舉行亞太經合組織（APEC）財政部長會議，改北京舉行，引發外界關注。《大紀元》獲悉，連串事件背後涉及中南海高層激烈的搏擊，中共江澤民集團核心人物、前中共政治局常委曾慶紅長期把持香港事務各項權力，扶植中共地下黨特首梁振英上台後，梁一直在曾慶紅的授意下，將香港作為攪局習近平陣營的磨心，梁振英不惜用黑幫亂港，製造事端。

周永康案升級定性的信號頻現，江澤民集團在政法委這一領域迫害法輪功而犯下的反人類罪是此案的核心。就在 2 月 26 日，前《明報》總編劉進圖被襲擊的第二天，2 月 27 日，大陸各媒體高調報導江澤民政變集團核心人物周永康之子周濱商業帝國的醜聞與黑幕，突顯中南海對周永康案的定性與升級是習近平陣營手中的籌碼。

陸媒起底周濱 BBC：周永康沸點

2014 年 2 月 27 日大陸各大門戶網站紛紛以《起底周濱：以父之名》、《周濱何許人也？》為題，近乎直接點名周永康。《中國青年報》、財新集團、《新京報》、人民網、《中國經營報》、東方網等均發文強攻周濱。

人民網披露：和他父親一樣，周濱就讀的是石油院校，那是被稱為「石油黃埔軍校」的西南石油大學，地處四川。那時候他父親已經高升為中國石油天然氣總公司高層，周濱入讀該校是順理成章的事情，更何況，此事還是他父親的祕書、畢業於該學校的李華林一手安排的。周濱也從此進入了一個由校友組成的圈子，他的「學長」們李華林、冉新權、王道富早圍繞著他的父親組成了一個權力龐大、影響中國石油行業的圈子。

周濱建立了一個隱祕龐大的政商帝國。但如今，從北京到成都再到海口到海外，從正部級的國資委主任蔣潔敏、中石油的副總、成都市原市委書記李春城、海南省原副省長冀文林等高官，再到劉漢、吳兵等黑社會老大、市井之徒，這個隱祕的「黑金帝國」在一次次抓捕中逐漸土崩瓦解。

2月26日，英國廣播公司（BBC）以《周永康沸點》為標題的報導稱，《新京報》等中國多家媒體報導「富商周濱疑染指北京公租房」，稱其涉嫌多項不法生意。這些報導把光焦再次鎖定在周永康身上。

人在香港的中國時政評論員劉銳紹通過電話對BBC中文網說，一位知情者曾向他透露，中共在處理周永康時顯然汲取了薄熙來案的教訓。薄熙來庭審前私下曾表示對三大控罪中的兩項可以認罪。當局認為憑這兩項已足以把薄置於死地。但薄熙來當庭翻供，讓中共極為尷尬。

如果審判周永康，不但將是文革結束後審判「四人幫」以來最重大的清肅，也可能對現政權帶來不可預料的政治地震。所以，處置周永康，必須確保他已經是「死老虎」後才不至於騎虎難下。這就需要時間運作，需要拿到讓周「認罪」的殺手鐧，確保周永康的「配合」。

因此，外界猜測的究竟是在2014年3月北京開「兩會」之前還是之後捅破周永康這層窗戶紙，時機本身似乎已不重要。

周濱入川 劉漢 22 億獲「殺人執照」

2014年2月27日，人民網《起底周濱：以父之名》的文章披露：在2001年，身為當地黑社會的劉漢被列為公安機關查處名單，欠下數條人命，岌岌可危。可這一年，周濱的入川改變了劉漢的命運。

據《新京報》報導，劉漢高價從周濱手中購買項目「為了維護關係」。劉漢的付出有了回報，他花的巨資攀附上某位領導，

那位領導一個電話將他從查處名單上撤除。

據知情人王軍透露，2001 年，為討有關領導歡心，劉漢在阿壩州投資建設兩座水電站。2005 年，劉漢把經濟效益良好的天龍湖電站和金龍潭電站賣給四川匯日電力公司。資料顯示，匯日電力是一家外商獨資企業，註冊地為英屬維爾京群島，法人代表叫陳煒民，香港人，而周濱也經常往來香港等地，照顧其他生意。劉漢以近五億元的價格賣掉電站，兩個月後的 2005 年 2 月，匯日電力將這兩座電站以 27 億元賣給大唐電力集團旗下桂冠電力公司，轉手淨掙 22 億元。

此後，劉漢成了「領導的人」，這位原本出身廣漢市雒城鎮的「操哥」，也搖身一變從不入流的黑社會老大迅速成為橫跨礦業、資本的億萬富翁，他也因此獲得了「殺人執照」。

據大陸媒體有限的披露：在長達十多年裡，劉漢黑社會組織涉嫌故意殺人、故意傷害、非法拘禁等嚴重刑事犯罪案件數十起，造成九人死亡，九名被害人中有五人是遭槍殺身亡。

周案升級信號！「撈人」黑幕曝光

近期，針對周永康從外圍到核心的調查不斷呈現擴展趨勢，從中南海近期密集的動作來看，周案所涉及的範圍之廣，官員之眾，罪行之惡劣都還在持續呈升級階段。《大紀元》此前報導，中共現任當權者早已掌握周永康所代表的江澤民集團的驚天罪行，比如活摘法輪功學員器官；在江派不斷攪局甚至多次策劃暗殺習近平、胡錦濤的形勢下，升級周案的信號頻現，中南海是否拋出周永康的反人類罪，是江澤民的最怕。

　　2014 年 2 月 24 日，自由亞洲電台引述消息稱，已有 100 多人涉及周案被捕，大部分關押在湖北宜昌市，未來將有更多人被帶走調查。目前有五個調查組跟進，整個調查組有數百人，而每個被調查的人背後涉及官員、商人名流，案件比前重慶市委書記薄熙來案更複雜。

　　2 月 24 日新華社發布中共中央政法委《關於嚴格規範減刑、假釋、暫予監外執行，切實防止司法腐敗的指導意見》，承認有的罪犯以權、錢「贖身」，並罕見運用於「組織（領導、參加、包庇、縱容）黑社會性質組織犯罪等三類罪犯」等字眼。周永康的黑幫馬仔劉漢就是黑幫出身，後遇到四川高層「領導」將其洗白，陸媒更是大幅度披露劉漢及其黑社會弟弟多次殺人卻逍遙法外；同一天，中共國務院則通報「610」頭目李東生被正式解除中共公安部副部長一職位，種種跡象顯示，定罪周永康案持升級信號。

第五節

劉漢受審
周永康貪千億政變被聚焦

周永康在老巢四川的頭號黑幫馬仔劉漢「特大涉黑集團」一案2014 年 3 月 31 日開庭審理，當局如何最後定罪劉漢和是否拋出周永康之子周濱等，無疑是外界觀察周永康一案的風向標，因此受到高度關注。（新唐人視頻截圖）

　　2014 年 3 月 31 日，備受矚目的劉漢涉黑案在湖北省咸寧中院開庭。此前有報導曝光劉漢與神祕商人周濱關係密切，而中共前政治局常委、中央政法委書記周永康是周濱之父。儘管官方在劉漢案中沒有公開提到周濱，但同期外媒披露，周永康及其家族被曝貪腐的近千億資產被查封，大陸民眾認為，周永康攫取如此龐大的資產很可能是為政變做準備。

　　2014 年 3 月 31 日上午 8 時 30 分，劉漢、劉維等 36 人涉嫌組織、領導、參加黑社會性質組織以及故意殺人、包庇、縱容黑社會性質組織等案件由咸寧市中級法院一審公開開庭審理。

　　據知情人透露，那天庭審現場裡，劉漢身著黑衣，戴辦案機關所配發的助聽器，由兩警察押入法庭。咸寧市檢察院指控劉漢

集團 15 宗罪：組織、領導、參加黑社會性質組織罪，故意殺人罪，故意傷害罪，非法拘禁罪，非法買賣槍枝罪，非法持有槍枝、彈藥罪，串通投標罪，非法經營罪，敲詐勒索罪，故意毀壞財物罪，妨害公務罪，尋釁滋事罪，開設賭場罪，窩藏罪，騙取貸款、票據承兌、金融票證罪等。

據咸寧中院新聞發言人張曉武通報稱，為提高庭審效率，檢察機關對劉漢等 36 人分成七個案件同時起訴，同步公開開庭審理，不過也有法律人士質疑，這樣的做法沒有法律依據。官方通報還稱，為保證本案刑事部分審理的連續性，決定對刑事部分和附帶民事部門分開進行審理。3 月 31 日庭審的只針對刑事部分的罪名進行審理。

《大紀元》評論說，劉漢案的倉促開庭，不但釋放了劉漢案「從重從快」的處理信號，也牽扯到背後的周永康的處理進程。此前財新網報導，劉漢的辯護律師曾對媒體稱，該案卷宗有 800 餘本，3 月底開庭，連閱卷都無法完成，太倉促了。財新網被認為是親習近平陣營的媒體。

四川紅頂商人周永康馬仔劉漢被提起公訴之後，2 月 21 日，中共官媒曾放風稱，劉漢「保護傘將被公之於眾」，「無論什麼人，無論有什麼樣的身分」，都會受到法律制裁。時政評論人士石實質疑，為什麼要這麼倉促就開庭？是否是要盡快為公布周永康案做鋪墊呢？

開庭前劉漢的代理律師曾表示，他多次與劉漢見面，由於被指控的 15 項罪名嚴重，劉漢壓力很大。劉漢曾是連續三屆四川省政協委員、政協常委，其關係網輻射北京。

劉漢涉嫌犯罪的罪名之一是涉黑，官媒相關報導直指其背後

的「大老虎」，人民網曾發文《要深挖「黑老大」劉漢背後的保護傘》，《人民日報》也曾發文稱，劉漢犯罪集團的「保護傘」之大、「關係網」之寬、淫威之高。表示要將劉漢背後「保護傘」進一步公之於眾。

在四川內外，很多人都知道劉漢是「有大背景、大靠山」的人物。這使得劉漢的斂財之路更加暢行無阻，甚至能夠左右當地人事安排。對於能帶來利益的官員，劉漢可以幫忙提拔升遷；對於擋他財路的官員，不擇手段予以清除。

比如 2000 年，劉漢想在小金縣開發四姑娘山旅遊項目，時任縣長格某不同意。劉漢留下一句話：「不給我項目，你這個領導就當不了。」果然，這位縣長不久就被調離小金縣，劉漢順利拿到該項目。廣漢一位官員說：由於劉漢在當地政壇這種極不正常的超能量，被稱為「第二組織部長」，官員想升遷，找劉漢比找領導還好使。

大陸民眾表示，一直以來，中國生存在底層的民眾遭受像劉漢這樣的「黑老大」欺壓，存在多時，而今劉漢被抓，也不過是他的背後靠山「大老虎」倒台而已。如若他的後台「大老虎」現今依然還在政治舞台上，今天受審的不會是劉漢。因此網絡上有民眾調侃：「有後台時是『英雄』，後台一倒變狗熊。」

還有民眾表示，像劉漢這樣的馬前卒，他的罪名已經是板上釘釘，人們只是在等著宣判而已。而現在眾人關注的是，當初劉漢遇到的貴人「大老虎」何時會公開？劉漢受審，勢必掀起一股人們對「大老虎」公開的質問，在「大老虎」背後還有更大的「老老虎」？

周永康被查抄近千億 專家：為政變攫取資產

就在劉漢案審理前夕，被稱為「中共建政以來最大最嚴重貪腐案件」的周永康案，再有驚人內幕曝光。路透社曝光了周永康及其家族合謀貪腐近千億，資產被查封的消息，引發震動。

《大紀元》專欄作家章天亮在《貪腐千億 周永康謀反鐵證曝光》一文中寫道：劉漢案開審前，有海外華文媒體曝光中共對周永康及其親屬抄家清單，其中包括總價值 370 億元的存款帳戶和總價值 510 億元的國內和海外債券和股票。此外還有價值 17 億元的約 300 棟公寓和別墅，市場價值 10 億元的古董和當代繪畫、逾 60 輛汽車以及一個小型軍火庫。

這一消息在 3 月 31 日劉漢開庭時，得到世界三大通訊社之一的路透社的證實，稱繳獲的資產總價值至少 900 億元。華文媒體的報導額則在 1000 億左右，並稱和珅復生也會自歎弗如。

「1000 億」這個金額應該說只是周案的下限，因為據中國大陸原創財經第一門戶網站的 21 世紀網報導，僅周永康的一個馬仔劉漢就擁有 400 億的身家，中共官場有一個潛規則，貪污的金額只有一小部分可入私囊，大部分要拿出來打點上級，也要讓同級官吏嚐些甜頭，這樣才能編織一張關係網來保障自己和貪污款項的安全。僅從劉漢的資產規模計算，周案就應該有 1000 億之譜。更何況還有蔣潔敏、李春誠、郭永祥、李東生、冀文林等若干省部級高官，都要給周永康進貢。周案上限恐怕有數千億之巨。

章天亮表示，「從貪腐金額來看，一個人萬生萬世也享用不盡。我們不禁要問，周永康貪污這麼多錢的目的是什麼？或許有人會說，此乃人心不足所致，我卻認為事情絕非如此簡單。」

如果說，周永康在未入常之前，還要打點羅幹、曾慶紅和江澤民的話，自 2007 年躋身 17 屆常委，周已爬到權力金字塔的塔尖。加上彼時有「入常無罪」的不成文規定，數千億的金額對於吃喝拉撒、看病入土皆由國家包辦的周來說看似已無大用，瘋狂斂財的背後應該還有不可告人的動機。

這個動機，就是「政變」。

「政變」需要軍事保障，除了周永康掌握的、也是政變集團希望薄熙來接手的國安、武警和公安外，軍方也必有許多人捲入，這就是我在 2014 年 3 月 10 日發表的《曾慶紅生死危局的最明顯跡象》中所預言的「習近平接下來需要快速清洗武警系統、特務系統和軍隊系統」。很快即傳來了已經罹患癌症的前軍委副主席徐才厚在劫難逃，被習近平雙規的消息。

除了軍事保障之外，還需要有組織保障，即政變成功後需要迅速派自己的人馬掌控國家、黨內和軍隊的關鍵部門。所以此次查處周案，才涉及如此多的人員。路透社報導大約 10 名至少副部長級別的官員遭調查，周的 10 多名親戚、逾 20 名衛兵、祕書和司機被拘捕。華文媒體披露的涉案人數則為 300 多人。

「政變」也是需要經濟保障的，除了收買馬仔賣命之外，政變引發的經濟動盪也需要大量的資金穩定局面。所以我們看到從薄熙來涉案的 60 多億美元（日本《朝日新聞》披露）、谷俊山的 200 億、周永康的 1000 億等，都表明了以江澤民、曾慶紅為首的政變集團的經濟實力。

這一涉案金額，在百姓看來或許只是一個數字，對於習近平來說，則是周永康「謀反」的鐵證。

以周永康曾經的政治局常委地位，竟然想要「謀反」，也只

為掩蓋比「謀反」更嚴重的罪惡，即迫害法輪功過程中犯下的「反人類」罪行。

　　環環相扣的證據鏈，指向了這場世紀大案的最核心祕密。不揭露這一祕密，不但無法向世界和國內百姓交待清周的貪腐和謀反動機，也是給周和周背後的曾慶紅、江澤民以喘息和反撲的機會。習近平已經騎在了老虎背上，我們現在就要看他是像武松那樣打死老虎再下來，還是半途而廢，反被虎咬了。

周永康重要黨羽揭秘

第三章

石油幫

2013 年 8 月 26 日，就在濟南中級法院結束庭審薄熙來的同日，中紀委兩天橫掃中石油四名高管落馬。9 月 3 日原中石油集團董事長、國資委主任蔣潔敏被免職。蔣的被抓意味著中石油「勝利系」的全線坍塌，黨媒並強調是一個幫派的窩案，矛頭直指「石油幫」曾慶紅、周永康。（新紀元合成圖）

第一節

蔣潔敏出事了：凶殺、洗錢、貪腐

2013 年 3 月 18 日下午，中共中組部宣布了新的人事調職令。前董事長蔣潔敏因涉嫌驚人貪腐，已成為習近平「反腐戰爭」的祭旗標的。（Getty Images）

2013 年 3 月 18 日，對老百姓來說是個平常的日子，雖然這一天中共人大閉幕，宣布兩會結束，但紅色富豪的聚會跟老百姓沒什麼關係。不過對於中石油系統的上百萬職工而言，這一天卻是個好日子，橫行霸道中石油多年的董事長蔣潔敏終於被調走了，油田一片歡騰。

不尋常的調令背後

2013 年 3 月 18 日下午，多家媒體報導稱，中國石油天然氣集團公司（簡稱「中石油」）的上級機構、國務院國有資產監督管理委員會（國資委）召開全體會議，中共中組部相關負責人宣布了新的人事任免，由中石油董事長蔣潔敏代替王勇出任國資委主任，寧夏回族自治區黨委書記張毅將出任黨組書記。

不過等到了 18 日晚間，中國石油才發公告稱，蔣潔敏因工作變動，已向公司提交辭呈，辭去公司董事長、董事職務，該辭任即日生效。在新的董事長選舉產生前，由副董事長周吉平代行董事長職權。

敏感的人覺察到，資訊公布順序是先上任後辭職，這有悖常理，而且兩會剛一結束就宣布調令，好像等待已久似的，因為半年前的 2012 年 9 月 4 日，微博上就有人爆料說，中石油董事長蔣潔敏「神祕失蹤」，儘管後來中石油對外宣稱蔣潔敏是因病住院，但從 8 月初之後，人們看到中石油的大事都是總經理周吉平主持，從那以後再也沒見到蔣潔敏公開露面的照片。

蔣潔敏因涉嫌驚人貪腐，已被中紀委盯上，這是習近平、王岐山打擊周永康的前哨戰。

與蔣潔敏同時調任國資委的還有張毅。蔣潔敏擔任國資委正主任，但不是黨委書記，而是副書記，正書記由張毅擔任，但張毅只是副主任。這種交叉式的官位讓人吃驚：到底國資委第三任主管是蔣潔敏呢？還是張毅？中共的潛規則一般是黨委書記比行政主管更高一級，比如省委書記就比省長官大，這次怎麼這樣交叉安排呢？

檢索張毅的履歷人們發現，蔣潔敏和張毅都是中央委員，張毅曾在紀檢系統工作長達 18 年，其中 2007 年 9 月至 2010 年 7 月，其曾先後擔任中央紀委祕書長、中央紀委副書記，新任命在蔣潔敏身邊安插了一個中紀委的「反腐行家」，時刻監視著蔣的行蹤。中紀委已經立案調查原中石油董事長蔣潔敏，被雙規只是時間問題。

明升暗降 方便中紀委徹查中石油

消息還指，在蔣潔敏辭任中石油董事長後，本應就職國資委，但是在上任之前就被中紀委的立案調查。周永康的另兩名始終為其輸送利益的鐵桿人物——中石化董事長傅成玉和總經理王天普，也已被中紀委鎖定，中石化和中石油都將遭到調查。

《人民日報》以及多家大陸網站刊登了題為《中石油中石化沒必要也不可能牟取暴利》的文章，文章稱不要妖魔化「兩桶油」，並解釋「兩桶油」的領導是政府任命的，賺取再多利潤也很難全部裝到自己腰包，不可能牟取暴利等等。

《人民日報》這篇評論好像是在「闢謠」，但「兩桶油」的貪腐在大陸民眾心裡已是鐵的事實，此文在這敏感時刻的效果無異於火上加油，讓外界更加聚焦中石油、中石化，掀起對「兩桶油」的更大質疑，令蔣潔敏剛當上國資委的主任就「陷入輿論風尖浪口上」。

同時關注蔣潔敏這一變動的還有外媒。英國《金融時報》3月27日報導說，擔任國資委的主席是一個更高的職務，但是實際上不是那麼有權力。它名義上管轄，但是它並不真的控制那些最大的國營企業。一個匿名的中國經濟學家說：「最大的國營企業控制著部委。」

《金融時報》還稱：蔣潔敏從1970年代在勝利油田從油井修理工開始他的生涯，並且在管理階層迅速升遷。除了在青海省政府短暫任職外，他幾乎整個生涯都在中石油集團度過。能源高管說他被大眾視為石油行業決策的關鍵人物。

黨媒點名蔣麻煩大了 暗示民眾實名舉報

更有意思的是，3月25日這一天，人民網發表題為《蔣潔敏：最任重道遠的央企掌門》的文章點評說，從央企掌門人變換為央企「婆婆」的角色突變，讓蔣潔敏一時成熱議的焦點，並直接點明他目前的處境：「能源類央企的壟斷地位向來備受社會詬病，會否拿自己的老東家中石油開刀，或將成為蔣潔敏不得不面對的一大難題。」

中共官媒向來只說新任官員的好話，沒有這樣公開揭傷疤的，這等於官方已經間接證實前中石油董事長蔣潔敏已遭內部調查，甚至是「帶案上任國資委主任」。

華府中國問題專家石藏山表示：「據中共政治潛規則，黨媒這樣來報導蔣潔敏上任新聞，顯然是通過這類文章向外界公開周永康在國企界的鐵桿心腹、前中石油董事長蔣潔敏的實際處境，也同時暗示蔣潔敏已經在中央高層失去後台，可實名舉報了。」

2013年2月過年前夕，大陸著名維權律師浦志強在中國三大微博上（新浪、騰訊和搜狐）上，實名舉報剛剛退下的前中共政治局常委、政法委書記周永康，稱其「禍國殃民！」「若想從維穩的陰影下走出，就必須清算他的社會治安綜合治理模式，太多的人間慘劇、悲歡離合，跟該周直接、間接有關（聯）了。此人秉政十年，竟然荼毒天下，實民賊也！」

浦志強這樣公開叫板周永康，但並未遭受官方的麻煩，從那時起，人們就猜測中南海高層有意支持人們舉報周永康。在香港，一些雜誌也跟隨《新紀元》一年前的呼籲，開始報導「逮捕周永康」了。

蔣潔敏暗地倒戈 揭露周永康罪行

蔣潔敏個人財富已達數百億，在中石油將所有的石化項目都非法承包給自己人，個人年入數十億，目前最引人注目的就是將多個上百億的巨型石化項目違規發包給上海惠生公司，而惠生公司正是周永康的兒子周濱的公司。

消息還稱，蔣在中石油很不得人心，得罪了很多人，做為周的跟班之一，一直在幕後獻金，才勉強保住了職位。也有太子黨私下聊天，討論到蔣潔敏時說：一個給紅色後代跑腿的，竟然那麼囂張，只顧自己撈錢，實在是看不慣呀。

報導還稱，周永康也因為掌握了中石油和中石化，在經濟政策上一直與溫家寶搞對抗。溫的宏觀調控政策下達後，「兩桶油」根本不動，甚至反方向動，致使石油行業貪腐驚人，油價飛漲。周永康家族的公司也因此獲得了上百億的利益。

據消息來源稱，目前中紀委已掌握有關中石油內部資金流向和違紀的重要線索，蔣潔敏等多個鐵桿已不願為周永康背黑鍋，開始祕密倒戈。

如今中紀委發現，中石油吉林石化、廣西石化、撫順石化，項目資金挪用虧空數目驚人，問題堆積如山，一查就倒。而中石油八個石化項目，無一例外，全部有問題。為阻礙調查，蔣潔敏和周永康甚至「殺人滅口」。

廣西中石化總經理王學文被周永康「滅口」

消息稱，中石油廣西石化公司副總經理（掛任欽州市人民政

府副市長）王學文於 2010 年的突發交通事故中喪生，實際上被
「滅口」，事件也直接與蔣潔敏、周永康有關。

報導稱，2010 年 5 月 7 日，王學文前往南寧協調中石油千萬
噸大型煉油項目消防事宜。5 月 8 日完成工作任務後，乘坐公司
司機溫某駕駛的小車返程，在經過蘭海高速公路南寧至北海段大
塘服務區往南 2037 標段時，與前面同向行駛的車輛發生追尾事
故，身受重傷，經緊急送廣西醫科大第一附屬醫院搶救無效，於
當晚 21 時去世，不過司機倖存下來。

中國石油廣西石化公司副總經理王學文於 2005 年被派駐欽
州參與籌建中石油千萬噸大型煉油項目。後因工作需要，掛任欽
州市人民政府副市長。

周永康利用車禍殺人，這已經不是第一次了。周永康在四川
擔任省委書記時，就涉嫌設計車禍，謀殺他當時的妻子（周濱的
母親），此事有關方面已經取得了關鍵的證據。原因是周永康當
時的情人、現在的妻子、中央電視台主持人賈曉燁聲稱懷孕了（後
來證實是假的），她逼迫周離婚。

這次也有消息稱，據中石油內部人士透露，曾有負責資通安
全工作的員工，在維護領導的電腦時，發現領導貪污受賄等嚴重
腐敗的證據，結果該名員工就在公司大樓內被偽裝成「不慎墜樓」
遭滅口謀殺事件。

令計劃兒子被謀殺 蔣潔敏涉案

被周永康涉嫌用車禍害死的，還有令計劃的獨生兒子令谷。
2012 年 3 月 18 日，在北京四環保福寺橋附近發生的一起法

拉利車禍，當時一死兩傷，死者是司機、中共前總書記胡錦濤的親信、前中央辦公廳主任、現統戰部部長令計劃的兒子、24 歲的令谷，同車的兩個藏族姑娘分別是青海省公安廳副廳長的女兒扎西卓瑪，以及活佛的女兒楊吉，楊吉在病情好轉後卻被醫生打了一針而猝逝，被懷疑另有隱情。

英文《南華早報》引述消息人士說，在法拉利車禍發生後，有人將數百萬元人民幣從中石油的帳號轉到了車禍兩名受傷女乘客家人的帳號上。中紀委高層官員對如此巨款能從中石油帳戶輕易轉至車禍傷者家屬的帳戶而感到非常震驚，因為當中沒有任何問責，也未簽署任何文件。這不得不令人對中石油這家大型國企的管理手法，以及政府監督機構的監管能力提出質疑。

消息人士說，中紀委調查人員最終把賠償錢款的線索追到了蔣潔敏身上。海外有周永康的人馬放風說，蔣潔敏是令計劃一夥的，蔣是在幫令掩蓋車震醜聞。

令計劃的兒子不是因為什麼色情而死，而是被周永康一夥搞的政治謀殺而喪命。令谷死亡的時間是 2012 年 3 月 15 日溫家寶宣布撤銷薄熙來重慶市長之後第三天，周永康作為薄熙來的政變主謀，搞這次政治謀殺的目的就是威脅恐嚇政治對手：誰要再查周薄政變，誰就會落得類似下場。

蔣潔敏在被中紀委調查半年後，突然在 3 月 18 日被宣布調離，這個日子剛好就是令谷死去一周年的日子。很多人猜測這背後有令計劃的布署，令要為冤死的兒子報仇。作為胡錦濤的最鐵心腹，令計劃全程安排了對周永康、薄熙來、王立軍的祕密調查，薄王主僕反目背後的離間計就是令計劃安排的，而且令計劃也是倒薄的主要承辦人，周永康之流對溫家寶、令計劃、李源潮等倒

薄主力，恨得咬牙切齒。

中石油董事王立新「被自殺」

　　被周永康陰謀害死的還不只這幾個人。2012 年 9 月 4 日，海內外多家媒體報導蔣潔敏神祕失蹤後，網上傳出時任中石油董事的王立新和其妻子「跳樓自殺」的消息，雖然未經官方證實，但蹊蹺的是，大陸微博將「王立新自殺」、「王立新跳樓」等均列為禁搜詞，至今還是如此。並且在中石油的網站上，王立新的名字也消失了。

　　比如 2012 年 12 月，「中國石油集團黨組領導分赴基層面對面宣講黨的 18 大精神」的新聞也間接佐證了王立新「出事」的傳聞不虛。該新聞稱，中石油集團黨組成員蔣潔敏、周吉平、李新華、廖永遠、王國梁、汪東進、喻寶才、王永春、沈殿成分赴各基層宣講 18 大精神，而唯一不見蹤影的黨組成員正是王立新，更奇怪的是，新聞或者網站沒有任何解釋為何王立新成了「隱身人」。

　　資料顯示，王立新在中國石油天然氣行業擁有近 40 年的工作經驗，早期曾任中國石油化工集團公司總經理助理，勝利石油管理局局長、黨委書記，2011 年 7 月起任中國石油天然氣集團公司黨組成員、紀檢組長，2012 年 6 月起任中國石油天然氣集團公司董事。一個至少看起來仕途蒸蒸日上的官員為何要選擇「自殺」呢？而且還是拉著妻子一起同歸於盡？如果是「自殺」，原因何在？為何要死在中共高層博奕白熱化期間？

　　從以往中共官場非正常死亡的官員看，有自殺的，也有「被自殺」的，其目的都是為保全這些官員背後更多、更高級別的官

員。因此王立新之死也存在上述兩種可能。究竟其死亡要掩蓋什麼祕密呢？或許從網路上的一個帖子可一窺端倪。

該帖子對於王立新之死大聲叫好，稱他和上幾任局長把勝利油田的錢大部分貪污並用在北京買官和疏通路子上，都消費在當官、買房、包二奶上，由此導致許多職工下崗吃飯就醫困難，在職員工工資待遇無法跟上物價上漲。顯然，王立新是個不小的貪官，其用貪污來的錢打通上層早已引起了不小的民憤。

有買官的，就有賣官的，目前問題的關鍵就是誰有這麼大能量將王立新從勝利油田提拔到總公司，而且還當上了不小的官？人們猜測這個賣官的主就是原石油系統領導、前中共政治局常委周永康。

據悉，就在勝利油田管理局局長王立新升任中石油董事後不久的數月後，即在北京的家中「自殺」，「原因背景較深，和原石油系統領導有關聯，背後與周永康貪腐有關，也涉及滅口。」

投標搞欺詐 趁機洗黑錢

蔣潔敏不僅命案纏身，又牽連洗錢大案。調查顯示，中石油大型項目、高額投保採購等都有洗錢公司涉入其中，觸角遍布中石油上下，案情複雜，涉案金額巨大。

證據表明蔣的洗錢公司改頭換面組成圍標團，裡應外合將工程發包給特定招標商，陪榜商都屬蔣控制的圍標集團，藉此收取回扣而採購商品是高於市場平均價數倍，資金浪費極其嚴重，洗錢受賄金額太大，蔣的涉黑程度、涉貪數目，令中南海大為震驚。

華府中國問題專家石藏山表示：「前中石油董事長蔣潔敏被

調離中石油後，中紀委更方便介入和深入調查中石油，作為中石油的上級主管的國資委主任蔣潔敏將被放在火上烤，面對不斷曝光的中石油系統的貪腐實況，進退兩難，前後都是死路。」

消息人士還稱，中石油四川石化是有史以來最黑的項目，380億元的投資至少有300億進入了個人的腰包，整個項目就是一個徹頭徹尾的「豆腐渣」工程，但因為中石油和相關的供應商大都有通天的能力，所以無人敢查，無人敢問，最後只能是一堆廢鐵。

周永康兒子周濱的上海惠生公司在中石油四川石化乙烯項目（彭州）的建設過程中已經爆出 AV 女優事件門色情醜聞，事件引起中國社會的震動，民眾都知道曝出醜聞的大公司背後的後台很厲害，原來這些「大人物」是前政治局常委周永康的兒子周濱與中石油董事長蔣潔敏。

蔣潔敏和中石化的傅成玉及王天普同為周永康在石化的親信，周藉此壟斷了中國石油行業，為中國老百姓供應質次價高的成品油。中石油及中石化被指成為周永康父子的搖錢樹。

蔣潔敏是如何討得周永康歡心的呢？蔣潔敏1955年出生在山東陽信，1980年，25歲的蔣在山東大學經濟系讀了兩年的工業經濟專業，1999年2月，44歲的蔣潔敏升任中石油總經理助理，當時任總經理的雖然不是周永康，卻是周提拔的親信。在這期間，蔣潔敏主要幹了一個讓周永康非常高興的事：在負責中石油國營股份制改革中，蔣是重組與上市籌備組組長。

眾所周知，中共國營體制改革正是貪腐官員私吞國家財產，化公為私的最佳時機，這期間，蔣潔敏如何為周永康的人馬撈取好處，特別是中石油股票的「天價上市」以及後來把上百萬股民

套牢、180 年都收不回投資的股市黑幕，裡面所掩蓋的巨額黑幕，牢牢把蔣周二人捆綁在了一起，犯下沆瀣一氣的勾當。

周永康控制中石油 黑幕驚天

周永康在進入中共高層前，在中共石油系統盤踞 32 年，周永康曾擔任正部級高官並掌管石油系統 13 年（1985～1998 年），而在其掌管期間，也是中石油最腐敗的時期。隨後周永康被任命為首任國土資源部部長，在四川省委書記期間，他迎合江澤民迫害法輪功的政策，殘酷鎮壓法輪功，從而得到江澤民的重用，被提拔政法委副書記、公安部部長。

據維基解密透露，周永康升任政法委書記後，他對石油系統的控制依然一點沒有減弱，因為那些掌權者都是周永康一手栽培、並收錢後提拔上來的。中石油是周永康嫡系，外界甚至有說法指，周永康家族實際控制中國的石油行業，並從中撈取巨額財富。

周永康賣官已不是什麼新聞，新近落馬的四川省委副書記李春城就是一例。另據知情者披露，周永康幾個堂弟堂妹，均在北京、無錫、上海、蘇州和深圳等地從事賣官勾當，並幫人打官司斂財。而周的兒子周濱則在幕後控制中石油系統，促成了重慶和四川高層官員的眾多升遷。

據四川和中石油的人透露，周的兒子周濱積聚了 200 億人民幣的個人財富，很多是薄熙來協助獲取的。周濱控制著多數中石油系統以及四川和重慶的高層官員的提拔任命，薄熙來在重慶則給了周濱 400 億人民幣的項目，使得周濱從中獲得了近 100 億人民幣的利益。有消息稱，周濱不僅在國外有一堆的銀行帳戶，還

在北京擁有 18 處房地產，其中一處價值高達 2500 萬歐元。

18 大後，周永康被大陸媒體高調曝光提前卸任政法委書記職務，不久，周永康政法系統的馬仔、原四川省委副書記李春城被雙規。有湖北「政法王」之稱的原湖北省政法委書記吳永文，因為參與薄熙來和周永康的政變，以及策劃攻擊令計劃，被押送到北京受審。

與此同時，中石油、中石化的醜聞也不斷被曝出，如《新紀元》此前報導過的「AV 女優門」、「俄羅斯豔女門」、「非洲牛郎門」等，為掩蓋色情醜聞，中石油高層不惜花費數十億、上百億來刪帖，試圖掩蓋其貪腐淫亂真相。

蔣潔敏的案發只是逮捕周永康的前奏

2012 年 2 月，重慶市公安局長王立軍逃館事件曝光了薄熙來與周永康的政變陰謀。目前中南海已經掌握了周薄大量證據，顯示薄確有奪取中國最高領導權力的圖謀。這些證據不僅涉及一些中共高層人物，而且也有軍隊和公安部內部的人物，並且牽連了大批商界、新聞界人士。

現在人們從港媒上了解的是：薄熙來下台的主要原因是政變謀反，但人們還不清楚的是，周薄所犯的真正最大罪行是反人類罪，他們是活摘法輪功學員器官的主要元凶。在國際國內社會的努力曝光真相的大形勢下，中共現今最高層已經掌握了薄熙來、周永康、江澤民計畫政變和活摘法輪功學員器官的證據。

周永康是中共迫害法輪功的四大元凶之一，這四大元凶包括江澤民、羅幹、周永康和劉京。周永康控制的「公、檢、法」政

法委，是充當迫害的急先鋒，這已經是公認的事實，在石油系統，周永康也積極推行迫害政策。

比如在中石油系統，蔣潔敏隨意拿出巨額資金，供周永康用來迫害法輪功，在勝利油田，王立新在花錢買官的同時，為了討好周永康，投其所好，積極參與迫害法輪功。王在勝利石油管理局任黨書記期間，曾參與策劃展出誣衊法輪功的《百詩百畫》展，並且強制在勝利油田很多單位展出，強制職工和中小學生觀看。這與薄熙來靠迫害法輪功向江澤民邀功極為相似。

比如1999年5月，在「4·25」萬人法輪功學員上訪中南海之後，江澤民連夜決定要鎮壓法輪功，儘管江找不出任何鎮壓的理由，只好編造所謂法輪功在和中共「爭奪群眾」和國外「反華勢力勾結」的莫須有的罪名，當時中共其他六個常委都反對鎮壓，但江澤民還是一意孤行。

當時江澤民到勝利油田視察，勝利油田計算機中心的年輕法輪功女學員、工程師石寧，欲向其闡明法輪功的真相，不幸被惡人告發，被非法關押一個月，後又被非法勞教。在山東省第一女子勞教所裡，她遭到長期殘酷的迫害。她曾被兩個男幹警用高壓電棍電擊兩肋，在絕食九個月後才被送回家，體重由120斤降至不足60斤。在以後多年裡，石寧被多次關押，最後被迫流離失所。僅在勝利油田，被害死的法輪功學員就將近十人。

如今，蔣潔敏的案發只是逮捕周永康的前奏，蔣涉命案及洗黑錢金額巨大，數年前，中紀委就已經掌握中石油很多違紀證據，如今習近平與王岐山反腐要打大老虎，拿中石油、中石化「兩桶油」開刀，拿下蔣潔敏，為「反腐戰爭」祭旗，無論從哪個方面看都非常合適，得其時也。

第二節

四高管落馬 石油幫是老虎窩

中石油的獨立腐敗王國由來已久，習陣營以抓捕四名中石油高管反擊薄熙來的庭審翻供，意在警告江派曾慶紅、周永康等石油幫「壟斷大佬」。（大紀元合成圖）

少見的高速貪官落馬窩案

2013 年 8 月 26 日，就在濟南中級法院庭審薄熙來剛剛結束的那一天，中共媒體宣布中紀委通報，中石油副總經理兼大慶油田有限責任公司總經理王永春正在接受審查，緊接著第二天 27 日，官方又通報三名中石油高管涉嫌嚴重違紀被查，他們是中石油集團副總經理、昆侖能源董事會主席李華林；中石油股份副總裁兼長慶油田分公司總經理冉新權；中石油總地質師兼勘探開發研究院院長王道富。

對於中石油而言，大慶油田、長慶油田和昆侖能源的業務是其核心，大慶油田和長慶油田是中石油旗下產量最大的油田，昆侖能源是中石油集團旗下在香港單獨上市的公司。

人們驚訝兩天四名高管落馬的速度，這在中紀委的反腐紀錄

中也是最快的，而且都是要害部門。在 2013 年中國企業 500 強排行榜上，中石化及中石油這兩桶油依然稱霸前兩名，其中九聯霸的中石化以年營收 2.83 萬億穩居龍頭，緊跟在後的中石油年營收 2.68 萬億人民幣。

2013 年 9 月 1 日，中石油最大的工程承包商華邦嵩被查，這個身家億萬的石化企業家成了一周之內第五個遭調查的中石油業內巨頭，據說他擁有的惠生公司的實質持股人是周永康的兒子周濱。

就在人們議論紛紛之際，海外又傳出原中石油集團董事長、現國資委主任蔣潔敏被查，9 月 1 日中紀委通報蔣潔敏涉嫌嚴重違紀被查，9 月 3 日中共組織部宣布，「國務院國有資產監督管理委員會主任、黨委副書記蔣潔敏涉嫌嚴重違紀被免去領導職務」，這離蔣潔敏升任該職不到半年。蔣潔敏成了中共 18 大後第一個落馬的正部級高官。蔣的被抓意味著中石油知名的「勝利系」（勝利油田）的全線坍塌，蔣也成為國資委成立 10 年來首位接受中共反腐機構調查的國資委主任，更是中共高層宣稱打擊黨內腐敗後落馬的首位中央委員。

半年前就開始調虎離山

2013 年 3 月 18 日蔣潔敏升任新職時，《新紀元》就在 4 月 4 日出刊的 320 期周刊中，以《獨家！中石油出大事了 凶殺‧洗錢‧貪腐 中南海震怒》為封面故事，報導了這一不尋常的調令。當時官方公布蔣的職務變更是先上任後辭職，而且和蔣一起調入國資委的張毅是中紀委副書記，蔣擔任國資委正主任，但只是副書記，正書記由副主任張毅擔任，這種交叉式官位讓人意識到，

中南海要調虎離山，採用明升暗降的辦法來徹查中石油。

《新紀元》文章介紹了蔣潔敏與周永康的緊密關係，以及蔣捲入中石油廣西石化公司副總經理王學文 2010 年的交通事故「滅口」案、2012 年 3 月 18 日的令計劃兒子的車禍死亡案、中石油董事王立新的「被自殺案」等等，並預測蔣的調動會給中石油官場帶來大地震。僅僅不到半年，這場風暴就來了。

9 月 1 日，新浪認證媒體人徐靜波在微博上透露，中石油此波被調查的官員超過 300 人，由於不斷有官員被紀委「約談」、「失蹤」，以致集團內部人人自危。徐靜波透露：前幾天遇到中石油一幹部，說現在公司開會，誰都提前到，一是證明自己還沒進去，二是擔心今天見了，明天怕見不著！

據港媒透露，由於人心惶惶，中石油集團內部近日向屬下各公司發通知，要求全體員工在「思想上、政治上、行動上同中央保持高度一致」，要求員工「規範政治言行，不犯自由主義，不議論、不瞎傳」，並警告「任何人不可逾越政治紀律的底線」。

據財新網報導，當局對一般中央企業領導人離職的審計年期都是離職前五年，但有關蔣潔敏的審計卻被延長到十年。藉這個審查，中石油四名高官，包括被視為蔣的接班人的集團副總經理、候補中央委員王永春相繼落馬。外界評論，中共組織部這步引蛇出洞、調虎離山的提拔任命是步不錯的棋。

9 月 1 日宣布蔣潔敏被撤職的是中組部常務副部長陳希。陳希雖然是副部長，但屬於正部級官員，他是習近平在清華大學化學系的同班同學，而且同一宿舍，關係莫逆。1979 年 3 月陳希與習同時畢業，當年夏天陳希即考取清華研究生，後來習近平到清華讀博士，據說就是陳希牽線搭橋的。在習主政浙江時，還與時

任清華大學黨委書記的陳希多次合作，並創建了浙江清華長三角研究院。

據可靠消息，中石油蔣潔敏身價已過百億，在任期間包攬所有中石油基建工程，包括中石油多個海外工程項目，國內多個石化項目，年入十億以上。並從中石油帳內為周永康直接提供迫害法輪功的資金，恐嚇部下，而且手頭握有多宗命案。

蔣潔敏，道地石油人，從山東勝利油田一名修井工人，短短時間，就權掌中國最大石油公司。有人認為，蔣潔敏的「貴人」是與他同年進入勝利油田、已被「雙開」移送法辦的四川原副省長郭永祥，但從兩人在中石油的履職史來看，其實都是周永康一手帶病提拔。

蔣潔敏「華麗轉身」於 1999 年，正是這一年，在周永康的「欽點」下，他晉身中石油的核心陣容。1999 年 2 月，蔣潔敏任中石油集團公司總經理助理兼重組與上市籌備組組長，11 月，升任中石油股份董事、副總裁。2000 至 2004 年曾任青海省副省長一職。在 2004 年 4 月重回中石油，出任集團總經理、黨組書記、董事長等副職開始，蔣潔敏實際掌控中石油集團與股份公司至 2013 年 3 月。一位石油行業的資深分析師說，這幾年下來，蔣潔敏腐敗的金額估計「天量」。如果下手蔣潔敏都爆「天量」，那可想而知上手周永康「富可敵國」。

黨媒稱要揪出「老虎窩案」

與往常不同的是，2013 年 9 月 3 日蔣潔敏被免職，中共黨媒不是強調這是個別貪腐分子的個人問題，而是高調強調這是一個

集體、一個幫派、一群人的窩案。《光明日報》以《中石油案是史無前例的「老虎」窩案》為題撰文稱，中石油「涉事官員位高權重，當事人權傾一時；涉事官員牽連成串，腐敗成窩」，是史無前例的「老虎」窩案。文章強調中共腐敗團體日益形成利益聯盟，「射人先射馬，擒賊先擒王」，要不斷揪出潛伏的「大老虎」，敢於將腐敗一窩端。

新華網也透露，這次中南海不僅要查中石油舊帳，而且調查還涉及到一些傳聞中的以及海外報導出來的「敏感事件」。人們分析官媒說的「敏感事件」，除了「AV 女優門」、「俄羅斯豔女門」等網路熱門話題外，或許包括此前消息人士披露的中石油將 1000 億的資產轉移給周永康和其兒子周濱，特別是，蔣潔敏掌管中石油時期支付周濱妻子黃婉的父母超過成本一倍的價格。

據北京政界人士透露，周永康在中共「18 大」卸任常委後，外出參觀的第一個地方就是大慶油田。周永康在大慶也見了心腹王永春。王永春是周永康在大慶油田工作時的得力助手。2011 年 4 月以來，王永春被任命為中石油集團副總經理、黨組成員，同時仍兼任大慶油田總經理，據悉王在大慶油田有「一言九鼎」之權。然而周永康剛走不久，王永春就被查。周永康去那可能就是去安排後事的。

《華盛頓郵報》報導，最近的逮捕可能是試圖夾住周的翅膀。「這次行動的目標是把周永康從目前的政治布局當中割開。」「這不是打老虎，但是意味著把老虎變成貓。」有海外中文媒體透露，通過中石油的利益輸送，周永康和他的兒子得到了近 1000 億人民幣好處。

周永康曾擔任正部級高官並掌管石油系統 13 年（1985 至

1998 年），據維基解密透露，周永康升任中共政法委書記後，他對石油系統的控制依然沒有一點減弱，因為那些掌權者都是周永康一手栽培、並收錢後提拔上來的。誰給他「進貢」得多，誰就被提拔。周掌管中石油期間，是中石油官場最腐敗時期之一。1998 年，周永康被任命為首任國土資源部部長，但隨著其官位越來越大，中石化、中石油為其家族進貢的利益也就越多。

據四川和中石油的人透露，周永康的兒子周濱積聚了數百億人民幣的個人財富，很多是薄熙來協助獲取的。周濱控制著多數中石油系統以及四川和重慶的高層官員的提拔任命，薄熙來在重慶則給了周濱 400 億人民幣的項目，周濱從中撈取近 100 億人民幣的利益。

為何先拿中石油開刀

2013 年 3 月，李克強曾公開點名央企五巨頭：中石油、中石化、中海油、中電信、中移動，說他們搞任人唯親、公款超度揮霍、官商勾結、另立門戶，搞「家屬業務」；李表示，「不整頓、不大改變，會出大事情，誰都負不了責。」早在 2012 年 9 月和2013 年 4 月，曾兩次傳出蔣潔敏被雙規失蹤的消息，但隨即蔣潔敏公開亮相闢謠。這次蔣被公開拿下，說明蔣背後的靠山已經保不住他了。

為何此時蔣潔敏等人被拿下，原因是多重的，一是與三中全會有關，二是與反腐和薄熙來案有關。

薄熙來被審判後，大陸媒體引述消息人士稱，蔣潔敏與落網的大老虎薄熙來多有交集，薄熙來任職遼寧省長和重慶市委書記

時，蔣潔敏在這些地方通過新建石油煉化項目等方式，幫助薄熙來提升政績。有知情者向《燕趙都市報》透露，「薄在遼寧省任省長時，蔣潔敏就推動中石油在遼寧擴建或興建原有的石油煉化項目；薄後來去了重慶，蔣又如法炮製。」

中石油在遼寧有兩個千萬噸級的煉油廠，即大連石化和撫順石化。2007 年 11 月，薄熙來就任重慶市委書記。中石油方面很快即表示在重慶市長壽區投資近 150 億元，建設一個具備生產成品油 650 萬噸能力的煉油廠。2009 年，中石油又宣布將這一煉油項目的產能提升至 1000 萬噸級。

薄熙來仕途中從未與石油系統有過直接交集，蔣潔敏為何會一路資助？原因就是因為周永康。周永康與薄熙來的政變同盟，促使中石油在重慶撒錢。

長期以來，中國石油系統是類似於鐵路系統的「獨立王國」。比如中石油在遼寧等地的眾多石油城，裡面有自己的公安、醫院、學校等，他們全都隸屬於石油部，假如誰要舉報哪個煉油廠的幹部違法亂紀了，告到公安局、紀檢委、派出所等，最後又都回到石油系統，讓人不敢舉報。

有報導稱，周永康也因為掌控了中石油和中石化，在經濟政策上一直與溫家寶搞對抗。溫的宏觀調控政策下達後，「兩桶油」根本不動，甚至反方向動，致使石油行業貪腐驚人，油價飛漲。周永康家族的公司也因此獲得了上百億的利益。

中共在文革時期樹立了兩面旗幟，「工業學大慶，農業學大寨」，大寨倒了，但大慶還沒倒。「王鐵人」就是大慶油田的，當時中共灌輸給工人們的口號是，「先生產，後生活」，動不動就搞「大會戰」，用打仗的精神來搞建設。不過，幾十年過去了，

油田工人的生活相對於其他行業工資高，但條件依舊比較艱苦，而油田的幹部在周永康、蔣潔敏之流的帶動下，卻成了中國最富有的一群人。

據中石油內部人士介紹，以前油田工人和幹部收入差不多，每月1000多元，但最近十多年幹群差距越來越大，工人的工資還是每月1000多，但幹部、特別是上層領導，每月收入一、兩萬，一年二十多萬的是常態。

中石油的獨立腐敗王國由來已久，特別是曾慶紅上任中共國家副主席後，「石油幫」的巨額貪腐已經成了公開的祕密。

曾慶紅、周永康掌控的石油幫「印鈔機」

中共官方簡歷上看，曾慶紅在石油部門工作時間只有兩年多，他1982年至1983年在石油部外事局聯絡部工作，1983年至1984年中國海洋石油總公司聯絡部副經理，石油部外事局副局長，南黃海石油公司黨委書記。但擅長拉幫結派、精於算計的曾慶紅，看準了石油部門是塊大肥肉，是個未來的印鈔機，於是他一直暗地裡在扶持和操控石油部，外界也把曾慶紅稱為「石油幫」的幕後龍頭。

海外媒體普遍認為，「石油幫」緣起於曾擔任共和國第一任石油工業部部長的「獨臂將軍」余秋里和官至副總理的康世恩，下承陳錦華、盛華仁直至今天的周永康、蔣潔敏，但是被認為真正讓石油系統出身官員作為中國一股政治力量登上舞台的，是曾在16大上當選常委的曾慶紅。

太子黨出身的曾慶紅，曾作為余秋里的祕書而洞悉整個石油

系統的遊戲規則和人事脈絡，他利用自己的太子黨身分以及後期與江澤民之間的密切關係，推薦了大批石油系統出身的官員。陳錦華、盛華仁官至全國政協副主席和全國人大副委員長，據傳就是曾慶紅當時以江澤民的幕僚身分而推薦的，此外更是留下現任海南省長的原中海油總裁衛留成、現任工信部部長的原中石化總裁李毅中等後備梯隊。甚至可以說，曾慶紅才是中國「石油幫」第一代掌舵人。

至於說周永康為何在此番中石油高層集體落馬的事件中被認為是幕後的「大老虎」，也是源於他和石油系統的「絕對密切」關係。

1942年出生的周永康畢業於中國石油學院。後在石油領域工作多年，在經歷短暫的擔任四川省委書記的經歷後，在2002年被調回中央擔任公安部部長，2007年進入政治局常委會負責政法事務。

在其執掌政法委期間，經濟快速發展的中國也面臨著因貧富差距、環境惡化、非法徵地和官員腐敗而導致群體性事件急劇上升，期間周永康採取高壓政策，暫時維持了中共的統治，在大陸坊間，周被稱為「政法王」，這一個「王」字的意思是突顯其橫行霸道與權勢滔天。

雖然其政壇生涯後期看似脫離了石油系統，但是種種現象表明周直到進入中央最高層後仍保持著與石油工業的密切聯繫。比如近些年來，中國同中亞鄰國包括土庫曼斯坦和哈薩克斯坦的油汽項目中，不論是協調各方還是促成合同簽約，周永康都在其中扮演了角色。

特別是江澤民上台後，曾慶紅一手將「石油幫」的政治勢力

推至巔峰，除了他自己是中共 16 屆政治局常委外，曾在石油系統工作逾 30 年的周永康，和曾在茂名石化工作多年的張高麗，也分別出任第 17 屆及第 18 屆政治局常委。最近這 20 多年，以江澤民、曾慶紅、周永康及紅二代太子黨陳元等為主線，江派通過國開行、中石化、中石油、發改委這個體系的運作，攫取了巨量財富。

據知情人披露，這個石油幫的運轉模式是：劉鐵男所在的發改委是裡面的協調機構，並最終制定國內油價價格，陳元通過控制的國開行給委內瑞拉送錢；然後委內瑞拉給中石油、中海油低價出口石油，但蔣潔敏等石油巨頭把這些低價油拿回中國賣給大陸百姓的，價格依舊非常高。

聯合國統計顯示，大陸人均收入是全球平均人均收入的一半，只是美國人的十分之一，但用的汽油價格淨值卻是美國人的 1.3 倍，還不算相對價格比例了，由此可見江派掌控的中石油等壟斷巨頭是多麼的黑心，百姓的高油價的根本原因是江派等利益集團獲得超乎尋常的利潤和貪得無厭的盤剝。

比如蔣潔敏掌舵中石油期間，他最愛標榜的「政績」就是股票上市和走向海外，但前者造成大陸股價狂跌，後者讓大陸油價狂飆，這兩點都令中國股民與消費者心如刀割。蔣潔敏雖然高喊中石油要「走出去、國際化」，但在他掌控下，中石油卻是最「閉鎖」的央企，不要說民企，就算其他國企、央企也分不到中石油的半杯羹，尤其在北美、非洲、中東等地廣建自己的基地。蔣潔敏號稱「中石油是亞洲最賺錢的公司，不是之一，是第一」，但外界評論這句話的真實含義是：「中石油是全球最腐敗的公司，不是之一，是第一」。

正是由於江派周永康和曾慶紅與石油系統都有千絲萬縷的關係，中石油隱藏了江派核心人物的巨大罪證，周永康、曾慶紅、江澤民都是薄熙來政變謀反的後台大佬，習近平陣營首先通過調查中石油貪腐來打擊這些大老虎，一抓一個準，這些石油蛀蟲貪腐非常嚴重，民怨很大，從政治和穩固權力的角度，相對比較安全。

李克強改革越受阻 王岐山反腐就越積極

現任當權者先拿中石油開刀的一個更關鍵的原因是中共面臨的經濟危機，大廈將傾，迫使他們不得不對蛀蟲做點什麼。

自從中國實行經濟改革開放 30 多年來，中共一直把其執政的合法性寄託在所謂的經濟快速發展上，但是由於中共政治體制的制約，注定 中國的經濟改革和發展是不可持續的。特別是江澤民執政時開啟的官員共同貪腐機制，使中國的經濟病入膏肓，中國的大型國企幾乎成為了江澤民、曾慶紅、周永康等家族的私有財產。

習近平、李克強上台後，面臨隨時可能崩潰的經濟，嚴重影響到中共政權的穩定。因此，經濟改革成為重要課題。李克強在上海實行的自由貿易實驗區，其實就是要對國企和政府壟斷經濟進行改革，是動大手術的實驗，由於要動蛀蟲的乳酪，就必然要先處理蛀蟲。

《新紀元》在 2013 年 8 月份薄案開審之前一兩周，相繼發表了系列文章，如《獨家：北戴河會議李克強得闖三關》，《獨家：習李不背黑鍋 GDP 恐落到 3％》，以及《李克強經濟受阻 習李王鐵三角成型》等，分析習李要想擺脫政治經濟困境，就必須形

成一個牢不可破的整體，李克強想推動經濟改革，王岐山就得嚴厲反腐，只有用反腐清除那些障礙改革的既得利益者，才能為經濟改革鋪路。

而中石油作為央企的老大，是最頑固腐敗的既得利益的代表，不打掉這些大老虎，李克強的「克強經濟學」就無法實施。因為被反腐觸動的恰恰是周永康、曾慶紅、江澤民這些人的家族利益，他們掌控了中國的經濟命脈。2013年8月就有學者評論說，新生的「克強經濟學」，還未滿百日就面臨夭折，在這樣的環境下，習李陣營用前所未有的高速度打擊石油幫，也是必然的結果。

傳「周永康已被軟禁」中紀委女官督查

2013年9月3日，蔣潔敏被免職的當天，A股上市公司四川明星電纜再度停牌，因為繼董事長李廣元於7月25日被帶走後，又兩名掌管業務及財務的高管失聯。

此前2013年4月，周永康任職四川省委書記後發家的一批民營企業老闆，如成都會展旅遊集團董事長鄧鴻、郎酒董事長汪俊林，四川金路集團及漢龍集團董事長劉漢等川商相繼被抓被查。到了2013年8月1日，被稱為周永康家族「白手套」的管家吳兵在北京西站出逃時被抓，然後就是8月22日審判薄熙來，26日、27日兩天就抓了四個中石油高官，9月3日又撤職了蔣潔敏，這一連串的變動，都牽扯到周永康、周濱父子的貪腐問題。

比如，周濱利用信託人出面持有的美國公司與中石油進行各種綿密的商業往來，得手至少百億美元（折合人民幣上千億）的不法獲利。媒體披露，僅一個油田項目，中石油就支付了高於成

本價八億美元之譜的「手續費」給周濱。若以中石油的海外機構數十家，海外投資專案 40 多個，再加上國內有 150 多個二級機構所延伸的標案、承包、代理、經銷等等利益鏈，周永康家族的貪腐金額超乎想像。

王岐山這一輪的川商和中石油反腐，非常明確的是針對周永康這個中共最高權力層的大老虎。2013 年 9 月 2 日，港媒和海外中文媒體紛紛報導稱，前政治局常委、中央政法委書記周永康已失去自由，被軟禁了。8 月 30 日港媒曝出消息，中共在北戴河會議上敲定對周永康展開調查；習近平親自下令對腐敗官員要「徹查到底」。

據「德國之聲」9 月 2 日報導，8 月 5 日至 13 日，中共舉行了八天的北戴河會議，會上習近平集中談反腐，談到中共中央準備立案的具體案例，講得十分嚴厲，表示一定要打掉腐敗惡性膨脹的勢頭，情緒很激動。回到北京，習近平在他主持的常委會上繼續布署反腐，他授權王岐山進行反腐，提出要交「尚方寶劍」給王岐山，習近平的提議已經形成常委決議。

9 月 2 日，《蘋果日報》等港媒援引消息指，中共中紀委已經開始執行北戴河會議決議，對前政治局常委進行專案調查。目前周永康已被軟禁。據悉，負責周永康專案的是前中紀委駐財政部紀檢組組長、中紀委二室主任劉建華，她和負責調查薄熙來案的前中紀委副書記馬馼一樣，也是一名女性。

9 月 2 日，《紐約時報》援引知情者稱，「中紀委已經成立了處理周永康事件的專案組」，對四川的腐敗案進行了調查，並對周永康的兒子周濱進行了訊問。

「美國之音」也以《國資委主任蔣潔敏落馬 周永康羽翼幾被

剪光》為題，對此進行報導。英國媒體「路透社」則以主題《蔣潔敏落馬 習近平劍指利益集團》對此進行報導。

如今外界都在靜觀王岐山下一步棋怎麼走。不過，大陸媒體披露的周永康貪腐罪行，只是周永康罪行的表層。周永康最大罪行，和薄熙來一樣，是犯下了反人類罪。

2012 年 2 月王立軍出逃一周後，時任中共國家副主席習近平訪問美國期間，美國媒體「華盛頓自由燈塔」曝光了王立軍移交美領館材料中有薄熙來、周永康聯手圖謀發動政變，最終廢掉中共 18 大接班掌權的習近平的計畫。

周薄案的核心內幕是政變密謀和活摘器官罪惡。江澤民、曾慶紅、周永康、羅幹等鎮壓法輪功的元兇，14 年來犯下反人類的群體滅絕罪，其中包括前中共政法委書記羅幹用暗殺方式製造「天安門自焚偽案」、政法委系統下的全國勞教所與黑社會、貪官勾結形成活體摘取法輪功學員器官的殺人網等驚天罪惡，不審判懲罰這些反人類罪惡，只在貪腐淫亂上走走過場，那終將後患無窮。

第三節

中石油腐敗案在美國被查

　　2013 年 9 月，就在中共高官的腐敗調查指向「石油幫」時，英國《金融時報》副主編約翰·加普（John Gapper）在博文中說，由於中共「石油幫」與在紐約上市的中石油集團直接關聯，對於美國當局來說，這似乎是一個介入調查的絕佳機會，當然，也可能不是。

　　此前摩根大通集團被指以雇用中共高官子女而涉嫌賄賂，美國證券交易委員會已經就此事準備對摩根大通進行調查。事實上，很多華爾街銀行和投資基金公司在中國都有類似的做法。

　　中共國資委主任蔣潔敏的被捕則突顯中共腐敗現狀的嚴峻。國資委，全稱中國國有資產監督管理委員會，是負責監管諸如中石油一類國有企業的機構。調查鎖定對象涉及與中石油有連帶關係的高官，包括中共前公安系統頭目、政治局常委周永康。

　　由於周永康是現已落馬的重慶黨委書記薄熙來的後台，所以

此次調查被解讀為是對薄熙來黨羽的打擊。另外，自從 2009 年中共採取經濟刺激政策以來，中國國有企業排擠私人企業，所以此次反腐調查也可被視作對國有企業的一次整頓。

腐敗活動是否牽扯美國實體公司

目前的問題是，美國司法部或其他機構到底想對中石油的腐敗調查參與到什麼程度。假如中石油是一個西方公司，那麼這些逮捕事件的發生，對於那些實施美國《海外反腐敗法》的人員和機構來說，就是一個線索。

美國著名中國問題專家章家敦（Gordon Chang）在《福布斯》雜誌撰文分析，一些人士認為，北京方面反腐調查範圍之大，將促使美國對中石油進行調查。香港奧邁企業顧問公司（Alvarez & Marsal.）法律糾紛諮詢部門負責人凱斯・威廉姆森（Keith Williamson）說：「中國這次的腐敗案牽涉多家公司，這些公司與美國也有關聯。我猜測美國當局會做一個初步評估，確認這些被指證的腐敗活動是否牽扯在美國成立或上市的實體公司。」

翰羽國際律師事務所（Squire Sanders）的丹尼爾・路雷斯（Daniel Roules）提出，美國當局可以利用反洗錢法來挖出那些非法操作。

但是在這個問題上，中共政府不大可能與美國的同仁們合作。中共官員顯然認為：對周永康在其任政治局常委的五年中的行為進行調查，這事過於敏感。他們決定對周永康更早期的歷史進行追查，這樣對於中共的整體形象的損害將大大減少。

對周永康在中石油任期內的調查，倒是讓美國監管審查部門

注意到了一個可能存在問題的中國大企業。

丹尼爾‧路雷斯說：「我們只能期望美國政府有足夠的能力獲得在美上市公司的信息，畢竟，沒有什麼比保證自由市場的誠信更為重要。」

中石油隱瞞腐敗事實 被控違反美國證券法

《彭博》新聞 2013 年 9 月 4 日報導，已經有投資者指控中石油違反美國證券法，因為中石油未披露其腐敗事實，美國上市公司本應接受美國的調查和處罰。

比利時投資商約翰‧布魯克斯（Johan Broux）向曼哈頓聯邦法庭提交起訴書，希望代表從 2012 年 4 月 26 日至 2013 年 8 月 27 日所有購買中石油股票的投資人。布魯克斯說，8 月 28 日，在兩個中共政府機構對中石油高管進行調查的消息報出後，中石油的股票下跌率超過了 3.5%。

除了中石油外，同時被起訴的還有中石油董事長兼總裁周吉平、財務總監于毅波以及該公司兩名前任高管——前財務總監周明春和前董事長兼總裁蔣潔敏。布魯克斯沒有提出具體的賠償金額。

官網揭「領導人妹」涉中石油案

「中石油案持續發酵，是否會牽出周永康」在海外已經炒作得沸沸揚揚，而此前大陸媒體對此一直深加隱諱。不過 2013 年 9 月，官方門戶網站新浪網旗下香港新浪卻以《領導人妹被揭涉中石油案》為題，矛頭直指周永康。顯示出中南海釋放強烈信號。

　　廣州《二十一世紀經濟報導》9 月 11 日發表題為《四川華油探礦權賤價入股鴻豐鉀肥暗藏中石油「貓膩」》的文章。中石油子公司在四川一家鉀肥企業的股權變動中，涉嫌造成國有資產流失，而兩名神祕商人周峰及周玲英，被認為是幕後的最大受益者。

　　報導指四川邛崍市鴻豐鉀礦肥有限公司，2007 年由北京鴻豐投資和中石油旗下的四川華油出資設立，註冊資本為三億元，隸屬中石油四川石油管理局。而鴻豐投資的第二大股東北京宏漢的實際控制人為周玲英，周玲英百分百控股。報導又稱，周玲英只是代一個叫周峰的人持股，周峰是北京宏漢董事長。

　　新浪香港轉載《星島日報》報導稱，周峰和周玲英何許人也，近日在大陸網路引起關注。經「人肉搜尋」後，網民終於在江蘇龍成律師事務所主任宗龍喜的官方網站中找到部分答案。這名律師在其「經典案例」中介紹說，他曾為周玲英辦過股權轉讓案，並稱周玲英是某政治局常委的胞妹。

　　而江蘇龍成律師事務所網頁赫然顯示，周玲英是中共前政治局常委周永康的胞妹。

　　宗龍喜接受《星島日報》電話查詢時確認，周玲英就是那位 2012 年退休的領導人的胞妹，至於周峰是誰，他稱不知道。《大紀元》記者連線江蘇龍成律師事務所宗龍喜電話進行求證，但電話無人接聽。

　　時政評論人士周曉輝質疑，身為北京宏漢公司董事長的周峰與實際控股者周玲英是什麼關係？與周永康又是什麼關係？是周永康兒子周濱的化名，還是周家另外的子嗣？有媒體報導稱，王晨、盧全生等都是周峰的人，周玲英只是代周峰持股。

　　四川華油出於何種原因放棄了這次國有資產保值增值的機

會，而讓鴻豐投資成為新上市公司的實際控制人？周峰哪裡來的這麼大的能量可以獲得如此巨大的收益？

周曉輝認為，能讓周峰在四川、在中石油如踏平地的重要原因是其有著相當硬的後台，而這個後台顯然就是既掌管過中石油又當過四川一把手的周永康。除此而外，能將周峰與周永康串起來的還有他們的姓氏，以及周永康的胞妹周玲英。

中南海釋放的信號強烈

周曉輝認為，無疑，這是中共高層繼此前拋出周永康的親家「王姓人家」後的又一步驟。從原四川省委常委副省長郭永祥到中石油「四小虎」，再到周家大管家吳兵被抓、國資委主任蔣潔敏的落馬，直至牽出「王姓人家」和「周姓自然人」周峰及周玲英，絞索緊緊迫近周永康。

此前，財新網披露，捲入中石油案的四川富商吳兵，其「中旭系」關聯公司北京「中旭陽光」的神祕股東及董事曝光，包括兩任董事長周濱、黃婉。兩人被境外媒體指是一名前中央領導人的兒子及兒媳，而周永康的兒子周濱（或稱周斌）、兒媳黃婉（或稱王婉）姓名發音與上述兩人相同。

此外，北京知情人透露，針對周永康的調查已經全面展開，周永康已被軟禁。

中共紀委系統一位人士甚至透露，周永康家族涉及的腐敗數目，絕對可以創造歷史紀錄，涉及的面也是最廣的。

外界注意到，中共 18 大後，周永康的勢力範圍四川和政法系統餘震尚未平息，石油系統亦劇烈動盪，一向黑箱操作的大陸

多家體制內外媒體以較為謹慎和隱晦的表達手法，將周永康推向前台。種種跡象皆顯示，中南海將不會放過周永康。

有分析認為，「拿下周永康，被指是習近平樹立權威的唯一方式。一方面周是政變主謀；另一方面他惡事做絕，名聲實在太壞。近期國際媒體密集報導周永康遭受調查，國內密集逮捕周的下屬和親信，實際上已經在國際和國內做足了周被逮捕的輿論和心理準備，甚至民間還可能會慶祝一番。」

周永康貪腐醜聞之外，最令公眾詬病的是掌控中共政法系統期間的表現。周於 2002 年 12 月接任公安部部長；2007 年 10 月成為中共政法委書記。在此期間他加強對維權人士、異議人士和媒體記者的打壓，也直接對法輪功學員、新疆、西藏等地的抗議者進行鎮壓。

香港《開放》雜誌主編金鐘早前接受德國之聲採訪時認為，周永康在任的角色相當於前蘇聯的克格勃頭目、史達林時代的內政部長貝利亞，他認為周用「特務治國」方式打壓不同政見者，而其命運也會如貝利亞一樣，在史達林時代結束後被赫魯曉夫處死。

《大紀元》此前一直報導，中共一直掩蓋周薄案的核心內幕：政變密謀和活摘器官罪惡。江澤民、曾慶紅、周永康、羅幹等鎮壓法輪功的元凶，14 年來犯下反人類的群體滅絕罪，其中包括前中共政法委書記羅幹用暗殺方式製造「天安門自焚偽案」、政法委系統下的全國勞教所與黑社會、貪官勾結形成活體摘取法輪功學員器官的殺人網等驚人的罪惡。

第四節

蔣潔敏賤賣遼河油田 張宏偉花六億撈人

從 2012 年 5 月初政治局擴大會議上溫家寶與周永康展開殊死的公開決戰起，周永康命運開始急轉直下。（大紀元合成圖）

蔣潔敏賤賣遼河油田 周永康獲利 17 億

　　2013 年 12 月 13 日，就在周永康傳被中紀委帶走的十多天後，海外網路流傳一個消息稱，中石油總裁蔣潔敏以 0.1 億的低價，把遼河油田賤賣給了聯合能源集團的董事長張宏偉。張宏偉之所以能得到這個優惠，是因為他賄賂了周永康的兒子周濱。

　　當時遼河油田雖然是 30 年的老井，但 2009 年地質勘探時發現有巨大的新油流，本來應該賣個非常高的價錢，但由於蔣潔敏是周永康的心腹，蔣僅僅以一千萬把遼河油田賣給了私人老闆張宏偉。2009 年遼河油田的東升油區每天生產原油 600 噸，但到了 2013 年增加到每天 1716 噸。周永康家族因此一年就賺了 17 億，

其附屬也賺得金滿缽滿。

消息還說，有次在香港，張宏偉一次就付給周濱八億人民幣，「其中六億元是周濱幫助張宏偉找周永康去上海（2009 年 6 月 20 日），擺平在上海雇傭黑社會暴打維權律師嚴義明的撈人費。張宏偉雇傭的打手，其中的兩名主犯被周永康命令上海市公安局長張學兵，以證據不足為由釋放，從犯輕判三年、二年、一年不等。」

知情人還說：另外的兩億元是張宏偉給付給黃炎買遼河油田高升新井區的私下介紹費。周濱通過其舅父（遼河油田管理局副局長）運作，將高升油田新勘探擬開發且價值千億的石油資源賣給張宏偉。國有資產就是這樣流失到張宏偉這個資本大鱷手中。

1954 年出生在哈爾濱農村的張宏偉，起初靠蓋房子起家，東方集團最早是個鄉村建築隊，後來一步步坐大，成為一家投資控股型企業集團，是大陸首家上市的民營企業，張宏偉還曾在民生銀行擔任副董事長，亦是聯合能源集團（0467）主席。他擁有近百億人民幣資產，在 2011 年《福布斯》中國富豪榜中排名第 61 位，並先後當過兩屆全國政協常委和兩屆全國工商聯副主席。

早前有海外媒體報導稱，2009 年張宏偉通過周永康的「大管家」吳兵認識了周的兒子周濱後，利用他們的影響力，於 2010 年從中石油董事長蔣潔敏手中得到了本來屬中石油談判收購的巴基斯坦油田。為了討好周濱，張宏偉還不惜與其共用心愛的女人。

2012 年張宏偉又經周濱、劉鐵男介紹，認識了剛從北京調到香港的國家開發行香港分行行長劉浩。張宏偉行賄劉浩給聯合能源集團貸款 50 億美金，後中紀委及時發現劉浩的違法行為，請開發行把劉浩調回北京，劉浩回京後馬上被雙規。此外，張宏偉

和女兒張美英以及周永康的小姨子、中石油加拿大加爾鐵里分公司的實際控制人賈曉霞也互有洗錢來往。賈曉霞實際控制著中石油高達百億美金的資產。

證券維權第一人被黑社會暴打

為何張宏偉要花六億賄賂周永康呢？這就涉及到張宏偉最早起家時一起創建東方集團的原始股東。

2009 年 4 月 14 日，被稱為「中國證券市場中小股東維權第一人」的嚴義明律師，在位於上海徐家匯民生大樓的辦公室遭到三名歹徒襲擊，造成他右肩肩胛骨骨折，並有多處外傷。消息傳出，一時間此事在證券市場掀起巨大波瀾，4 月 24 日四名犯罪嫌疑人被上海警方帶回上海。但不久兩名嫌犯被保釋出來了。

2009 年 5 月《新京報》等媒體紛紛報導說：東方集團上市前的兩名原始股東王鴻林和褚景春，實名向上海市公安局徐匯分局遞交了舉報信，稱原東方企業集團書記、監事會主席遲某的司機韓某，勾結黑社會對嚴義明律師採取了暴行。

事件起因要追溯到 19 年前的 1990 年 2 月，東方企業集團獲准發行股票 3500 萬股，其中內部職工股 310 萬股。部門經理王鴻林分到 14.88 萬股的職工資產股，司機褚景春分到 4.35 萬股。

1993 年 12 月，東方集團發行 4000 萬股股票，並於 1994 年 1 月在上交所公開上市。王鴻林在舉報信中說：「上市後，現在的東方集團根本不承認我和其他原始股東的權益，東方集團的人說由於上市公司虧損，原始股東的股份不值錢。從 2006 年起，大概 30 位原始股東組成了維權班子，由嚴義明律師代理維權。」

2007 年 3 月，以各原始股東為原告、以東方集團及其法人張宏偉為被告的維權案件在哈爾濱市南崗區法院立案。

但在維權過程中，韓某一直不讓原告和嚴義明聯繫。法院立案之後沒多久，韓某召集全體維權成員開會，稱東方集團嚴重虧損，這些股票根本不值錢，張宏偉願以每股一塊錢收購股票，不轉讓的就是廢紙一張。在韓某的勸說下，幾位原始股東就跟東方集團簽了一份協議。但很快發現被騙了，於是再次起訴張宏偉。

據嚴義明回憶，那年中國新年前，韓某曾威脅他本人，如果繼續代理維權的話，就會找人「做」了他。後來嚴義明在辦公室被暴打。

2009 年 5 月 5 日中午 11 時中國新聞網和騰訊財經網發布了暴打嚴義明凶手的照片和文字說明，稱凶手已經交代了幕後黑手，但一小時後，中國新聞網就對此闢謠，稱凶手拒不交代委託人是何許人也，直到四年後，周永康落馬後，人們才知道這兩個黑社會人物背後的大靠山是中國最大黑領、政法委書記周永康。

第五節

周永康家族的兩大金庫曝光

前中石油董事長、國資委主任蔣潔敏（左）與周永康前祕書、中石油副總經理李華林（右，也已被捕）搭檔，把中石油變成周永康的大金庫。（Getty Images）

2013 年 10 月 12 日，香港媒體援引知情者報導稱中共中紀委已經開始執行北戴河會議決議，對前政治局常委周永康進行專案調查。目前，周永康已經被軟禁。負責周永康專案的是前中紀委駐財政部紀檢組組長、中紀委二室主任劉建華，是一名女性。

報導稱，那些當年依仗周永康升官發財的人，以及多年來一直向周家輸送利益的人，如今都在驚惶失措中等待中紀委調查人員來敲門，因為他們最清楚不過的，就是周氏父子近千億元的財富都跟他們密切相關。

消息人士披露，吳兵其實只是個馬仔管家。蔣潔敏與周永康的前祕書李華林（也已被捕）搭檔，才是真正的大金庫。

周家的另一個金庫在四川，也是由李春城與周永康的另一個祕書郭永祥聯手管理。兩大金庫將周氏變成了中國真正的首富家族。

蔣潔敏曝周永康「富可敵國」

薄熙來 2013 年 8 月 22 日至 26 日全盤翻供後的兩天之內，中石油四大高管被抓。之後不久，原中石油董事長、國資委主任蔣潔敏亦被解職加「雙規」。消息人士披露，與已經落馬的幾位高官相比，蔣潔敏與周永康的關係更密切，蔣輸送給周家的利益肯定要比已被曝光的數目還大。收拾蔣潔敏，意味著進一步逼近周永康！

知情者說，蔣潔敏多年來藉他從勝利油田開始跟隨周永康的交情，通過周永康兒子周濱（也有稱周斌）的岳父母輸送百億美元以上利益。具體方式均在國外進行，或通過巨價收購油田天然氣田，或壟斷油田設備採購，由蔣將中石油需求及收購採購對象確定後，告訴周濱的馬仔吳兵，爾後全通過周濱妻子黃婉父母開設由美國信託人出面持有的美國公司在中間賺一道，利潤又全留在瑞士銀行以逃美國稅。

消息說，吳兵一進去，全盤供出。這一切貪腐均由作為中石油「獨裁者」的蔣親自指揮安排。吳兵是周家的「錢袋子」可能言過其實了，吳兵其實只是個馬仔管家，而周氏父子積攢了近千億元的財富。

此前《大紀元》報導，蔣潔敏身家已過百億，在任期間包攬所有中石油基建工程，包括中石油多個海外工程項目，國內多個石化項目，年入十億以上。並從中石油帳內為周永康直接提供迫害法輪功的資金，恐嚇部下，而且手頭握有多宗命案。蔣潔敏掌舵中石油期間，最愛標榜的「政績」就是股票上市和走向海外；但前者造成股價狂跌，後者讓油價狂飆，都令中國股民與消費者

心如刀割。

蔣潔敏交代重大案情 周永康致命的「殺傷力」

海南省長蔣定之、環保部長周生賢的腐敗，都和周永康有關，但真正對周永康形成致命殺傷的還是蔣潔敏。

據海外中文媒體報導稱，已經被雙規調查的前國資委主任蔣潔敏交代，他指示中石油管理層向國資委報告，謊稱遼河油田已經沒有石油了，因此要廢棄。協助周濱（周永康之子）和吳兵（周家的白手套）的公司以 1000 萬人民幣收購遼河油田。在吳兵（周濱是幕後）收購遼河油田後，周永康家族第一年就獲利 17 億。到第三年，一共賺取了 40 億。

因為油田職工的示威和上訪，國資委派去審計調查，發現遼河油田還有 3000 億的石油儲備。爆發如此驚天的腐敗大案，周永康仍將蔣潔敏提拔到國資委主任。

蔣潔敏案金額巨大 中南海震驚

《大紀元》在 2013 年中共兩會期間獨家報導：蔣潔敏因其涉嫌驚人貪腐和幾宗命案，已被中紀委盯上，兩會後拋出，作為打擊周永康的前哨戰。

消息稱：原中石油董事長蔣潔敏不僅命案纏身，又牽連洗錢大案，引中南海高層震怒。調查顯示，中石油大型項目、高額投保採購等都有洗錢公司涉入其中，觸角遍布中石油上下，案情複雜，涉案金額巨大。

證據表明蔣的洗錢公司改頭換面組成圍標團，裡應外合將工程發包給特定招標商，陪榜商都屬蔣控制的圍標集團，藉此收取回扣而採購商品是高於市場平均價數倍，資金浪費極其嚴重，洗錢受賄金額太大，蔣的涉黑程度、涉貪數目，已令中南海大怒。

消息稱，蔣潔敏個人財富已達數百億，在中石油將所有的石化項目都非法承包給自己人，個人年入數十億，目前最引人注目的就是他將多個上百億的巨型石化項目違規發包給上海惠生公司，而惠生公司正是周永康的兒子周濱的公司。

中石油四川石化是有史以來最黑的項目，380 億元的投資大多進了個人腰包，整個項目就是一個徹頭徹尾的「豆腐渣」工程，但因為中石油和相關的供應商大都有通天的能力，所以無人敢查，無人敢問，最後只能是一堆廢鐵。

蔣潔敏涉幾宗命案

《大紀元》此前報導，蔣潔敏涉驚人貪腐和多宗命案。特別是在中石油帳上，中紀委查出有大筆資金流向周永康，供其用於迫害法輪功。

據中紀委消息人士說，中石油吉林石化、廣西石化、撫順石化、項目資金挪用虧空數目驚人，問題堆積如山，一查就倒。而中石油八個石化項目，無一例外，全部有問題。中石油廣西石化公司副總經理（掛任欽州市人民政府副市長）王學文於 2010 年突發交通事故被滅口，也直接與蔣潔敏和周永康有關。

2012 年 3 月 18 日北京四環路發生法拉利車禍，正是周永康對倒薄推手的政治謀殺，死者是前中央辦公廳主任令計劃的兒

子。當時 BBC 等多家消息稱，蔣潔敏因捲入令計劃兒子車禍案被調查。

據先前已有中石油內部人透露，曾有負責資通安全工作的員工，在維護領導的電腦中，發現領導貪污受賄等嚴重腐敗的證據，結果該名員工就在公司大樓內被偽裝成「不慎墜樓」的滅口謀殺事件。

眾所周知，周永康曾經掌握的公安系統，除了迫害法輪功，還有另一任務即恐嚇部下、殺人滅口。

周家四川金庫 李春城與郭永祥主管

港媒曝光，周家的另一個金庫在四川，是由李春城與周永康的另一個祕書郭永祥聯手。兩大金庫將周氏變成了中國真正的首富家族。

中共中央候補委員、四川省委副書記李春城是中共 18 大後首個落馬的副省級高官。據悉，其貪污賄賂贓款高達十億，涉及成都某國企老總貪腐等十大要案。他不但涉嫌買官賣官、以權謀私，還涉及為中共前政治局常委、政法委書記周永康的家人在四川斂財、輸送利益提供方便，因此而獲周提拔重用。

周永康的心腹大祕——原中共四川省委常委、副省長郭永祥是繼李春城之後四川落馬的第二個副省級高官。郭永祥落馬之時，大陸媒體曝光郭永祥是在自己的別墅中被帶走調查。此前，他曾被北京的相關部門約談，有關部門在郭的家中搜出了金條。

郭永祥曾任職中石油勝利油田，由周永康一手提拔，是跟隨周多年的心腹祕書。

另據四川和中石油的資訊源稱，周永康的兒子周濱控制中石油系統，促成了重慶和四川高層官員的眾多升遷。周永康曾在石油部門任職 38 年，周家父子被指把中國「兩桶油（中石化、中石油）」當作自家的搖錢樹。

據說，周濱每次去四川，李春城必悉心接待，並想盡辦法對其在四川的利益大開綠燈。周永康曾在四川、石油系和國土資源部主政，李使其家族在四川的加油站項目也大受其利。

有知情者對海外中文媒體透露，李春城是周永康和他兒子在生意場上的最大幫手。周永康兒子在石油、地產以及投資四川信託有限公司等的商業利益上，李春城的貢獻最大，彭州石化項目也是李春城為周家輸送利益的一部分。

「捉拿周永康」箭已上弦

周永康被傳「大事不妙」之際，曾八次通過各種非官方管道間接露面。但從各方面跡象看來，罪責難逃的周已身處絕境，並非「軟著陸」。有評論認為，心腹不斷落馬、家族醜聞不斷曝光、自身也陷貪腐調查的周永康，其露面只能自曝處境越來越糟糕。此外，海外媒體引述消息說，如何處理周，習近平還在權衡之中，只差沒有在「雙規」周永康的報告上簽字。

2013 年中共兩會前，大陸著名維權律師浦志強在網上實名舉報周永康在過去 10 年暴力維穩的模式，引發各界人士對此表達聲援和支持，紛紛揭露周永康暴行。有人認為，周永康最害怕的莫過於法輪功，周永康曾令警察調查所有被非法關押的人是否煉法輪功。也有人說，周永康欠下大量血債，製造無數冤民，習近

平已獲得捉拿周永康的民意支持，應加快突破江派勢力阻撓。

　　維權律師浦志強在網上實名舉報，要求追究他過去 10 年暴力維穩的模式，公開挑戰政法委前書記周永康。浦志強認為，在這十年，中國的社會矛盾沒有一項真正得到了解決，比如說「六四」問題、法輪功問題等等。周永康控制公檢法系統，使得中國司法的信用幾乎降到一個沒法再低的程度了。

　　江蘇無錫維權人士吳士明表示，各地拆遷辦都是周永康的各級政法委書記兼職，近年僅無錫的暴力拆遷就害死了 50 幾人，在全國欠下了大量血債，製造了無數冤民。暴力拆遷的全部責任都應該算在周永康身上，他們對浦志強律師在網上實名舉報周永康表示支持。

　　北京鞠鴻怡說，周永康藉維穩名義瘋狂迫害法輪功、訪民、維權律師和異議人士等，使得不計其數的人蒙冤，使得每天都在演繹慘無人道的悲劇，周永康必將受到人民清算。

周永康重要黨羽揭秘

第四章

政法幫

2013年2月8日，原中共廣東省委常委、統戰部長周鎮宏（左）被雙開，又一迫害法輪功的幫凶倒台，幾乎同時，遼寧前政法委書記李峰（右）與黑社會合作醜聞被曝光。之後幾日，中共政法系統接連傳出被整肅信號，直指前政法委書記周永康。（大紀元合成圖）

第一節

2013 年
《新紀元》獨家預測廢勞教

在江澤民的指示下，大陸各地勞教所迅速膨脹，勞教所就像一個毒瘤的癌細胞一樣，迅速在中國體內擴張，吞噬了社會正常發展需要的各種資源。廢除勞教已經成為中共當權者必須馬上處理的頭等大事。（大紀元資料室）

2013 年 11 月 15 日，中共 18 屆三中全會通過的《關於全面深化改革若干重大問題的決定》，正式提出廢除勞動教養制度。但勞教制度的正式廢止，還要等待全國人大常委會履行法定程序。

而早在 2013 年 2 月 21 日出刊的《新紀元》周刊第 314 期文章《獨家：兩會或廢勞教 習近平被逼再出重拳》，已準確預測中共廢除勞教。

雲南力挺習近平 停止勞教搶頭彩

2013 年 2 月 5 日，雲南省政法委書記孟蘇鐵公開宣布，即

日起，包括涉嫌國家安全、反復上訪、醜化領導人形象等在內的勞教審批全部暫停。雲南省此舉搶了力挺習近平年內叫停勞教的頭彩，大出外界意料，成為媒體公開報導的首個叫停勞教審批的省份。

此前，江澤民親信劉雲山的馬仔、廣東省委宣傳部長庹震，藉2013年元旦新年獻詞挑起了「南周事件」，以阻擊習近平的「憲法夢」。作為回應，1月7日習近平下令現任政法委書記孟建柱宣布年內叫停勞教，直點江派的死穴。該消息先是在新華網、中央電視台、《人民日報》刊出，但隨後被劉雲山刪除，將「廢除勞教」改為「改革勞教所制度」。江澤民派系與胡錦濤、習近平聯盟這兩大陣營的大打出手，讓民眾大開眼界。（詳情請見《新紀元》出版的新書《習近平對江澤民亮殺手鐧》）

20天後，胡錦濤親信胡春華執政的廣東省最先響應習近平年內叫停勞教的決定。1月28日，廣東省司法廳廳長嚴植嬋向媒體表示，勞教改革方案將按照程序提請全國人大常委會審議，如果審議通過，廣東將有可能在2013年適時停止勞教制度。

就在外界普遍認為廣東可能是第一個叫停勞教省份的時候，雲南省政法委書記孟蘇鐵突然宣布，雲南從2月5日起，對涉嫌「危害國家安全」、「纏訪鬧訪」、「醜化領導人形象」等三種行為的勞教審批統一停止，對其他違法情形的勞教審批全部暫停，雲南此舉大出外界所料。

官方報導中還列舉了三起2012年被撤銷的勞教判決。一是唐慧案：唐慧的11歲女兒被逼賣淫100餘次，公安包庇罪犯，唐慧上訪屢遭不公正對待，六年後案情才得以昭雪。然而僅過了兩個月，2012年8月2日，唐慧卻被湖南永州以「嚴重擾亂社會

秩序，造成了極壞的社會影響」為名勞動教養一年六個月。幾天後，在輿論壓力下唐慧才得以獲釋。

第二個被撤銷的勞教案是任建宇案：重慶大學生村官任建宇在網上批評薄熙來因言獲罪，被處兩年勞教。2012年11月19日，勞教委撤銷了勞教決定，任建宇重獲自由。

第三個是彭洪案：2009年9月，彭洪在論壇轉發重慶「打黑」相關漫畫《保護傘》，被勞教兩年。2011年9月10日，勞教期滿獲釋。2012年9月7日，重慶市勞教委決定撤銷原勞教決定。外界普遍認為，兩個撤銷的重慶案例與清算薄熙來罪行有關。

北京法院正式宣判 10 名截訪人員

在雲南宣布停止部分罪名勞教的同一天，新華社2013年2月5日報導稱，北京朝陽法院對2012年4月發生的一起攔截訪民並非法關押案進行了正式宣判，10名為河南政法委工作的人被判刑六個月至兩年不等，其中三人因未成年被判處緩刑。

2012年4月28日，王高偉等10名截訪人員將河南籍訪民宋某、金某等四人強行綁架至當地在京的黑監獄，關押至29日夜間，並將他們押送回河南，這四位訪民後又返回北京，向公安機關報案。5月2日10名截訪人員被抓，而另外一些被關押兩天至六天的河南訪民因此獲救。

早在2012年12月2日《北京青年報》就報導說：「今年5月，北京警方查處了一處河南地方政府設在北京的截訪點，抓獲10名截訪人員。」報導還具體披露了此案歷次開庭時間和內容：9月24日，北京朝陽法院第一次開庭審理該案。11月27日，北

京朝陽區王四營法庭第二次開庭，審判該案的三名少年犯。11月28日，朝陽區溫榆河法庭第三次開庭，審判其中七名成年犯。同日法庭宣判。共有10名受害訪民到法院旁聽了宣判。報導還引用業內人士的看法稱，這對北京「黑監獄」將起到有效的震懾作用。

不過新華社當時還稱《北京青年報》在造謠，因為他們與北京高院核實，案件尚未宣判，甚至稱朝陽法院也正聯繫該報要求道歉，不過在《北京青年報》報導前，自由亞洲、《大紀元》等多家外媒均已對此進行過報導，原告訪民當時接受外媒採訪時就說法庭宣判了，但沒有當場給判決書，稱會事後寄給他們。

判決書在拖了九個月後終於下發了。這幾名河南訪民還向法院提出了附帶民事訴訟，要求賠償10萬元至61萬元不等的經濟損失，包括：醫療費、誤工費、生活費、後續治療費、精神損害賠償等。2月5日北京朝陽法院判決，賠償訪民誤工、交通等損失為1300元至2400元不等，但對原告提出的精神損失費和醫療賠償費等，因證據不足而不予支持。

第二天《中國青年報》在跟進報導中披露這些截訪人員敢於設立黑監獄，其幕後主使就是政法委官員。報導說：「記者在禹州實地調查發現：多位被拘禁的上訪者及涉案截訪者的親屬，都將幕後嫌疑指向此人——禹州市委群眾信訪工作部主任科員白中興。」「到久敬莊（即北京訪民集散地久敬莊救濟服務中心）抓人是政府行為，政府不給牌子，王高偉他們根本進不去。」

有17年上訪經歷的權利運動網站的胡軍告訴《大紀元》記者，截訪一般由政法系統參與，由當地街道辦和公安部門互相配合，有些地方駐京辦還會聘用黑保安把訪民關進黑監獄，事件大

.

一些的另有國保參與。福建訪民星光告訴《大紀元》記者，在北京被雇傭的黑保安、黑社會、惡警滿街都是，基本與駐京辦勾結一塊，分到地方政府給的小利益而已。

遼寧前政法委書記涉黑案曝光

2013 年 2 月 5 日，《大紀元》網站率先曝光了遼寧省人大黨組書記、時任省公安廳廳長、政法委書記李峰，1990 年代起與營口聚源娛樂城董事長趙春根合夥，開辦東三省最大的賭場。中共 18 大後，被稱為「第二權力中央」的政法委遭降級，政法系統頻發地震，多名高官被調查免職，政法委官員自殺的消息不斷。此時突然傳出擔任政法委書記 10 年有餘的李峰的惡行，絕非偶然。

《大紀元》報導說，李峰於 1995 年至 2004 年於營口市聚源集團趙春根合夥開立了東三省最大的聚源娛樂城。該娛樂城內不僅有賭場，還有色情服務的 KTV、洗浴按摩中心、販賣毒品的迪廳。賭場開張時還與俄羅斯黑社會合作。

在後台李峰的保護下，聚源娛樂城內居然給趙春根設了治安派出所，還給趙春根佩帶槍枝。該派出所的警察不管娛樂城內買賣毒品、賭博、賣淫嫖娼，專管到娛樂城的「鬧事者」。該事在當地轟動一時，民眾說，李峰開了全世界最牛的國家警察看場子的賭場和妓院，創下了吉尼斯紀錄。

聚源娛樂城一直營業到 2004 年，期間趙本山等所謂的「名人」也經常光顧。據說，趙本山曾一晚上輸掉 200 萬元。趙春根經營了 10 多年的娛樂城，最高峰時的 1990 年代竟然可以一天純收入達 1000 萬元。

2003 年，趙春根因鞍山證券 1.2 億詐騙案被遼寧省公安廳經偵抓捕後，營口市政府祕書長周建軍帶著政府保函把趙春根保了出來，當地人表示，這下營口市又創下了政府保犯人的世界紀錄。

李峰於 2002 年 5 月至 2011 年末任遼寧省委常委、政法委書記期間，積極配合江氏犯罪集團公開鎮壓法輪功。此人直接操縱、指揮遼寧省對法輪功的迫害，幾乎全程參與迫害法輪功，導致該省成為迫害法輪功最嚴重的省份之一。早在 2003 年，李峰已被「追查國際」列入追查名單，並在明慧網惡人榜上有名。根據「迫害信仰自由的外國官員以及配偶和子女不得進入民主國家」的有關法案，李峰的犯罪記錄已遞交各國海關和移民部門備案。

著名律師浦志強實名舉報周永康

2013 年 2 月 6 日上午，北京著名維權律師浦志強在自己的三大微博上（新浪、騰訊和搜狐），仿效《財經》雜誌副總編羅昌平，實名舉報中共高官。浦志強說：「本人實名舉報：公安部前部長、政法委前書記、現其他老同志周永康，禍國殃民！我認為，若想從維穩的陰影下走出，就必須清算他的社會治安綜合治理模式，太多的人間慘劇悲歡離合，跟該周直接間接有關了。此人秉政十年，竟然荼毒天下，實民賊也！」

此舉報一出，震動全球。浦志強在接受「美國之音」採訪時解釋說，維穩是中國不穩定的一個最大禍患，改變現狀必須清算維穩思路，而周永康明顯是要承擔責任的，「中國要真正的反思，就需要清算周永康的路線。」

浦志強還表示，在這十年，中國的社會矛盾沒有一項真正得

到解決，比如說「六四」問題、法輪功問題、徵地拆遷所引起的與民爭利的問題、環境的破壞問題，最重要的就是公平和秩序問題，而周永康的維穩系統，「應該說是使得中國司法的信用幾乎降到一個沒法再低的程度了。」

不久這些微博被刪，但浦志強的觀點得到大陸很多律師的公開支持。2月4日，《南都人物周刊》以封面人物的形式報導了一直致力於廢除勞教制度的浦志強，並且被《領導者》雜誌官方微博「共識網」力挺，這篇名為《對壞的制度，不會忍太久》的文章被著名作家和時評家李承鵬等名人爭相推薦。由此看來，浦志強此次實名舉報周永康，並非一時興起，而是多年積累的總爆發。

儘管這些舉報微博被刪，人們擔憂作者的處境，但《大紀元》記者隨後採訪到浦志強，他表示自己很安全，「我什麼事情都沒有。」幾天後的2月9日除夕夜，浦志強以「岳西翠蘭2013」復活新浪微博。浦志強的博文寫道：「除夕夜，開車回老家過年。感謝兄弟姐妹關心。鑒於好多朋友關切我人身安全，在此一併作答：常言道人走茶涼，沒誰會為照顧個把退休老同志的情緒，跟我這撅嘴的騾子動真格的。何況我的言行，對於新政而言——如果有新政的話，是有幫助的。」

2月10日大年初一，「岳西翠蘭2013」微博寫下：「大年初一許個願：堅持挺一年，力爭超越自己，熬到粉絲過十萬，我XX的再舉報個更大的。」隨後，「岳西翠蘭2013」回覆微博粉絲的疑問說：「至少是聯合國的，祕書長級往上！」「多大的老虎？一定要是噁心我們好多年的虎王！」浦志強還在微博稱，「今年（指2013）兩會後，勞教制度將廢除，不再留尾巴，而不是所

謂改革。」

再有江派高官落馬　廣東省常委周鎮宏被雙開

　　2013 年 2 月 8 日，中共央視報導說，原中共廣東省委常委、統戰部部長周鎮宏因收受賄賂等四項罪被開除黨籍和公職。外界稱，周鎮宏是繼四川省委副書記李春城、中央馬列編譯局局長衣俊卿之後落馬的又一名江派貪腐高官，而這些高官都是中共江澤民集團迫害法輪功的幫凶。

　　報導稱，周鎮宏利用職權，謀取利益，收受賄賂；對茂名市發生的系列嚴重腐敗案件負有主要領導責任，已構成嚴重違紀，涉嫌犯罪。經中央紀委審議並報中共中央批准，決定給予開除黨籍、公職處分；並依法處理。周鎮宏在 2002 年至 2007 年曾出任廣東省茂名市委書記、市人大常委會主任，之後升任廣東省委統戰部長及省委委員、常委。

　　在此之前，全國政協已於 2012 年 2 月 28 日做出了撤銷周鎮宏全國政協委員資格的決定。據悉，早在江系大員李長春任廣東省委書記之時，就將江澤民「以腐敗換團結」的權術複製到廣東，大力提拔腐敗分子，周鎮宏的一路提拔皆來自李長春，汪洋主政廣東後，周鎮宏不時與其暗中作對，被汪洋罵作「狗官」。

　　據民眾舉報，周鎮宏在擔任茂名市委書記期間，積極參與迫害法輪功，並多次在公開會議上煽動仇恨法輪功及指使迫害。據明慧網不完全統計，至少有六名法輪功學員因此被迫害致死，多人長期被「610 辦公室」騷擾、抄家、流離失所、送入監獄酷刑虐待。

習藉反腐除掉第二中央 揮刀政法委

上述新聞事件僅僅是 2013 年 2 月 5 日到 8 日這四天大陸官方媒體報導出來的事，政治敏銳的人都看到了，這是習近平出重拳懲治政法委的先兆。當 2012 年 12 月《北京青年報》首次刊登截訪人員被判刑後，大陸論壇就有評論表示，如果消息屬實，這將成為中共高層即將公開大規模處理政法委的標誌性事件，而此消息出現反覆，無非是因為害怕對中共政局衝擊過大，或是中共高層搏擊太過激烈所致。

北京觀察人士謝季佑認為，這次新華網再次高調報導截訪人員被抓的消息，意味著習近平準備進一步打擊周永康，再次拿維穩開刀。這是在警告他們，下一個坐牢的就是這些違法的維穩官員了。

謝季佑分析說：「因為政法委搞的維穩已經讓社會矛盾到了隨時出現民眾革命的邊緣。而習近平想順利執政，就得收拾這個爛攤子，起碼讓社會走上中共自己制定的法律軌道正常運轉。這個牽扯太大，涉及中共要亡黨的問題，但是不收拾，習近平也無法執政。那些維穩官員遲早會被當替罪羊拋出來，他們還不想辦法給自己留後路收集證據自保，那就是別人收集他的證據了。」

習近平在此前的一次中紀委會議上放出「蒼蠅、老虎」一起打的狠話，「反腐」火藥味日濃，隨後習在 2013 年 1 月 29 日視察武警部隊時要求「三個絕對」，即「絕對忠誠、絕對純潔、絕對可靠」。外界認為，習近平強化了他對武警部隊的絕對領導權，或許在為不久後打真正的「大老虎」做準備。

按中共建制，武警受中央軍委和政法委的雙重領導，中共武

警系統也一直被稱為「江澤民的第二武裝」，是支撐江派第二權力中央的武裝力量。習近平通過此次視察，向外界傳遞出信號：已解除了江派對武警的控制，即解除了江澤民、周永康陣營的武裝力量。自習近平出任中共軍委主席後，在短短的兩個多月裡，提拔將領、巡視三軍動作不斷，高調顯示其對軍隊及內衛部隊的控制權。

在掌握軍事主導權後，習近平開始大打出手。習就任中共總書記不足三個月，就已拿下三個副部級高官：李春城、衣俊卿與劉鐵男。幾乎同一時間，前中共黨魁江澤民被新華社證實其排名今後將在時任常委之後。外界高度關注：李春城背後是周永康，衣俊卿牽涉到李長春，劉鐵男牽涉到江澤民，習近平反腐，是否會拿這些大老虎來平民憤？

與此同時，政法委更是成了習近平反腐的重要領域，僅 2013 年新年以後，就有多名積極參與迫害法輪功的政法委書記被調查處理：原湖北省政法委書記吳永文、廣東省汕尾市政法委書記陳增新被中紀委調查；山西公安廳副廳長李太平被免職；廣州市政法委副祕書長祁曉林上吊自殺；甘肅武威市涼州區法院副院長張萬雄跳樓身亡等。

2013 年 1 月有北京消息人士透露，原政法委某位高官遞交報告稱，過去三個多月以來，各級政法委官員被雙規、逮捕人數多達 453 人，其中公安局系統 392 人，檢察院系統 19 人，法院系統 27 人，司法廳（局）5 人，非公檢法司系統的有 10 人。另外，還有 12 名政法高官自殺身亡。

目前北京對政法委下屬的眾多官員開刀，最終目標還是以反貪為手段，拆除政法委這個龐大的「法外帝國」。多數貪腐

政法委官員被雙規逮捕，只是為抓捕其中幾個最重要的關鍵人物作掩護。

如今政法委被民眾稱為最該廢除的部門，而勞教所已是中國的「法外之地」。當局不需要經過任何司法程序就可以剝奪普通公民人身自由。這個黑洞甚至比中共監獄還要黑，因為裡面沒有任何法律監控監管。很多無法想像的殺戮、酷刑都發生在勞教所。

勞教制度是中共政法委的核心，也是政法委的生財工具。勞教是個巨大的貪腐黑洞，過去十幾年裡，政法委官員從勞教制度中獲取了巨大的經濟利益。如果反腐，勞教所關係鏈無疑會成為最大的反腐對象。

1999 年迫害法輪功開始後，勞教系統就被廣泛用於關押、酷刑折磨和強迫轉化、洗腦法輪功學員。中國數百個勞教所中，被關押和被強迫生產出口奴工產品的主體是無辜受迫害的法輪功學員。

江澤民發動的這場長達逾 14 年的迫害，直接迫害了一億人的正信，波及幾億中國人，幾乎影響到中國的每一個家庭。這場迫害完全沒有法律根據，是江澤民通過蓋世太保「610」、政法委與勞教所等迫害機構非法實施的。在江澤民滅絕人性的「打死算白打」、「不查身源、直接火化」政策下，勞教所發生了許許多多慘絕人寰的罪惡，例如活摘法輪功學員器官事件，就是因為數量巨大的法輪功學員被非法勞教，形成巨大的人體器官庫，在社會道德低下，醫療與勞教系統串通牟利的情況下，人類無法相信的這個星球從未有過的罪惡，就這樣大規模地發生了。這樣的真相一旦被全面揭開，世人會被震驚得目瞪口呆。

獨家消息：兩會上會廢除勞教制

在海內外強烈反對勞教制的大背景下，有北京消息人士告訴《新紀元》：「習近平發出狠話，不管以什麼方式，年內一定要廢除勞教制度。最快可能在今年（2013）兩會提出中止勞教。上個月，中央辦公廳曾在全國人大代表中摸底，八成代表贊成廢除。」

2013 年 1 月政法委提出的四項改革，勞教是第一條，也是最引人注目的一條。對於中共內部反饋，這位消息人士說：「公安部內部情況匯總，部分地區公安機關牴觸很大。請示部裡以後涉及維穩的各種措施是否不再實行？據了解，公安部的回答說，目前仍然按照原來政策，直到新政策出來之後才變。」

按照中國法律，只有人大才能制定和修改法律，公安和司法兩個機構都屬於行政機構，不能超越法律的界限，如果真的按照習近平的「憲法夢」來走，「日後政法委行事將諸多掣肘，勞教無論是廢除還是中止，政法委都將失去一個重要的威嚇工具。」

這位知情人士還透露說，「公安部部長孟建柱在內部講話中支持中止勞教，但他希望北京能夠同意建立行為矯正中心之類的替代品。習、李、王的意見，是中止廢除再說，至於以後是否需要設立替代機制，視情況再定，由人大立法授權行政部門。」

這讓人想起當年最早建立勞動教養制度的蘇聯，也是在民憤極大之後，被迫取消了勞教。由於這個制度太缺德太丟人，赫魯曉夫在清算史達林的政治罪惡時，對勞教制度嚴厲譴責，這也是祕密警察頭子貝利亞倒台的一個重要原因。赫魯曉夫給其定性時說：「貝利亞企圖使勞教制度合法化，但我們都知道勞教是專橫

的、不合法的。」

　　1960 年蘇聯全面廢除執行 42 年的勞教制度，中共從 1950 年開始從蘇聯引進勞教制，至今已經 53 年過去了，很多人表示，廢除勞教已經成為中共當權者必須馬上處理的頭等大事。

　　在江澤民的指示下，大陸各地勞教所迅速膨脹，以江蘇常德這個人口不到 60 萬的小城市而言，常德市勞教所建於 1984 年，2003 年 7 月升格為正處級單位，到 2007 年有民警職工 200 餘人，下設 12 個科室、九個管教大隊，收容收治規模為 1400 人。近 30 年來，該勞教所占地面積由一萬多平方米擴大到五萬多平方米，建築面積達到三萬平方米，固定資產由 30 多萬元增加到 9000 多萬元，增加了 300 倍。勞教所就像一個毒瘤的癌細胞一樣，迅速在中國體內擴張，吞噬了社會正常發展需要的各種資源。

第二節

周永康保不了政法官員 自殺頻傳

周永康下台後，包含法院、檢察院及司法局、公安局等中共政法系統，參與貪腐的惡警惡吏惶惶不可終日。（大紀元合成圖）

　　自 2013 年 1 月 7 日中共中央政法委書記孟建柱宣布「今年（2013 年）停止使用勞教制度」後，1 月 8 日廣州公安局副局長祁曉林自縊身亡，9 日甘肅武威市涼州區法院副院長張萬雄跳樓身亡。政法系統連日發生「強震」，公安系統多名廳官被免職或祕捕。「南周事件」曝光江系控制的文宣部門挑戰習近平的「憲法夢」，以致習直戳中國最黑暗的勞教制度，點中江派死穴，周永康的政法系統人人自危。

廣州公安副局長祁曉林自縊身亡

　　2013 年 1 月 9 日，中新社從廣州市公安局證實，1 月 8 日 18 時許，廣州市公安局黨委副書記、副局長祁曉林自縊身亡，終年 55 歲。據廣州市公安局稱，祁曉林生前身患疾病，有抑鬱症狀。

廣州市政府官方網站上公開的資訊顯示，祁曉林生前主要分管廣州市公安局內部安全保衛支隊、交通警察支隊、地鐵分局等單位，聯繫單位為「天河區分局」。很快，廣州金盾網上「廣州市公安局領導班子」名單上，祁曉林的名字被去除，此前他排名第三。

涼州區法院副院長張萬雄夜晚跳樓自殺

蘭州媒體報導，據甘肅武威市涼州區法院的監控錄像資料顯示，2013 年 1 月 9 日，該院副院長張萬雄下班後沒有回家，一直滯留在辦公室。晚上八時左右，張萬雄從他所在的辦公室（五樓）走出後，先後在五樓和六樓電梯處徘徊了約半小時，後打開六樓電梯間旁的窗戶跳下，據監控錄像顯示的案發時間為當晚九時八分。

1 月 10 日早晨八時左右，法院辦公樓下發現張萬雄的屍體，後移至醫院太平間。知情人透露，警方在張萬雄身上發現其自殺前留下的遺書，但未透露內容。自殺原因尚不知，目前警方正在調查。

據悉，張萬雄是涼州區中壩鎮人，1967 年 9 月出生，終年 45 歲。張萬雄畢業於西北政法大學。在涼州區法院分管基層法庭。

江澤民撐不住了 政法系統官吏惶恐

據悉，自重慶政法委曝出「王立軍事件」，中共前政治局常委、政法委書記周永康失勢後，江澤民的「老巢」政法委、公安局、勞教所系統人心惶恐，都能感到即將「變天」了，自己隨時

可能被拋出來做替罪羊。

中國江蘇鹽城的政法委官員十分恐懼，他們正面對一起涉及二名高幹子弟（法輪功學員）的上訴，控其非法勞教、濫用酷刑，事件震動中南海，胡錦濤在2012年12月底親自赴鹽城調查此事。

中國江蘇鹽城公安局、政法委系統的官員說：「江青一死，跟隨毛鬧文化大革命的黨羽都被抓起來做替罪羊，我們現在就看江澤民，江若不行了，我們的日子如何啊！」

周永康下台後，中共政法委被降格，政法系統參與勞教所貪腐的惡人、惡警和官吏等都十分惶恐，之前這些部門都是「肥水部門」，賺錢快，來錢很容易。但其引發的民憤太大，海外法輪功要求清算的呼聲不絕，加上習近平高談「憲法夢」，這些部門的惡官酷吏們因此驚恐萬分。

近期，中共政法委系統官員頻頻因「抑鬱」自殺。還有一些官員在職期間非正常死亡，但未標明是抑鬱症。據財新網報導，近年來，官員自殺並被歸因為「抑鬱症」的案例非常多，財新網對此作了不完全統計。

這些自殺的官員年齡大都在四、五十歲，按常理正屬年富力強的階段，卻紛紛患上抑鬱症最終選擇自殺，令人費解，其中一部分死者親友稱，死者生前情緒正常，並沒有抑鬱跡象。

山西公安系統多名廳官被調換

一年裡，山西公安系統多名廳局級幹部被輪換、調離、免職。《21世紀經濟》從一名山西省內部人士處獲悉，山西省公安廳原副廳長李太平已被調離山西公安系統，平調至其他部門任職。這

是繼山西公安廳副廳長蘇浩、李亞力之後，第三名離開公安系統的廳級官員。

李太平最近一次以公安廳副廳長身分出現是在 2012 年 12 月 20 日，陪同山西公安廳廳長劉傑到山西公安廳交管局調研公安交警惡劣天氣應急處置工作。按照公安廳黨委分工，李太平分管交管局等工作。

山西省內流傳的消息是，李之所以被調離，與 2012 年 8 月其司機鄭斌駕駛一輛武警牌照汽車當街殺死一名太原市民的惡性事件有關。

2012 年 12 月 6 日，山西省委和太原市委決定，停止李亞力的山西省公安廳副廳長兼太原市公安局局長職務，接受調查；免去其太原市公安局黨委書記職務，由太原市委常委、政法委書記柳遂記兼任。

李亞力被免職與其子李正源涉嫌醉駕毆打執法交警相關。根據媒體報導，事發後，李亞力為使兒子逃脫罪責，利用職權徇私舞弊干預現場執法，軟禁被打民警，銷毀其子打人和醉駕罪證。

原太原市公安局局長蘇浩被免職

一年之內，太原市公安局局長三易其人。2011 年 11 月 22 日，原太原市公安局局長蘇浩被免職，由李亞力接任。蘇浩隨後調任山西省司法廳黨委委員、副廳長。

2011 年 9 月，奧迪司機蘇楠、李雙江之子李天一在北京海淀西山華府小區打人，蘇楠在派出所接受訊問時自稱是蘇浩之子。蘇浩也因此陷入輿論漩渦，於當年 11 月調離公安系統。

湖北政法委書記吳永文被中紀委祕捕

2013年1月8日，大陸律師王鵬在微博披露：原湖北省委常委、政法委書記、公安廳長吳永文被中紀委帶走調查，高層已證實。

此前，據平安荊楚網消息，2012年9月11日，湖北省公安廳召開幹部大會，宣布主要領導職務調整決定：免去吳永文湖北省政府黨組成員、湖北省公安廳黨委書記職務，不再擔任湖北省公安廳廳長職務。

技術官員郭聲琨任公安部長 政法系統大地震

2012年12月28日，中共11屆人大常委會第30次會議決定，免去孟建柱兼任的公安部部長職務，任命郭聲琨為公安部部長。

孟建柱不再兼任公安部部長意味著政法委再被削弱，繼政法委從政治局常委中被踢出後，現任政法委書記孟建柱的權力和地位與前任周永康相比已大打折扣。

郭聲琨是中共內部技術型官員，沒有在政法委和司法系統任職的經歷，其派系背景不明顯。用出身「外行」與政法委公安系統幾乎沒有瓜葛的郭聲琨來掌管警察，這也顯露出中共高層對政法委和司法系統的不信任。

政法系統大地震搞得系統內部人心惶惶，思想混亂，士氣低落。最明顯的是許多監視異議人士的政治警察「國保」無心職守，上班時偷懶。

一位北京異議人士說，她發現監視她的國保上班時睡覺，對她的監視無精打采。而且國保對被監視者的態度也變得溫和很

多。一位異議人士認為政法系統低層警察現在吃不準上面的動向，害怕自己不小心犯錯成了替罪羊。尤其是王立軍事件對中共公安系統打擊很大，很多人感到寒心，現在執行上面命令都要三思而行，為自己留後路。

中國民眾熱評、解讀政法系統地震

對於廣州公安副局長祁曉林之死，官方稱祁曉林生前患抑鬱症，民眾表示「耐人尋味」；讓人浮想聯翩。

「死亡的意義」：是不是銀行存款太多了，手頭房子太多了，老婆孩子全出國了，所以抑鬱了？

「桎梏的鑰匙」：又是抑鬱症？為什麼有抑鬱症的人還能在副局長的崗位上？不禁讓人浮想聯翩。

「熊出沒 320」：關鍵是抑鬱是否是他自殺的唯一原因？！

「雲中看雲」：死了就抑鬱，活著就生猛。

「燕山小黃」：良心深受譴責？

「格藍維森」：當幹部不易啊，弄不好就抑鬱了。

「過往 1971」：那坨屎（庹震）怎麼不去死？

周永康保不了政法系官員

時間剛剛走入 2013 年，政法系統官員就事故頻出，不是自殺，就是被中紀委調查和移送司法機關。前者有廣州市政法委副祕書長、市公安局副局長祁曉林和甘肅武威市涼州區法院副院長張萬雄，後者則包括原湖北省委常委兼政法委書記、公安廳長吳

永文以及廣東省汕尾市政法委書記陳增新。這是繼 2012 年安徽黃山市原市委常委、政法委書記汪建設因嚴重違紀違法被移送司法機關依法處理後，政法委系統的又一次震盪。

汪建設、吳永文、陳增新雖然身處不同地區，彼此之間甚至未必相識，但他們卻有兩點共通之處：

一是他們都貪腐成性，且五毒俱全。

二是他們都緊跟前任政法委書記、「黑社會老大」周永康，殘酷鎮壓法輪功，身負累累血債。汪建設與其擔任黃山市綜治辦及「610」主任的妻子汪秀霞共同不遺餘力地迫害當地的法輪功學員。在二汪夫婦因貪污受賄被雙規前，汪秀霞就患上了癌症，經歷了多次化療、放療，不少當地人說其是報應。

吳永文與江系的現任湖北省委書記李鴻忠一道聽從周永康的指使，殘酷迫害法輪功學員，單 2011 年一年，武漢地區就有至少 108 名法輪功學員被綁架，至少五人被非法勞教，八人被非法判刑，五人被迫害致死，而被非法抄家、騷擾的不計其數。

身為汕尾市政法委書記的陳增新也是「不遺餘力」迫害法輪功，有相當多的當地法輪功學員遭到迫害，上百名被非法綁架、關押、判刑、勞教，以及被非法開除公職、罰款，被迫流離失所。此外，他還參與了鎮壓烏坎人民的抗議活動。

無疑，汪建設、吳永文、陳增新的下場，昭示著將有更多貪腐和罪行累累的政法系官員落馬。曾經擁有無限權力、到處橫行霸道、無法無天的政法系官員如今才意識到，摒棄良知、緊跟周永康根本得不到江、周等任何人的保護，他們犯下的罪惡必須自己承擔。他們的內心怎一個惶恐了得？！

事實上，胡溫習深知，正是無限擴張的政法委的暴力維穩機

制才製造了遍地「火藥桶」，不解決周永康時期政法委所遺留的諸多問題，任何「反腐」都無法取得成功。

正是基於此，從 2012 年 3 月輪訓全國政法委書記，到 5、6 月將多地政法委書記踢出常委，再到政法委被降格；從習近平 18 大後高調反腐，大談「憲法夢」，到李莊案翻盤、截訪人員被判刑、江系馬仔相繼落馬、訪民被釋，再到釋放「停止勞教制度」的資訊，作惡多端的周永康和政法委已是岌岌可危。

目前，周永康已經被捕，當然顧不上保全手下馬仔的性命了，江派只能想方設法挑釁習近平，延緩自己被清算的命運。江系走向頹勢已毋庸置疑，其被清算指日可待。主子要被清算了，跟隨主子作惡的官員們的下場如何會有兩樣？

第三節

各地被捕政法大員的罪惡

曾主管湖北省政法公安系統五年的周永康親信吳永文，2013 年 1 月 1 日被中紀委祕密逮捕、遞解進京。（新紀元資料室）

　　2012 年 2 月王立軍出逃、薄熙來倒台之後，由江派主要成員周永康、薄熙來負責、欲藉政法委掌控的武警公安搞政變的陰謀被曝光於天下，從那時起，很多政法委系統官員開始被中紀委調查。2013 年 1 月 1 日後，原湖北省政法委書記吳永文被中紀委祕密逮捕帶回北京審查；1 月 9 日，山西省公安廳副廳長李太平被撤職；1 月 13 日，山西省公安廳副廳長李亞力被建議撤職，留黨察看一年，此前山西省另一公安廳副廳長蘇浩已被撤職調離；1 月 16 日，官媒報導廣東省汕尾市委常委、政法委書記陳增新被立案檢查。

　　2013 年 1 月 7 日，政法委書記孟建柱宣布 2013 年將停止勞教制度，政法委將面臨大的變動。一連串的官員落馬，導致整個政法委系統黑心官員驚恐萬分，生怕下一個處罰落到自己頭上。

吳永文被捕 新年首位副省級官員

　　據香港媒體報導，曾主管湖北省政法公安系統五年（任湖北省政法委書記、公安廳長）、現任該省人大常委會副主任的吳永文，2013年元旦後，被中紀委祕密逮捕、遞解進京。據大陸官方報導，早在2012年7月，吳永文就被免去政法委書記的職務，9月被免去公安廳長職務。

　　港媒報導說，吳永文被中紀委帶走調查，與吳涉嫌權錢交易、包養情人、生活腐化等系列問題相關，目前中紀委地方巡視組正在湖北省會武漢市作相關調查。不過在官方簡歷上還能看到吳永文在2009年4月29日湖北省委政法委廉政建設報告會的發言。吳永文標舉「三條線」原則，要求幹警「把握守牢底線、不踩紅線、不碰高壓線。做到不為私心所擾、不為名利所累、不為物欲所惑。慎對愛好，防止個人愛好成為被拉攏腐蝕的突破口。……老老實實做人、乾乾淨淨做事、兢兢業業工作」。中共貪官這種「白天廉政、晚上貪腐」的人格分裂鬧劇比比皆是。

　　據南京楊鄭廣律師微博披露說，「浙商樓恆偉在湖北慘遭暗算，不僅資產被扣押，還冤坐兩年九個月大獄，法院至今不給說法。高官吳永文等人被指係幕後黑手。真所謂『搶劫有理，生財有道』。」

　　據悉，吳永文是18大後繼四川省副省長李春城下馬，第二個被調查的副省級官員。2012年12月中旬，新當選中央候補委員的李春城，被喉舌新華網宣布涉嫌嚴重違紀，遭中央免職。李春城被稱為周永康家族的財務家臣。

　　據北京知情人士向《新紀元》獨家透露，湖北省政法委書記

吳永文的被捕，還有汕尾政法委書記陳增新的被審查，都與前政法委書記周永康被審查相關。

官方簡歷顯示，吳永文 1952 年出生在湖北荊門，小學民辦教師出身，1994 年任荊門市公安局局長和政法委書記，三年後離開公安系統，1997 年任荊州市副市長，2006 年任鄂州市委書記。2007 年周永康擔任中央政法委書記後，9 月吳永文回到政法委系統，被周永康提拔為湖北省政法委書記，2008 年 1 月還擔任湖北省公安廳廳長，黨委書記，武警湖北省總隊黨委第一書記、第一政委；2012 年 1 月，吳永文還多了一個頭銜：湖北省人大常委會副主任。不過 2012 年 7 月，吳永文被免去政法委書記職務，9 月被免去公安廳廳長職務。

鄧玉嬌案背後的政法委黑手

要說吳永文擔任湖北政法委書記「最引人注目」的政績，當屬 2009 年轟動網路的「鄧玉嬌殺淫官」案。假如沒有全國民眾的奮力反擊，這位「中華烈女」就可能被政法委送進監獄了。事發後官方一直把鄧玉嬌關在縣看守所，也一直想讓這位普通農家女為死去的中共淫官償命。

2009 年 5 月 10 日下午六點左右，湖北省巴東縣野三關鎮的政府人員鄧貴大、黃德智、鄧中佳等人到雄風賓館休閒中心夢幻城消費，其間三位官員要求服務員鄧玉嬌提供「特殊服務」，遭鄧玉嬌拒絕，三位官員惱羞成怒之下便企圖強姦鄧；起初鄧玉嬌力求和平妥協，希望雙方各讓一步，但對方作風惡霸，繼續糾纏，其後鄧玉嬌在幾人衝突中，出於正當防衛目的慌亂中抓起水果

刀，刺傷鄧貴大和黃德智，隨後主動將對方送醫急救，撥打 110 自首。其中鄧貴大搶救無效死亡。當晚鄧玉嬌被羈押在野三關派出所。隨後被關押在縣看守所，官方試圖以殺人罪判處鄧玉嬌。

幸虧這事被人傳到網上，引起全世界的關注。5 月 20 日巴東縣政法委書記、縣公安局局長楊立勇表示要依法懲治殺人者，6 月 5 日，巴東縣地區檢察院已經將鄧玉嬌起訴至巴東縣法院，罪名是故意傷害罪。據說這背後黑手就是湖北省政法委書記吳永文。

後來在網民的強烈關注下，特別是在正義律師出面交涉後，6 月 14 日，官方公布鄧玉嬌的精神病鑒定結果，說她患有「雙相心境障礙」，具有部分刑事責任能力。兩天後，巴東縣法院一審作出對鄧玉嬌免予刑事處罰的判決。當時該事件被稱為大陸網民的勝利。

巴東縣是湖北施恩土家族苗族自治州所轄的一個小縣，人口不到 50 萬，除了 2009 年名震全國的鄧玉嬌案外，2010 年還發生了震驚全國的「官員日記案」。

2010 年 11 月 8 日，ID 為「某_書_記」的網友在網上發表名為「書記微博直播」的貼子，裡面記錄了恩施州公安局副局長譚志國從 1999 年到 2010 年的貪腐內幕，以第一人稱記錄。2011 年 1 月，譚志國被免職。

山西省公安廳三副廳長相繼被查

2013 年 1 月 9 日據中國網新聞中心消息，山西省公安廳副廳長李太平因兒子、司機等「身邊人」惹事被調換、免職。這是繼山西公安廳副廳長蘇浩、李亞力被免職後，第三位被查離職的公

安廳副廳長。據悉，李太平的被調離與 2012 年 8 月其司機鄭斌駕駛一輛武警牌照汽車當街殺死一名太原市民的惡性事件有關。

根據 2012 年 8 月 21 日山西公安廳對外通報，8 月 8 日零時許，鄭斌與朋友聚會用餐後，駕警車在長風大街由東向西行駛至長治路交叉路口東北角彎道處，與正在此處等候搭乘出租車的劉某某等五人發生口角並引發毆鬥。

鄭斌駕車離開後自覺吃虧，遂駕車返回，將劉某某等五人攔住，下車後持折疊刀將劉某某捅傷。傷者劉某某經搶救無效死亡。

對於鄭斌的身分，通報稱鄭「係山西省公安廳雇傭駕駛員」，沒提他駕駛的是警車，而且他是公安廳廳長的專職司機，省公安廳還命令屏蔽掉網路有關消息。案發後，死者家屬曾多方求助，最後官方將案件定性為「傷害致死」。此事件在民眾中引起極大公憤，有人公開懸賞五萬元徵集李太平貪腐線索。

蘇浩與李雙江兒子打人案相關

蘇浩 1959 年出生在山西朔州，部隊轉業後在山西工商局工作。1995 年任朔州市公安局副局長，1999 年任局長。2002 年周永康擔任公安部長後，蘇浩於 2003 年被提拔為山西省公安廳副廳長，2007 年兼任大同市公安局局長，2008 年兼任太原市公安局局長。

2011 年 9 月 6 日，北京一小區門口一對夫妻遭到一輛無照寶馬和一輛牌照為晉 O00888 的奧迪司機毆打。經核實寶馬司機為 15 歲無駕照、著名歌唱家李雙江之子李天一，山西牌照的車主是 18 歲的蘇楠。也有民間揭發，李雙江的兒子不止 15 歲，應該是

18 歲以上了。

　　在派出所裡，蘇楠自稱是山西省公安廳副廳長、太原市公安局長蘇浩的兒子。9 月 8 日，山西省公安廳官方闢謠稱，蘇浩與肇事司機沒任何關係，蘇浩本人也否認他是蘇楠父親，但兩天後的 10 日，籍貫山西的媒體人李建軍在博客上發出《太原市公安局長蘇浩先生，你有無勇氣與奧迪晉 O00888 蘇楠做個親子鑑定？》直指「李雙江之子打人事件」中，參與打人的奧迪車司機蘇楠有可能係蘇浩非婚所生之子。蘇浩和妻子只有一個女兒，而且民間傳說曾有女人帶著一個男孩來找蘇浩認父親。

　　此事引起高層關注，李天一被判一年收容管教，蘇楠也因同樣的「尋釁滋事罪」被逮捕。除此之外，還有民眾舉報說，蘇浩還在太原利用職權敲詐了很多企業近億元巨款。2011 年 11 月 17 日，蘇浩被調離，但網路上沒有公布其現在情況。

太原市公安局長李亞力被建議撤職

　　蘇浩離開後，李亞力接替蘇兼任太原市公安局長。但不到一年時間，李亞力也因貪腐問題被撤職。

　　2012 年 10 月 3 日後，網上不斷傳出李亞力之子李正源涉嫌醉駕毆打執法交警的消息。而李亞力縱子醉駕襲警，利用職權徇私舞弊干預現場執法，軟禁被打民警，恐嚇被打交警家屬，銷毀其子打人和醉駕罪證的視頻證據。

　　2012 年 12 月 6 日晚，太原全市公安幹部大會宣布中共山西省委和太原市委決定，停止李亞力的山西省公安廳副廳長兼太原市公安局局長職務，接受調查。2013 年 1 月 13 日，新華網報導，

山西省紀委決定給予李亞力「留黨察看一年處分」。

2012 年 12 月 21 日，有媒體報導稱李亞力到任未滿一年，已經突擊提拔幹部 100 多人，經常在公安分局局長、各支隊支隊長不知情的情況下，突然下派一個派出所所長或大隊長，事後人們才知道是李正源安排的，比如李正源的鐵哥們劉波等。據傳，曾是街面上小混混的「四哥」，是李亞力父子賣官的仲介之一，經其手推薦提拔重用的公安系統幹部有 20 多人。

有消息稱，政法委系統買官賣官現象十分嚴重，其源頭就是周永康。

被周永康從新疆調到山西的公安廳長楊司

面對山西公安廳三位副廳長家人及下屬作案時的囂張態度、為非作歹的行為方式，人們不禁要問，山西省公安廳是個匪徒惡霸窩，當時的公安廳長是誰呢？

官方報導顯示，他叫楊司，1956 年出生在河北槁城縣，1976年當兵後擔任新疆石河子公安局刑警隊刑警，在王樂泉的提拔下，2006 年擔任新疆建設兵團黨委政法委副書記，兵團公安局長。2010 年 5 月被周永康調到山西任省公安廳廳長，2012 年 2 月後被調離公安廳，擔任檢察院黨組書記，檢察長。

副廳長蘇浩的私生子事件被曝光後，時任省公安廳長的楊司在接受記者採訪時曾公開表示，蘇浩是否有私生子，這是他個人的私事，由他個人去處理。楊司的說法遭遇民眾的砲擊。《法治周末》報執行總編輯郭國松在其微博中稱：「蘇浩是公安廳副廳長，是公共官員，如果有私生子，就是違法行為，至少要被撤職、

開除黨籍！」知名律師郝勁松也表示：這絕不是個人的私事，這涉及到黨紀國法。從楊司的話語中，人們看出這位公安廳長或檢察院長，沒有基本的法制常識，沒有公務員最起碼的法制觀念，政法委系統都是這樣的人，百姓怎能不遭殃呢？

陳增新當政法委書記 收取毒販保護費

在 2013 年新年期間倒台的政法委官員中，民憤最大的是廣東省汕尾市政法委書記陳增新。2013 年 1 月 16 日，中共官媒報導說，廣東省汕尾市委常委、政法委書記陳增新已被雙開（開除公職和黨籍），並被移送司法機關立案檢查。

據廣東紀檢監察網的通報，陳增新任職期間，利用職務上的便利，為他人牟取利益，先後多次收受他人賄賂，數額巨大；其還嚴重違反廉潔自律有關規定，收受禮金。陳增新的案子是在 2012 年 8 月曝出的，當時廣東紀檢監察網曾發布消息，陳增新因涉嫌嚴重違紀問題被調查，2013 年 1 月通報的是調查結果。

陳增新在汕尾臭名昭著。早在 2011 年 7 月 15 日，網路上就傳出一封公開信《陸豐市史上最瘋狂的市委書記》，舉報陳增新。2011 年 7 月 22 日，又有一封網路舉報公開信《當代和珅——陳增新》，揭露陳增新大量賣官。

儘管民憤極大，但自 2011 年 9 月起，陳增新卻又兼任了汕尾市委政法委書記。此後，陳增新大權在握，更加有恃無恐。民眾舉報，自 2011 年底以來，在陳增新的保護下，陸豐縣甲子、甲東、甲西三鎮千家萬戶公開製毒販毒活動肆無忌憚。後來，這三地成為製毒專業鎮，百分之五十的家庭參與製毒販毒。陳增新

與幾乎每個販毒分子都有金錢關係，動輒收取上千萬的保護費。

東洲事件與烏坎事件的殺手

官方簡歷稱，陳增新 1956 年生於廣東海豐縣，1997 年任海豐縣海城鎮委書記，2000 年任汕尾市計畫生育委員會主任，2004 年任汕尾國土資源局局長，2006 年任陸豐市委書記，2011 年 9 月擔任汕尾市委政法委書記。

2005 年 12 月 6 日，汕尾市東洲鎮爆發舉世聞名的「東洲事件」，就與陳增新當時擔任的國土資源局有關。由於修建電廠而徵收東洲村民土地，但村民得到的補償非常低，村民去上訪，當地政府動用上千公安、武警，向維權村民開槍射擊，導致村民多人死亡。這是 1989 年「六四」事件後中共再次朝手無寸鐵的百姓開槍的惡劣事件，受到國外媒體關注。

也許是陳增新的強硬手法獲得周永康之流的賞識，從那以後，陳增新開始升官，擔任了政法委書記。就在陳增新上任不久的 2011 年 9 月 21 日，汕尾陸豐再次爆發舉世聞名的「烏坎村事件」，當天，3000 多民眾聚集在陸豐市政府大樓與派出所，就土地賠償問題提出抗議。

在政法委的指使下，汕尾警察與村民發生激烈打鬥，之後村民自發組織「烏坎村村民臨時代表理事會」。12 月 9 日起，村民每天在村內村委會附近的仙翁戲台前集會示威，並在遊行到陸豐市政府大樓前時與警方爆發衝突，此後開始警民對峙局面。

12 月 9 日，村民薛錦波等五人被刑事拘留，兩天後，官方稱薛錦波拘留中死於心臟病，但家屬發現死者明顯是被打死的。於

是矛盾驟然升級，村民趕走了所有村官，成立自治村民會，並架設路障，阻止官方警察進入村莊，儼然成了獨裁黨國中的獨立民選政權。

12 與 20 日後，廣東省委書記汪洋下令副書記朱明國親自處理烏坎事件，才最後以和平方式，解決了烏坎問題。2012 年 2 月 16 日，官方將薛錦波遺體交還家屬並發放 90 萬人民幣撫恤和殮葬費，但並未提及死亡問責問題，同時將 3000 多畝土地歸還給烏坎村。2012 年 8 月 10 日，廣東省紀委公布陳增新涉嚴重違紀正接受調查，2013 年 1 月 15 日陳被雙開。

李旺陽與薛錦波之死 陳增新的背後是周永康

烏坎村民薛錦波（1969 年 4 月 7 日～ 2011 年 12 月 11 日）死時才 42 歲。他曾被村民們投票選成村代表、臨時理事會副會長。他身強力壯，心臟沒有任何病史，但在帶領村民維權中，被政法委祕密抓捕兩天後卻突然死亡，當地政府所給出的死亡原因是「心源性猝死」。

據其大女兒薛健婉介紹，薛錦波胸部破損，到處都是淤青，手都腫了，手腕淤青，有傷，大拇指明顯倒過來變形了，斷了的樣子，額頭、下巴都破皮出血，鼻孔裡也有血，都乾了，脖子整一圈都是黑色的。臉和身上其他地方顏色都不一樣，發青發紫，都是黑的，頭上腫了一個大包。背部有很多被腳踢過、踩過的傷痕，靠近肺的地方，腫了一個大包。膝蓋一直到腳腕，都是淤青、破皮、浮腫的。薛健婉懷疑薛錦波 12 月 9 日當天就被打死了，因為 11 日她看到薛錦波遺體的時候，他身上已經有味道了。

不過，官方在家屬不在場的情況下對薛錦波遺體進行過兩次屍檢，一次是由汕尾公安局做的，一次是由廣州中山大學法醫鑑定中心副主任羅斌等四人做的，結論都是：沒有發現外傷，是由心臟病引起。

半年多後「六四硬漢」李旺陽的死，人們對中山大學法醫鑑定中心羅斌等法醫的職業道德的質疑再次增強。人們發現，被打死後掛在低矮窗戶上「上吊自殺」、近乎全盲的湖南邵陽民運人士李旺陽，明顯是被害死的，但在羅斌等四人的鑑定結果依然是：「李旺陽死亡係自縊所致」。

周永康曾經權傾一時 搞第二中央

《新紀元》2012 年 6 月 21 日出刊的 280 期封面故事中，揭示了李旺陽被殺黑幕後面牽扯的中南海高層內鬥。當時有消息稱，胡錦濤、習近平有平反或放鬆「六四」的願望，而周永康為了阻止此事，故意讓人殺死了李旺陽，並故意做出偽造自殺現場的方式來激怒民眾、威嚇想為「六四」翻案的人。結果胡錦濤到香港前的 6 月 10 日，2.5 萬港人遊行抗議。

據知情人透露，涉嫌謀殺「六四」英雄李旺陽的三名主犯是：中央政法委祕書長周本順、邵陽市公安局長李曉葵、邵陽市公安局國保支隊長趙魯湘。

大陸官場的人都知道，周本順是周永康的鐵桿心腹，1953 年生於湖南漵浦。1975 年在湖南省地質學校當老師多年後，1985年被調到湖南省委政策研究室，1994 年出任湖南省邵陽市委副書記，2000 年任湖南省公安廳長，2003 年 11 月被周永康提拔為中

央政法委副祕書長、機關黨委書記。

2012 年 12 月 4 日，據財新網報導，「中央政法委祕書長周本順，日前兼任中央綜治委副主任。這是他第二次出任該職。」2008 年 3 月，周本順曾出任中央綜治委副主任，主任是周永康。

2011 年 9 月中央綜治委更名（即由「中央社會治安綜合治理委員會」更名為「中央社會管理綜合治理委員會」），周本順與最高法院院長王勝俊、最高檢察院檢察長曹建明、中央政法委原副祕書長陳冀平等四人，卸任中央綜治委副主任，當時七位擔任副主任的均為副國級，他們是時任政法委副書記王樂泉，時任全國人大常委會副委員長兼祕書長李建國，時任國務委員兼公安部長孟建柱，時任國務院副總理回良玉，時任中央書記處書記兼中宣部長劉雲山，時任國務院祕書長馬凱，時任全國政協副主席錢運錄。

當時綜治委主任還是周永康，那時的周永康達到了權力最高峰，綜治委基本上囊括了所有管理部門，從中央到地方各級綜治委中，主任職務一般由同級黨委書記或副書記兼任；副主任則由黨委、政府主要分管官員兼任。一般情況下，同級的黨委紀委、組織、宣傳以及人大常委會、檢察院、法院、公安、司法、國安、人事、文化、工商、民政、交通、勞動保障等有關部門主要領導擔任綜治委的委員。

那時的周永康，在掌控了超過國防軍費還多的維穩經費後，以綜治委的名義，建立了類似「第二中央」的權力機構，胡溫的很多指令，若得不到綜治委的支援，也就只能「政令不出中南海」了。

人不治天治 政法委人心惶惶預留後路

有評論表示，自從習近平接班胡錦濤之後，短短幾個月就利用反腐扳倒了很多貪官，但仔細追查這些貪官的後台，大多與中南海的江派高層人物有關。藉反腐扳倒政敵，這是中共官場常用的手法。

很多人也表示，中共對貪官的處罰太輕了，比如山西省公安廳那幾個副廳長，如此為非作歹，只判個「留黨察看」，或「建議離職」。但也有人說，人不治，天治。最近山西就流傳一個做了壞事遭報應的故事。

山西省司法廳長王水成的兒子二十多歲，在美國留學，2012年底回國探親，據說開著其母親的豐田車，帶著女朋友酒後駕車，凌晨二點左右，車撞在路上的隔離帶欄杆上身亡，其狀慘不忍睹，其女朋友長久昏迷。

據太原一位有通陰功能的人說，她看到王水成兒子死後被帶到閻王殿被審判，說在人間因你爸爸是司法廳長，長期迫害好人，特別是修煉人，造了大業。你也受了共產黨的毒害，誹謗佛法，才遭此報應。現在把你投入水牢，等大審判的時候再定你們的罪。

據說王水成的兒子在地獄水牢裡，被各種毒蛇、毒蟲撕咬，一會兩腿就變成了兩條白骨，痛苦極了。最後他求閻王允許他託夢給父親，告訴父親他在地獄受苦的原因就是父親幹的壞事太多了，得趕緊贖罪。據說王水成死了兒子之後，一周之內瘦了很多，頭髮也白了。不過，夢醒後的王水成能否真的悔改呢？

據大陸官媒報導，因害人太多而得憂鬱症的中共政法委系統官員很多，如2013年1月8日，廣州市公安局副局長祁曉林上

吊自殺；1月9日，甘肅省武威市涼州區法院副院長張萬雄從六樓跳下身亡。

在害死李旺陽的湖南邵陽縣，2010年7月17日，邵陽縣政法委書記鐘經求在辦公室自殺，當時鐘身上有三處刀傷，後被搶救過來。據說他的自殺與捲入該縣黃亭市鎮一黑煤礦有關。

中共18大後，政法委書記被降格而不再入常。周永康因為政變陰謀曝光，隨時面臨被清算，政法系統因為迫害法輪功和異議人士等欠下了大量血債，基層維穩官員早已人心惶惶。

習近平高談「憲法夢」更成為政法系統官員的惡夢。1月7日習近平在全國政法工作電視電話會議上講話強調司法公正和權益保障，全力推進平安中國、法治中國和過硬隊伍建設，停止勞教制度，這使中共政法系統的惡官酷吏驚恐萬狀。

勞教所向來是中共的「法外之地」，勞教制度則是政法委的核心與生財工具。勞教所迫害法輪功十幾年來，所有被勞教的法輪功學員都被逼做苦工，而勞教所和政法委官員則賺取巨大經濟利益。

北京網友「掃地小乙」表示：東廠這幫人，一貫仗著主子和太上皇勢力，作威作福，不把皇上放在眼裡，掌管全國武裝捕快，自己都已經快搞成一支獨立軍隊了，現在主子失勢，不清理一批頑固舊臣，當今怎麼能收服這幫外系亂臣？

據大陸異議人士介紹，如今國保上班睡覺多，監視無精打采，而且他們對被監視者的態度比之前好很多。主要是他們吃不準上面的動向，害怕自己成為替罪羊。停止使用勞教制度更加令大陸各級政法委、公安局、司法系統內部人員感到「變天」了，因此人人自危，執行上面命令都三思而行，為自己留後路。

第四節

徐崇陽受虐視頻曝光
周恐怖大計現形

武漢商人徐崇陽因發表批評薄熙來言論而被判處 19 個月徒刑。徐崇陽 2013 年初刑滿出獄後，曝光他在被拘押期間遭酷刑凌辱，被扒光衣服吊打，被打斷肋骨，打掉牙齒。（視頻擷圖）

　　2013 年 2 月底，就在中共兩會召開前夕，一段由國安系統內部洩露出來的刑訊逼供錄像在網上曝光。被審訊者叫徐崇陽，有語音專家對《新紀元》表示，聽口音，那個參與審判的法官是湖北人。

　　此前《新紀元》報導了，武漢商人徐崇陽因數十億資產被湖北官方強行騙走而上訪多年，2011 年因發表批評薄熙來言論而被捕。北京法院以「詐騙罪」判處他 19 個月徒刑。徐崇陽刑滿出獄後，曝光他在被拘押期間，因否認控罪而遭酷刑凌辱，被扒光衣服吊打、被打斷肋骨、打掉牙齒的恐怖經歷。

　　徐崇陽接受自由亞洲電台採訪時曾表示，當時他被扒光衣服吊打的場面，曾有一段視頻，被他輾轉獲得，已交給北京社會活動

家胡佳，為了保護提供視頻者，對視頻中出現的官方人員聲音做了技術處理。兩會前夕，海外博訊網輾轉從胡佳處獲取到此錄像。

視頻畫面顯示，徐崇陽全身被脫光後吊銬，雙腳因不能著地沒有平衡點，身子不停晃動。審訊過程中，自稱「法官」的官方人員對其破口大罵，並威脅說：「穿了衣服就是法官，脫了衣服就是流氓。」從說話內容判斷，這名「法官」正逼迫徐崇陽寫一些東西，並恐嚇如果不寫，「你去找胡錦濤？你去找外交部？老子叫你豎著進來，橫著躺著出去。」

據聲音專家張先生介紹，無論聲音如何處理，說話者的口音是不變的。從這句「豎著進來、橫著躺著出去」的口音中，很容易鑑別這人是湖北口音。據報，這段僅一分多鐘的視頻拍攝於2011年4至6月間，地點在北京一祕密關押處。

被逼承認：令計劃密使、法輪功、美國特務

據了解，負責審訊徐崇陽的是周永康的嫡系北京市公安局和湖北政法委的人，而湖北政法委書記吳永文正是薄黨核心成員。周永康密使北京政法委系統與湖北政法委聯手接此案目的，正是為把徐案辦成一個針對時任中央辦公廳主任令計劃、法輪功、美國政府的「鐵案」，是江派打擊胡錦濤、溫家寶、令計劃，嚴密策劃政變的一部分。

徐崇陽2013年1月5日被釋放出獄後，向外界透露了他在北京被捕之後的一系列遭遇。「說我在國內搞特工，而且說令計劃指使我批判薄熙來。」刑訊逼供中，對方要徐崇陽說出和令計劃是通過什麼關係接上的頭？給了令計劃多少錢？是不是接受了

令計劃的指使，爆料並發表批判薄熙來的文章？令計劃做的批示藏在哪裡？上訪材料怎樣進入中南海？為什麼令計劃把告狀材料送進了中南海引起了胡錦濤辦公室的重視？到底和令計劃的交換條件是什麼？

徐崇陽在遭遇多次酷刑時，被周永康的手下逼其承認三點：一、接受胡錦濤的「大內總管」令計劃的密令；二、是法輪功學員；三、同時接受美國情報部門的指令。這三個罪名連串起來，顯然要「指證」美國政府、令計劃、法輪功之間的關係，並且要「證實」令計劃和美國及法輪功等境內外「敵對勢力」勾結，對薄熙來抹黑和栽贓陷害。

令計劃早就是江派的眼中釘

2013 年 1 月，湖北省人大常委會副主任、原政法委書記吳永文已被習近平陣營祕密押往北京接受審查。吳永文和原四川省委副書記李春城都是原中共政治局常委、政法委書記周永康的心腹。吳永文是薄黨政變圈核心人物之一，薄黨的一些祕密會議，都是在湖北舉行，由吳永文安排。

從這段錄像的時間來看，早在王立軍出逃美領館的前一年，也就是 2011 年 3 月，周永康等人就想利用對徐崇陽的刑訊逼供，把令計劃和美國特務、法輪功等聯繫在一起，在那時，周永康就想把此案做成對令計劃不利的鐵案。

其實，胡錦濤的「大內總管」令計劃早就是江澤民的眼中釘，江派對其恨之入骨。他們之間的激烈對陣從令計劃協助胡錦濤打掉陳良宇之前就開始了。王立軍被中紀委調查，也是令計劃的主

使。正因為中紀委利用了離間計，才導致薄熙來與王立軍主僕反目，從而導致薄熙來下台。但隨後周永康派系做了最惡毒的還擊，2012 年 3 月 18 日，就在薄熙來被免除重慶市委書記職務的第三天，令計劃的獨生兒子發生車禍慘死，而隨後令計劃的全家遭到各種誣陷攻擊，甚至有消息放風說，令計劃早就與周永康等「結成鐵三角」，令計劃深度介入薄熙來政變等，以至於原本有望進入政治局的令計劃落馬。（詳情請見《新紀元》新書《胡錦濤的全退布局與令計劃的復仇》）

兩會前夕，就在如何給薄熙來判刑，如何處置周永康以及他們的親信吳永文時，這段由公安內部系統傳出的錄像非常具有震撼力。當人們看到徐崇陽全身赤裸地被吊在那裡轉來轉去被打被罵時，當法官自稱「脫了衣服就是流氓」時，人們不知道這個錄像的來源，但人們都知道爆料者的目的：在一個所謂「依法治國」的地方，習近平的「憲法夢」要想做下去，不給徐崇陽案一個交代是行不通的。

第五節

李莊曝光政法委書記受賄養情婦

據統計，中國 60% 以上的貪官都同時包有二奶，特別是政法委書記包養情婦的狀況更為明顯。中圖為湯燦，據說其為眾多高官的公用情人。（大紀元合成圖）

　　中共 18 大後，前政法委書記周永康下台，政法委遭降級，政法系統頻發地震。

　　大陸律師李莊在微博發帖，引起關注。2013 年 4 月 30 日，李莊在微博盤點了一些落馬的政法委書記：「因受賄索賄、徇私枉法、包養情婦等，諸政法委書記紛紛落馬。原湖北政法吳永文、原常州政法孫國建、原黃山政法汪建設、原茂名政法倪俊雄、原汕尾政法陳增新、原韶關政法葉樹養、原蕪湖政法周其東、原福州政法宋立成、原安徽政法李和中、原永康政法朱兵、原上虞政法嚴永泰、原蓮都政法潘世敏……反思。」

　　2012 年 2 月，重慶前公安局長王立軍，攜帶機密材料闖入成都美領館，隨後周永康、薄熙來密謀針對習近平發動政變奪權的計畫被曝光，同時周永康及薄熙來等活摘法輪功學員器官，販賣屍體的罪行在國際社會不斷被揭露。該事件直接引爆中共

政治海嘯。

政法委遭降級「地震」頻發

中共 18 大後，周永康下台，多名政法系統高官被調查免職。

吳永文是周永康的心腹，有報導稱吳永文也是周薄政變集團的參與人之一。吳永文被捕進京後，已供出周永康的問題。此外，吳永文也積極參與迫害大陸法輪功學員。

孫國建是周永康的馬仔。2008 年任常州政法委書記後，積極配合周永康打壓法輪功學員，並越過中共現行法律對眾多法輪功學員非法抓捕、判刑、勞教、關洗腦班等，其中有人因此失去了生命。

2010 年 12 月，孫國建已被「追查國際」（全稱：「追查迫害法輪功國際組織」）列為迫害法輪功學員的追查對象。

2012 年 12 月，中共安徽黃山市原市委常委、政法委書記汪建設，因嚴重違紀違法被查處。一些受害人和網友在網路上揭發，汪建設在擔任黃山市政法委書記期間，帶出了一支世界罕見的「政法隊伍」，製造出冤、假、錯案，迫害法輪功。

據明慧網消息，黃山市政法委書記汪建設和黃山市綜治辦主任汪秀霞夫婦，兩人一直參與迫害黃山市的法輪功學員，汪建設、汪秀霞因貪污受賄已被中紀委雙規審查。其妻汪秀霞已遭惡報，前不久患癌症在合肥醫院治療。

李莊例舉的這些政法委官員很多都已被「追查國際」列為迫害法輪功學員的追查對象。

《新紀元》2013 年 2 月曾報導，有北京消息人士透露：原

政法委某位高官向胡錦濤遞交報告，其中內容包括，過去三個多月以來，各級政法委官員被雙規、逮捕人數多達 453 人，另有 12 名政法高官自殺身亡。

周永康重要黨羽揭秘

第五章

公安幫

周永康在政法委的心腹、「610辦公室」主任、原公安部副部長李東生被免職十多天後，公安部排名第一的常務副部長楊煥寧（右上）及公安部另一位副部長黃明（右下）都被約談。（大紀元合成圖）

第一節

李東生殺人不見血

周永康的頭號馬仔李東生（圖左）是「天安門自焚事件」的媒體策劃者，這種超大規模的「殺人不見血」的思想謀殺，讓李東生血債累累。（大紀元合成圖）

2013 年 9 月，繼周永康在石油幫的心腹蔣潔敏落馬不久，海外傳出周永康在政法委的心腹李東生、曹建明被拘查的消息。《新紀元》在 343 期（2013 年 09 月 12 日出刊）報導此事後，人們一直在等待進一步的消息。三個月後的 2013 年 12 月 20 日，中共中紀委監察部網站發布正式通告稱：「中央防範和處理 X 教問題領導小組副組長、辦公室主任，公安部黨委副書記、副部長李東生涉嫌嚴重違紀違法，目前正接受組織調查。」

此通告雖然只有短短 59 字，卻包含了巨大豐富的內涵。一方面證實了海外「小道消息」的準確性，同時也被解讀為周永康案定性的轉折點：官方可能不只是在經濟貪腐上定罪周永康，很可能會在政治上、特別是鎮壓法輪功問題上追究政法委的罪行，尤其是在活摘器官問題上抓出幾個罪魁禍首，給民眾和國際社會一個交代。

「610辦公室」的祕密來由

人們注意到，中紀委在介紹李東生時最先說他是「中央防範和處理 X 教問題領導小組副組長、辦公室主任」這個中共官方很少對外公開的身分，最後才說他是公安部副部長，也就是暗示說，中紀委追查他的「嚴重違紀違法」是在這個特別小組中的事。

《新紀元》以前報導過，「中央防範和處理 X 教問題領導小組」成立之初叫「中央處理法輪功問題領導小組」，是江澤民一意孤行在 1999 年 6 月 10 日成立的臨時性黨務機構（簡稱「610辦公室」），當時中共政治局其他六名常委都在此事上反對江澤民。

法輪功 1992 年由李洪志先生最先從吉林長春傳出，教人按照「真善忍」的宇宙原理做好人，不但在祛病健身方面有奇效，而且能迅速提高修煉者的道德思想境界，到 1998 年底，大陸學煉法輪功的群眾人數達到一億，超過了中共黨員人數。這令妒嫉心重的江澤民極度不安，於是下令當時的政法委書記羅幹不斷在基層騷擾法輪功。

1999 年 4 月 25 日，羅幹讓其連襟何祚庥拋出所謂「法輪功會像白蓮教那樣亡黨亡國」的謊言，在天津抓捕了大量煉功群眾後，還別有用心的引導修煉群眾到北京上訪。4 月 25 日這天，聞訊而來的部分北京、天津、河北法輪功學員到位於天安門附近的府右街國家信訪局上訪，當天，當時的總理朱鎔基基本圓滿解決了此事，指示天津放人並說法輪功可以自由煉功，但江澤民看見上萬法輪功學員如此「有組織、有紀律，比軍隊還聽話」，妒嫉攻心，加上為了藉政治運動樹立其權威，於是當天晚上，江澤民寫信給每個政治局常委，要求鎮壓法輪功。

據知情人向《新紀元》透露：「李鵬投了棄權票，朱鎔基、李瑞環、尉健行、李嵐清都投了反對票。最令江澤民吃驚的是，當時已經是『王儲』、一直當小媳婦的胡錦濤，也舉手投了反對票。」六比一，按理說鎮壓法輪功就無法通過。朱鎔基、李瑞環認為，對於一種「氣功」完全沒有必要大動干戈，更沒必要搞成巨大的運動。江還在自己的家裡遇到了反對，因為當時他的妻子王冶坪、孫子江志成都修煉法輪功。但江的理由是，在共產黨控制下的中國，不能容忍一個不受共產黨控制的組織發展到如此規模，否則，他們終有一天會取代共產黨。

當時李瑞環說：「你這種擔心是不是你自己高抬了氣功？」朱鎔基還引用調查數據說：「法輪功能祛病健身，為國家節約了很多醫藥費，煉的人很多是中老年人和婦女，他們想煉就煉唄。」哪知江一聽，馬上像蛤蟆一樣跳得老高，又喊又叫地揮舞雙手咆哮道：「糊塗！糊塗！糊塗！亡黨亡國啊！」「滅掉！滅掉！堅決滅掉！」

為了讓政治局六個常委同意他的鎮壓，江澤民還指使曾慶紅命令在紐約的特工送回一份假情報，謊稱法輪功得到美國中情局每年數千萬的資助，法輪功有海外背景等等。於是在謊言加高壓下，江澤民為首的中共，向上億善良民眾舉起了屠刀。

江澤民仿照毛澤東發動文革時成立的超越法制、凌駕在正常機構之上的「中央文革領導小組」的伎倆，成立了「中央處理法輪功問題領導小組」，因其成立時間是 1999 年 6 月 10 日而被叫作「中央 610 辦公室」。

中共高層先後任此小組組長的有李嵐清、羅幹、周永康，歷任中央「610 辦公室」主任的有王茂林、劉京、李東生，這些頭

目都因迫害法輪功而血債累累。

　　「610」通過政法委控制公安、法院、檢察院、國安、武警系統，還可以隨時調動外交、教育、司法、國務院、軍隊、衛生等資源，迫使政府機構配合其對法輪功的迫害。該機構的成立、組織結構、隸屬關係、運作和經費各個方面都打破了政府的現有構架，並有超出中國現有憲法和法律的權力和任意使用的資源。由於該「610辦公室」全面控制了所有與法輪功有關的事務，因而成了江澤民迫害法輪功的私人指揮系統和執行機構，是一個類似於納粹蓋世太保的龐大犯罪組織。

　　長期以來，中共一直對「610辦公室」諱莫如深，概因其迫害法輪功而臭名昭著，同時法輪功問題是中共的禁忌話題，隱藏駭人聽聞的迫害內幕，因此中共極其恐懼真相曝光。

美國國會稱 610 是「法外機構」

　　資料顯示，1999年6月10日，江澤民強行下令成立了「中央處理法輪功問題領導小組」，下設中央處理法輪功問題領導小組辦公室（對外稱「中央610辦公室」）。2000年9月，國務院防範和處理X教問題辦公室成立，與中央「610辦公室」合署辦公。兩者一個機構兩塊牌子，列入中共中央直屬機構序列。兩個辦公室皆與中共中央政法委合署辦公。該辦公室內設一局、二局、三局。當時610組長是江澤民的好朋友李嵐清。2002年李嵐清退休後，羅幹擔任「610」組長，2007年後是周永康。相應的「610辦公室」主任是王茂林、劉京、李東生。

　　什麼時候「610」由處理法輪功問題領導小組改為處理X教

小組的呢？1999 年 10 月，江澤民會見法國《費加羅》報記者時，隨口把法輪功稱為 X 教，在沒有經過人大立法和國家批准的情況下，江澤民就憑自己一句話，把法輪功誣陷定性為 X 教，「610 辦公室」也相應改名為「中央防範和處理 X 教問題領導小組」。

由於違背法律，言不正、名不順，中共歷來不敢公開大肆宣傳「610 辦公室」的存在，當國際社會質疑其罪行時，中共一度還否認「610」的存在。不過這次定罪李東生，第一個涉及罪行的職務就是「610」副主任，要不是中紀委在其官方網站上公布消息，很多專家都不知道李東生從 1999 年 6 月 10 日成立之初，就是「610 辦公室」的副主任。

美國國會及中國問題委員會把「610 辦公室」稱為是中共管理的國家安全「法外機構」（extralegal, Party-run security apparatus），就是不受法律管轄的無法無天的機構。2012 年 10 月 10 日，美國國會在 2012 年度報告中引用明慧網的不完全統計資料表示：「『610』仍然在大力度實行迫害法輪功政策，至 2012 年 6 月有 3533 名法輪功學員被迫害致死。」

中共 18 大之後，獨立機構「美國國際宗教自由委員會」（International Religious Freedom）在一份報告中表示，中共成立凌駕於法律之上的組織「610 辦公室」，又稱為「再教育中心」，正企圖「剷除」法輪功。該報告指稱：有「大量的法輪功學員被監禁，而且那些拒絕放棄信仰的人將遭受酷刑，包括羈押中死亡的可信報導及拿其成員做精神病實驗。」法輪功學員被拘留人數的準確數字很難統計。

美國國務院 2012 年度報告還表示，中國勞教所中官方記錄的 25 萬囚犯中，至少有一半是法輪功學員。聯合國酷刑問題特

別報告員估計，在被拘留期間，酷刑受害者中三分之二是法輪功學員，報告員呼籲對中共官方批准對活摘法輪功學員器官的指控進行獨立調查。

江胡鬥、江習鬥核心是法輪功問題

李東生 1955 年 12 月出生在山東諸城。有消息說，1970 年代初，一表人才的李東生被選中當上了華國鋒的警衛，後來還當上了兼職攝影師。雖然鄧小平上台後華國鋒被貶，但善於攀附權貴的李東生馬上轉向，從上海復旦大學新聞系畢業後，他被分到中央電視台工作，從記者幹起，在隨後 20 年裡，相繼被提升為新聞部時政組副組長、政文部副主任、新聞採訪部副主任、主任、新聞中心主任和副台長。

李東生的「飛黃騰達」，與他討好當時主管宣傳的政治局常委李長春有關。在 2002 年至 2009 年任職中宣部期間，李東生「秉承」中宣部長李長春的指使，嚴控媒體。他不僅是 2005 年《新京報》事件和《冰點》事件的幕後黑手，還是中宣部臭名昭著的「新聞閱評組」的具體主管者。他多次傳達李長春和劉雲山「對新聞閱評工作的重要批示」，大拍李長春和劉雲山的馬屁，並因此贏得了二人的信任。

但李東生如何從一個文質彬彬的媒體人，搖身一變成了掌控 200 萬公安的副總警監呢？2009 年，誰主導年過半百的李東生「改行」呢？

《新紀元》2013 年 12 月出版的暢銷書《周永康垮台驚天內幕》獨家披露了相關祕密。答案很簡單：表面上是李東生性賄賂

周永康，周提拔了李東生，其實是江澤民為了逃避清算而不得不在政法委新梯隊尋找自己的代言人，就跟江澤民選中薄熙來、周永康一樣，為的是延續對法輪功的迫害，以使後來的當權者無法對其罪行進行處理。

書中獨家披露了周永康是如何變成「江主席的人」的。一方面是周永康殺妻後娶了江澤民妻子王冶坪妹妹的小女兒，另一方面是江澤民主動安排。由於當時羅幹年齡大，必須退休，而胡錦濤又反對鎮壓法輪功，因此江澤民、曾慶紅急需物色人馬接替羅幹的政法委書記職務，繼續推行鎮壓政策。

《新紀元》曾報導，一名「610」官員透露，2001 年江澤民在一次布置對法輪功打壓的會議上表示，原各地「610 辦公室」是以各地政府名義設立的，但由於公安、國安、司法等部門消極對待等現象已經使得「各地法輪功事件不但沒有減少的趨勢，反而越演越烈」。會上江提出要在各地國家安全廳、公安廳、公安局也設立相應的「610 辦公室」，這時胡錦濤說：「增加『610』機構得增加人員編制，經費不少。」江立刻大怒，衝著胡錦濤咆哮道：「都要奪你權了，什麼編制不編制、經費不經費的！」江在鎮壓法輪功上要求胡錦濤「要錢給錢，要人給人」。

胡錦濤雖然照辦了，但江澤民明白胡錦濤在心裡是反對鎮壓法輪功的，江深恐一旦胡真正掌權就會否定自己的鎮壓政策，並且會在強烈民怨的敦促下清算這場不該發生的政治迫害。於是，這一直是江澤民的最大「心病」，這也是江澤民怨恨胡錦濤的最根本原因，並以此做出一系列「戀權不放」的布署，如在中共 16大中把政治局常委從七人增加到九人，目的是把羅幹擠進去，在17 大中也搞九人常委，拚命把周永康和李長春塞進去，在中共

18 大上，劉雲山、張德江、張高麗也是江派拚死拚活搶得的七分之三的位置。

　　20 多年的「江胡鬥」和現在正在進行的「江習鬥」的核心問題，就是法輪功問題，因為江澤民在 1999 年挑選、提拔官員的主要標準就是：是否在鎮壓法輪功問題上能出賣良知幫助江澤民，誰欠下的法輪功血債多，誰就最能贏得江澤民的信任和提拔，薄熙來、周永康就是這樣升官發財的。

李東生因擅長搞誣陷而被江、周看中

　　書中披露說，1990 年代末期，一心想往上爬的中央電視台副台長李東生，與曾慶紅的弟弟曾慶淮大搞美女外交，將旗下的美女主播介紹給政界要員，以擴大自己的影響力。常常參加他們小型聚會的美女包括宋祖英、湯燦、王小丫、蔣梅和賈曉燁等。參與聚會的主要是曾慶紅關係網和羅幹等政法系統的人馬。

　　當時周永康正準備出任四川省委書記。由於曾慶紅是周永康的拜把兄弟，兩人都喜歡玩女人。通過曾慶紅的關係，曾慶淮和李東生將賈曉燁介紹給了周永康。當時李東生希望湯燦可以跟隨周永康，但顯然周永康對賈曉燁與江澤民的親戚關係更有興趣。

　　當周永康與賈曉燁搞上後不久，就傳出與周永康分居的妻子在一次神祕車禍中喪生的消息。了解此事內情的原中國公安大學法律系資深法學專家趙遠明堅稱，周妻是被周永康謀殺的。2013 年 12 月有海外媒體報導說，據周永康的兩名前司機供認，周下令通過車禍的方式謀殺了前妻。兩名司機都是武警，被捕後判處 15 至 20 年徒刑，但僅關押了三、四年就釋放了，被安排到石油

系統工作。其中一名司機還成為車隊副隊長，另外一名調往山東中石油公司，成為副總經理。薄熙來事件後，兩名前司機再次被捕，供認當年是受命謀殺周妻。

由於和曾慶紅還有成為江澤民外甥女婿這樣的雙重關係，外加小聚會上的特殊友誼，周永康很快建立了與羅幹的親密關係，並最終成了政法委書記羅幹的接班人，最後進了政治局常委，兼中央政法委員會書記。而從中「拉皮條」的中央電視台副台長李東生，最終也從宣傳系統轉入政法系統，官拜公安部副部長。

這裡面還有一個被人忽視的祕密，就是江澤民想要利用李東生在造謠宣傳方面的「特殊本領」來為其迫害法輪功出力。大陸媒體報導，1994 年 4 月 1 日，央視新聞中心推出了每天一期的新聞評論性欄目《焦點訪談》，李東生是創意、組織、終審者之一。可以說《焦點訪談》是李東生的「成名之作」。於是在 1999 年 6 月 10 日，江澤民任命李東生為「610 辦公室」副主任，李東生的升官之道其實從那時就打通了，不過這條升官之路，也成了李東生通向地獄的毀滅之路。

《焦點訪談》利用並欺騙殺人犯造假

1999 年 12 月 29 日，《焦點訪談》的「鄒剛殺人案」是一起利用殺人犯造假的案例。據追查國際調查報告顯示，39 歲的鄒剛是松花江林業總局種子站職工，從小就有幻聽、幻視、幻覺等精神異常症狀，案發前兩天其精神已嚴重錯亂。案發前一天，家屬為給鄒剛治療曾聯繫哈爾濱太平精神病院。

1999 年 7 月的一天，鄒剛在工作單位發病，將一處級領導砍

死，同時重傷一人，輕傷一人。因此被哈爾濱市公安局七處收押。事隔不久，央視《焦點訪談》記者聞訊而來，通過市公安局預審員找到鄒剛問此案，聽到鄒剛說不是煉法輪功的，就利誘、許諾鄒剛說：「你的罪肯定判死刑，如果配合我們說是煉法輪功煉的，我們可以保你不判死刑，這算你為國家做貢獻。」鄒剛於是配合《焦點『謊』談》記者、編導上演了這場栽贓法輪功的醜劇。有個與鄒剛同監室的刑事犯人後來說，鄒剛在完成其編演後非常高興和自信，經常在監室內對別人談：這下可好了，有救了。其他人員還羨慕他呢！

然而，經市局提審調查，哈市檢察院起訴，鄒剛的犯罪事實是：由於練某一種佛家功而精神錯亂導致殺人（起訴書可到哈市中級檢察院查到）。2000 年 12 月，哈市中級法院下達判決，定罪稱鄒剛由於練某佛家功導致精神失常而殺人，判處死刑（判決書可到哈市中級法院查到）。鄒剛空歡喜一場，無知地配合《焦點訪談》誣陷法輪大法，最後還是被殺人滅口。

2000 年第二期《黑龍江內參》刊登的《對自稱『法輪功』練習者鄒剛犯罪情況的調查》中表示：記者會同公安及有關部門對鄒剛的犯罪情況進行調查，初步查明，除鄒剛自稱是「法輪功」練習者外，未發現其有練法輪功其他證據。而且據法輪功經典書籍《轉法輪》第七講第一節「殺生問題」有明確規定：「煉功人不能殺生。」

李東生是「天安門自焚」偽案的媒體策劃人

李東生編造的謊言，最出名的就是所謂「天安門自焚案」。

2001 年 1 月 23 日中國新年除夕，當時在江澤民對法輪功的迫害難以為繼的形勢下，天安門廣場上發生了幾人點汽油想燒死自己、而隨後即被帶滅火器的巡邏警察撲滅的「天安門自焚案」。

中央電視台不但對這個突發事件進行了最快速的報導，還在《焦點訪談》裡面配有長短鏡頭的各種現場錄像播放。中共當局高調把事件栽贓在法輪功頭上，借存活者之口謊稱他們是想「自焚升天」。如此殘害生命的行為，挑起了被洗腦操控的大陸民眾的憤慨，江澤民一夥由此達到了讓民眾仇恨法輪功的效果，從而令迫害升級。

不過人們很快發現，那些冒充法輪功的自焚者根本不煉法輪功，而且法輪功作為佛家功法，一再強調不能殺生，包括不能自殺。另外，天安門廣場執勤的警察怎麼會在那一天背上滅火器巡邏呢？警察為何手拿滅火毯等待自焚者面對鏡頭高喊幾句貌似法輪功的口號之後才滅火呢？中央電視台怎麼能有準備的拍攝下不同角度的畫面呢？顯然是事先把多個攝影師安排到樓頂或東、南、西、北不同方位。把《焦點訪談》的鏡頭放慢就能看出，那名被燒死的女人在火中奔跑時，是被警察用棍狀物重擊頭部致死，那個切開氣管還能唱歌的小女孩，不是在演戲，就是創下世界醫學奇跡。

七個月後的 2001 年 8 月 14 日，一連串的質疑被「聯合國國際教育發展組織」證實：所謂「天安門自焚事件」是「政府一手導演的」對法輪功的構陷，涉及驚人的陰謀與謀殺，該「錄影分析」被拍成紀錄片《偽火》在國際上廣泛流傳，並於 2003 年 11 月 8 日在第 51 屆哥倫布國際電影電視節獲獎。

李東生就是這個世紀偽案的媒體策劃者、實施者和傳播者。

這個偽案不但一度激起了中國人對法輪功的仇恨，也一度愚弄了全球幾十億人。這種超大規模的「殺人不見血」的精神欺騙和思想謀殺，讓李東生血債累累，成為江澤民血債幫的主要成員，他後來的升遷也就順理成章了。

王博案：《焦點訪談》移花接木搞欺騙

2002 年 4 月 7 日至 8 日，《焦點訪談》推出節目《從毀滅到新生——王博和她的爸爸媽媽》，把中共迫害造成的王博一家骨肉分離歸罪於法輪功，這完全是顛倒黑白。

事實上，王博和其父親王新中都是在勞教所被折磨得精神崩潰的情況下被強制接受《焦點訪談》記者採訪的，而且他們談的和最後觀眾看到的，是大不相同的內容，也就是說，李東生授意篡改了受訪者的話。

後來王博被短暫釋放，向外界揭露《焦點訪談》造假：「我被綁架到北京新安勞教所，連續六天不讓睡覺，灌輸顛倒黑白的謊言，看歪曲法輪功的錄像，強制洗腦。用那裡警察的話說：『我們就是用對付間諜的辦法使你精神崩潰！』」被強制轉化的王博告訴其父親，自己被轉化後，內心的矛盾，精神的壓抑，生不如死。

王新中也披露被強迫「轉化」過程：「24 小時不讓睡覺，天天如此。在被斷章取義、偷梁換柱的種種謊言和誹謗錄像的欺騙下，再加上多日不讓睡覺的精神摧殘下，我迷迷糊糊神志不清，就這樣被所謂的『轉化』了。這絕不是我的本願。」

王新中表示當自己看到播出的節目後，「為《焦點訪談》如此卑鄙的嫁禍、歪曲誣陷的『偷梁換柱』手段而感到震驚。」節

目將其全家修煉和自己遭「610」毒打的情況刪掉了，內容被移花接木、改頭換面，製作成醜化修煉人，惡意攻擊法輪大法的完全不同的內容。

《焦點訪談》將江氏集團利用國家機器對法輪功學員的殘酷折磨、強制轉化美化成「春風細雨」、「和善勸導」，就是這樣利用各種造假、欺騙手段製作了一些各地法輪功站長、甚至是法輪功總會工作人員轉化的視頻，矇騙其他法輪功學員，並誣衊法輪功學員「不顧家庭」、「破壞家庭」、「泯滅人性」等。

在妄圖轉化法輪功學員的同時，李東生主編了《良友周報》2001 年 9 月第 36 期及 12 月 8 日第 48 期誣陷法輪功的文章；同時，李東生還大力對未成年的中、小學生進行洗腦、毒害，誣陷法輪功，以達到全面迫害法輪功的目的。在中國大陸發行的 2002 年《小學生報》寒假合刊總第 1597 至 1611 期、中高年級版 2002 年一至八期均刊登了誣陷法輪功的文章，這些報刊的總編就是李東生。

各地訪談節目仿照央視雇請演員造假

由於《焦點訪談》節目配合中共鎮壓，策劃造假，請人扮演法輪功學員等，造成各地的訪談節目有樣學樣，真人真事的「訪談」也變成請人來演。鬧出大笑話的是石家莊電視台的訪談節目《不孝之子》。

2011 年 8 月石家莊電視台《情感密碼》的訪談視頻《我給兒子當孫子》爆紅網路，男嘉賓許峰被千夫所指，致使他不敢上街，因不堪壓力才說出了真情：他只是演員，從來沒有虐待自己的父親。

　　許峰後來發表聲明，「希望大家能還我一個清靜」，並找到媒體一再強調自己是個演員，不過演了一場戲。此事曝光後引起民間憤怒，電視台竟如此玩弄大眾感情？！其實自從得知「天安門自焚案」是央視誣陷栽贓法輪功後，很多大陸民眾都把焦點「訪」談稱為焦點「謊」談，「央」視稱為「殃」視。

追查國際：李東生犯下反人類罪行

　　2013 年 11 月 21 日，非政府非營利的「追查迫害法輪功國際組織」發表了關於中共「610 辦公室」主任李東生的調查報告。報告稱，從中央「610 辦公室」成立以來，李東生就擔任副主任，負責反法輪功宣傳。李東生在任央視副台長期間主管《焦點訪談》節目，中共迫害法輪功開始，該節目在收視率最高的黃金時段大量播出反法輪功節目，據不完全統計，從 1999 年 7 月 21 日到 2005 年為止的六年半中，共播出 102 集反法輪功的節目。其中從 1999 年 7 月 20 日開始到年底的五個多月就占了 70 集。

　　2002 年 8 月 26 日中宣部召開的全國宣傳部長會議上，李東生通報了反法輪功宣傳的情況。2001 年 4 月 9 日李東生以中共代表團特別顧問的身分參加聯合國人權委員會第 57 屆會議期間，就婦女問題作專題發言，造謠抹黑法輪功。4 月 17 日，李東生借接受日本共同社、中新社等記者採訪之機，在聯合國人權會議上發表反法輪功言論。

　　作為對一個信仰團體的迫害，中共對法輪功學員進行的轉化洗腦是整個迫害的核心。為此，中央「610 辦公室」成立了教育轉化工作指導協調小組，負責全國的轉化洗腦工作，李東生任該

協調小組的組長。2001 年 6 月 15 日，李東生在武昌視察時，對武昌區投資 260 萬興建教育轉化基地表示肯定。濰坊市反 X 教協會曾編寫了《教育轉化實踐與探索》一書，李東生對此作出批示並建議在全國深度開發利用。

追查國際的報告說，在江澤民集團發起的針對法輪功修煉者長達 14 年並仍在繼續的迫害中，一方面早期開動全國的宣傳機器造謠誣衊妖魔化法輪功，欺騙中國民眾和國際社會；另一方面，則針對法輪功學員的信仰進行轉化洗腦迫害，所有的酷刑虐殺都是為完成轉化洗腦指標而實施的。李東生先後以中央「610 辦公室」副主任和主任的身分，從 1999 年 7 月至今一直在直接操作指揮進行這兩方面迫害，犯下了反人類的罪行。本報告提供的證據只是其罪行中的很小一部分。追查國際希望知情者繼續向他們提供李東生和其他嫌犯迫害法輪功的證據。

獨家：李東生離開央視後依然掌控央視

2013 年 12 月，《大紀元》獨家獲悉，曾任央視副台長的李東生，在從央視離任後仍忠於江澤民、周永康，指揮調動手下馬仔嚴控、把關對法輪功的誣衊報導。

消息指，李東生著力扶持多名「小兄弟」，其中最重要的一個就是主管新聞的現任中共央視副台長孫玉勝。李東生在 2002 年離開央視到中宣部後，繼續操控孫，通過新聞頻道嚴加監控，不斷發表誣衊法輪功的各項報導，掌控相關輿論導向性事件。

消息稱，李東生的胞弟李福生，還被安排擔任了體育頻道投資公司的總裁。李東生 2009 年因為醉駕壓死人，但在其運作下，

獲得其在新聞中心的「兄弟」頂罪，後此「兄弟」又擔任央視一大型賽事公司總裁，通過中美合資的形式將國有利益進行轉移，李東生在央視的巨大政治影響力可見一斑。

由於誣陷法輪功賣力，李東生因此得到江派人馬大力提拔。2000 年 7 月，其被提拔為廣電總局副局長；2002 年 5 月，被提拔為中央宣傳部副部長。2009 年，李東生被時任中共政治局常委、政法委書記周永康跨部門調到公安部擔任副部長，李東生成為江派人馬筆桿子（文宣）和槍桿子（公安）兩手都要抓的代表。同年，李還出任「610 辦公室」主任，成為迫害法輪功的元凶之一。

第二節

四個電話錄音曝光
李東生罪惡滔天

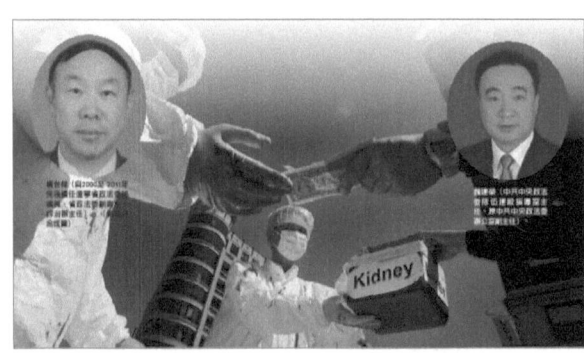

原遼寧省政法委副書記、綜治辦主任唐俊杰（左）及原中共中央政法委辦公室副主任魏建榮（右）承認活摘器官。（新紀元合成圖）

　　2013 年 12 月，中共公安部副部長李東生涉嫌嚴重違紀違法被免職。他是中共 18 大後落馬的第二名中央委員。官媒強調，李東生是專門為鎮壓法輪功而設立的非法機構「610」的頭目。

「610 辦公室」是迫害法輪功的指揮機構

　　1999 年 6 月 10 日，「610 辦公室」正式掛牌，這是一個江澤民為迫害法輪功成立的法外指揮系統和特務機構。當年江澤民鎮壓法輪功的想法並沒有得到其他政治局常委的支持，而且中共經過幾年的調查，也沒有查到法輪功有任何違反法律的行為。江澤民為此繞開當時的法律體系，成立了類似納粹蓋世太保的特務

機構「中共中央處理法輪功問題領導小組」，並設立了一個辦公室處理日常工作。

「中共中央處理法輪功問題領導小組」第一任組長為政治局常委李嵐清。「610辦公室」第一任主任是原湖南省委書記王茂林，副主任是當時的公安部副部長劉京和央視副台長李東生，分別負責政法和宣傳。

自中央「610辦公室」成立，李東生就一直兼任副主任，李當時是央視副台長。李東生1975年至1978年在上海復旦大學新聞系新聞專業學習，之後1978年到中央電視台工作，曾任新聞中心主任、副台長。李在擔任副台長期間，曾主管《焦點訪談》。江澤民利用李東生這些新聞專業技能及《焦點訪談》節目誣衊法輪功，讓大陸百姓一時真假難辨，中毒極深。2001年的天安門自焚偽案，李東生就是直接參與、策劃者之一。

李嵐清退休後，中共中央處理法輪功問題領導小組組長由羅幹繼任，2007年後為周永康。「610辦公室」主任王茂林退休後由劉京接任。至2009年，時任中共政治局常委、政法委書記的周永康違規將李東生調到公安部任黨委成員、副部長，之後讓李東生接替生病的劉京任中央「610辦公室」主任。

一直以來，李東生以「610辦公室」正、副主任的身分，把持中共宣傳系統對法輪功進行造假抹黑，還全國到處流竄監督各地對法輪功學員進行洗腦轉化，逼迫法輪功學員放棄信仰。

「610」直接參與活摘法輪功學員器官

江澤民為迫害法輪功，對各地「610」下達了「名譽上搞臭、

經濟上搞垮、肉體上消滅」、「打死白打死、打死算自殺」的密令，以金錢、升官收買唯利是圖者跟隨其迫害，耗費四分之一的國家資源維持迫害，高峰時期甚至達到四分之三。

迫害初期，大量法輪功學員湧入北京上訪，為了不牽連所在單位和家庭，很多因上訪被抓的法輪功學員不報姓名，一時北京及附近的關押場所人滿為患。從北京公安內部傳出來的消息稱，從 1999 年 7 月到 2001 年 4 月，全國各地到北京上訪被抓、有登記記錄的法輪功學員達 83 萬人次（不包括許多不報姓名和未作登記的）。2001 年夏天，北京市公安局通過計算北京市街頭出售饅頭的增加數量，估算當時到北京市上訪的法輪功學員超過百萬。

那些不報姓名的法輪功學員被中共祕密轉移到不為人知的地下監獄、勞教所或集中營關押。就這樣，數十萬計的法輪功學員（主要來自東北、華北及各地農村的法輪功學員）從此失蹤了，成為中共之後器官移植爆發性增長的供體來源。

2013 年 12 月 12 日，在歐洲議會 2013 年最後一次全體大會上，議員們投票通過了一項要求「中共立即停止活體摘除良心犯，以及宗教信仰和少數族裔團體器官的行為」的緊急議案，議案由歐洲議會多個黨團共同提出。其他國家包括美國、澳洲、加拿大、以色列、西班牙等多個國家，已經或者正在準備立法禁止本國公民赴中國進行器官移植，並拒絕直接或間接參與者入境。

也就是說，中共活摘法輪功學員器官是不容置疑的事實，而指揮迫害法輪功的中共「610」特務機構就是犯罪機構，其辦公室主任就是禍首。

2006 年第一個活摘器官證人出現後，「追查迫害法輪功國際組織」就對中共這一全國系統性的大規模活摘法輪功學員器官的

罪行進行了調查,其調查員獲得數個調查錄音可以證明,「610辦公室」及其相屬的政法委系統官員直接參與這一滔天罪惡,剛下馬的「610辦公室」主任李東生就是主要責任人。

調查錄音記錄活摘罪證

■調查錄音 1:

天津薊縣「610辦公室」主任向追查國際的調查員承認,薄谷開來非法售賣的人體模型中,不僅僅是法輪功學員的屍體。

錄音下載:http://www.zhuichaguoji.org/node/35848

調查員:「610辦公室」嗎?

「610」主任:是。

調查員:知不知道你們是個犯罪機構啊?

「610」主任:我是,你是誰呀?

調查員:這場迫害一旦結束,你們怎麼辦,想過嗎?看沒看到谷開來今天的下場啊,她表面上⋯⋯

「610」主任:谷開來賣那個法輪功的人體器官的。

調查員:你說什麼?

「610」主任:我說,你說谷開來呀,賣法輪功人體器官的。

調查員:對呀,她在大連搞了兩個屍體加工廠,她一具完整的屍體在國際上賣 100 萬美金,一個臟器被摘除的屍體她賣 80 萬美金。

「610」主任:噢。

調查員:她是魔鬼。

「610」主任：她賣的也不都是法輪功。

調查員：這個你知道不都是法輪功，是嗎？

「610」主任：啊，啊。

調查員：裡面有一些是這個上訪的那些藏族人和蒙古族人。

「610」主任：算啦……（掛斷）

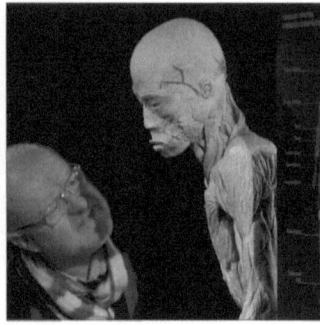

「610辦公室」主任向追查國際的調查員承認，薄谷開來（左圖）不僅非法售賣法輪功學員的人體器官和屍體，還包括上訪的藏族人和蒙古族人。（Getty Images）

■調查錄音 2：

北京政法委李姓官員說：「處級以上知道這個機密。」

錄音下載：http://www.zhuichaguoji.org/node/35848

2008 年 9 月 16 日至 26 日，在江蘇省常州市江南春賓館召開的中共全國政法會議期間，追查國際調查員以「國家安全部官員」的身分與一位來自北京政法系統姓李的參加會議者的對話。

調查員：是江南春賓館嗎？

賓館接線員：啊，對。

調查員：請給我接 1219 北京政法委的李同志。

賓館接線員：啊，好的。

李：哎。

調查員：喂，是中央政法委的李同志嗎？

李：你好。

調查員：我是國家安全部的，有點事情需要你協助我們一下。

李：國家安全部的？

調查員：對。

李：什麼事啊？

調查員：就是有關一個洩密的案件，我們在調查啊。

李：洩什麼密啊？

調查員：我們想了解一下，你們中央政法委有哪一級工作人員了解到這一國家機密的。

李：是什麼事啊？

調查員：說的這是，活體摘除在押的法輪功學員器官做器官移植手術的這一國家機密，中央政法委有哪一級工作人員知道這個機密呢？

李：應該是處級以上吧。

調查員：因為我們的情報了解到，好像監聽到有自稱中央政法委的工作人員要跟外國情報機構出賣這一國家機密，所以我們的領導讓我們祕密做一些調查。

李：我明白。

調查員：小範圍的，不驚動許多人的情況下的調查。

李：啊，那個，您這樣吧，再打一個電話，然後找他那個辦班的那個，有一姓劉的劉處長，您找他，好了。

調查員：啊，他叫什麼？

李：總機轉過去吧，姓劉，劉處長。

調查員：劉處長？

李：他一直在盯著這個班，一直在這個我們這個賓館在組織這個事。

調查員：啊。

李：中央政法委「隊建室」（中央政法委政法隊伍建設指導室）的一主任姓魏（魏建榮），前兩天一直在這。

調查員：啊。

李：然後是他一直在現場盯，叫劉什麼，我不太清楚。您就繼續工作吧，往下進行就是了，祝您工作順利。

■**調查錄音 3：**

原中共中央政法委辦公室副主任魏建榮承認活摘器官：「這事已經很早了。」

錄音下載：http://www.zhuichaguoji.org/node/35848

追查國際調查員以「國家安全部官員」的身分與魏建榮（中共中央政法委隊伍建設指導室主任、原中共中央政法委辦公室副主任）的對話。

調查員：是中央政法委的魏主任嗎？

魏建榮：你哪裡？

調查員：我還是國家安全部。……主要就是像我剛才說的，主要是想了解一下………

魏建榮：這事已經很早了，我跟你講我的判斷啊。

調查員：啊……

魏建榮：這個事關於你剛才說的這件事情，事情這很早了，現在來的這些人都不了解。第二，這個人肯定不是我們這兒的人，

這是肯定的，咱們單位的人肯定不會有這樣的人，這是個基本的概念。要縮小範圍，怎麼個弄法，那麼你可能就要到單位來查一下原底子，現在誰說也說不清楚。

調查員：就是這個活體摘除在押法輪功人員器官的事情是很早的事情嗎？

魏建榮：對，對，對，很早的事。

■**調查錄音** 4：

遼寧省委政法委副書記唐俊杰說：「那個我分管這個工作。那個中央實際抓這個事，影響很大嘛。」「那個時候主要是常委會討論啊⋯⋯」

錄音下載：http://www.zhuichaguoji.org/node/35848

追查國際調查員以「中紀委薄熙來專案組成員」的身分與唐俊杰（自 2000 至 2011 先後擔任遼寧省政法委祕書長、省政法委副書記、綜治辦主任）的對話。

調查員：喂，是原遼寧政法委副書記唐俊杰吧？

唐俊杰：你哪位？

調查員：哦，我是中紀委薄熙來專案組的。關於薄熙來在遼寧的一些事情我們想向你了解一下。

唐俊杰：我什麼時候去？

調查員：我們先電話裡了解一下，如果我們要有必要的話我們再給你發函，請你過來一下。

唐俊杰：好，好。

調查員：就是大概有幾個問題吧。

唐俊杰：你說。

調查員：頭一個問題就是在摘取法輪功煉習者的器官做移植手術這件事情上薄熙來做過什麼相關指示嗎？

唐俊杰：那個我分管這個工作。那個中央實際抓這個事，影響很大嘛，聯合以後。那個時候主要是常委會討論啊，好像還是正面的一些東西。你現在在什麼位置啊？你問這個問題我有一點……你在什麼位置啊？

調查員：我是在北京，我是他們這個專案組。

唐俊杰：那好，那我不回答你的問題了，得到你準確消息再回答你好吧？我見到你公函我再答覆你。我不好回答，尤其涉及到這方面問題，我不好再回答你，好吧！需不需要我過去，你正式打一個文字的東西吧，你電話裡談這些事情我覺得很突然，我不太好答覆。

第三節

李東生最後一搏求救
江澤民自身難保

李東生被抓前曾於 2013 年 11 月 5 日到河北省懷來縣直接布署安排對法輪功的迫害,作最後一搏,妄想江澤民能伸手救他。然而江澤民早已自身難保,斷尾求生遭來不及。（大紀元合成圖）

　　李東生追隨江澤民迫害法輪功起家,2013 年 8 月之後,周永康被軟禁的傳聞一步步升級,江派迫害法輪功的惡人也接連遭到惡報,李東生越來越預感到末日來臨,於是 11 月 5 日到河北省懷來縣直接布署對法輪功的迫害,作最後一搏,妄想江澤民能伸手救他。

　　據「明慧網」2013 年 12 月 29 日報導,2013 年 11 月 5 日,原中共中央「610」辦公室主任李東生曾到河北省懷來縣土木鎮二檯子村,對進一步迫害法輪功作直接布署、指揮,叫囂強化宣傳,加大力度,搞全方位、網格化管理,一個都不放過。

　　這是李東生落馬之前的最後一搏,顯然是困獸猶鬥之舉,帶有兩個目的:

首先，李東生希望以這次公開出行來「闢謠」，因為有報導說李東生的活動新聞自 2013 年 8 月之後就不再更新，而且圍繞周永康被軟禁的傳聞，網上早就盛傳李東生被調查之事。

其次，李東生幻想此舉能夠贏得其主子江澤民的賞識，或許能救他一把。然而，迫害法輪功的首惡江澤民早已自身難保、自顧不暇，斷尾求生還來不及。

果然，一個多月之後，12 月 20 日，李東生涉嫌嚴重違紀違法被拿下。

懷來縣是法輪功受迫害最嚴重的地區之一

李東生選擇懷來縣，目的非常明確。在谷歌上搜索「明慧網」有關懷來縣的文章，有 2290 條，大多是與迫害有關的報導。

懷來縣北辛堡鄉齷房營村陳運川老人一家，全家修煉法輪功，都受到嚴重迫害，一家六口人只剩下大女兒陳淑蘭還活在人世，是受到聯合國人權大會特別關注的被中共迫害的案例。

河北省懷來縣陳運川一家因修煉法輪功，六口之家先後被中共迫害致死五人，陳淑蘭（後排右二）是唯一的倖存者，生命垂危。（明慧網）

陳運川老人和老伴王連榮曾多次被綁架、關押，並被強制洗腦、判刑，遭受酷刑折磨，已被迫害致死。大兒子陳愛忠曾遭受到高達 30 萬伏高壓電棍的殘忍電擊，二兒子陳愛立曾被迫害得體重只剩下 50 多斤，小女兒陳洪平不但遭受毒打，還被注射不明藥物。三人先後被迫害致死。大女兒陳淑蘭被非法判刑七年半，出獄後又被綁架。2013 年 8 月 8 日「明慧網」報導說，陳淑蘭又被非法誣判四年徒刑，腰椎兩處骨折，生命垂危。

李東生在最後一搏時，想到的就是去陳運川老人的家鄉懷來縣繼續誹謗、迫害法輪功。

江澤民大勢已去 自身難保

李東生希望江澤民能救他一把，純屬妄想。自中共 18 大以來，江澤民的地位每況愈下，在中共現任、離職高官中的排名屢屢下降，到了 2013 年 7 月 23 日，中共黨媒新華網報導周開達院士遺體告別儀式新聞中，胡錦濤和溫家寶的排名罕見提前，分別排第二、第四，而江澤民的名字在官方報導中「缺席」。

在中南海高層最近一次公開「露面」中，江澤民依然「缺席」。2013 年 12 月 17 日，在一代名伶紅線女遺體告別的官方報導中，胡錦濤排在現任政治局七位常委之後，朱鎔基、溫家寶也皆有「露面」，卻仍不見江澤民之名。

中共官方的新聞報導，對於中共高層的排名，一向含有大量資訊。江澤民在中共官方報導中的銷聲匿跡，表明江澤民大勢已去，岌岌可危，自身難保，因此根本無暇顧及手下的馬仔。

李東生的下場就是江澤民血債幫的下場

李東生從電視記者幹起，組長、副主任、主任、一步步爬到央視副台長位置，仕途漫漫而艱辛。自從擔任央視副台長之後，迅速飛升。2000 年一躍到廣電總局擔任副局長，時間不長，又被提拔為中共中央宣傳部副部長，沒過幾年，毫無從警經歷的李東生又跨界調任公安部副部長（在八個副部長中竟然排名第二），並兼公安部黨委副書記，接替劉京任中央「610 辦公室」主任（正部長級）。

網路上有人分析李東生仕途變遷何以如此了得，是不是有過人的官場手腕。其實不然，李東生 1999 年之後仕途的飛升其實就是靠誹謗、迫害法輪功而完成的。

李東生靠散布惡毒謊言和製造莫名仇恨，一時官運亨通，然而，「天網恢恢，疏而不漏」。不僅李東生的最後一搏無濟於事，整個江澤民血債幫的下場已然擺在那裡，無論做怎樣的垂死掙扎，都是徒勞的。

第四節

公安部大地震 軍警高層換人

周永康被查，除了引發公安部大地震外，軍隊、武警也出現大清理，10個軍區的主要頭目大調換，其中最受矚目的是讓富有軍事鬥爭經驗的王牌軍軍長潘良時守護北京。（新紀元合成圖）

　　進入 2014 年後，北京「反腐」的步子好像邁得越來越快，「調門」也越來越高。

　　2014 年 1 月 15 日，為期三天的中共 18 屆中紀委第三次全體會議閉幕，會議強調要抓好對主要領導人的監督管理，在消滅「大老虎」的同時，打「蒼蠅」將成為未來一年反腐的新動向。

　　習近平與六名常委出席了中紀委的這次全會。習講話中使用了「猛藥祛病、重典治亂」；「刮骨療毒、壯士斷腕」等嚴厲措辭。海外評論解讀為，這是習近平督戰中紀委的表示，看來前中共政法委書記周永康也不是終極大老虎，能夠讓人感受到「刮骨療毒」式的更加慘烈風暴還在後頭。

　　與之呼應的是，平時鮮於露面媒體的幾個中央紀委副書記也密集亮相並發表文章。如中央黨校《學習時報》1 月 13 日刊發趙洪祝的署名文章；1 月 10 日，中紀委監察部召開 2013 年度查辦

案件新聞發布會，監察部部長黃樹賢介紹相關工作；中紀委其他副書記，除杜金才外，也都密集接受黨媒的專訪，並在《新聞聯播》等欄目播出，這樣的媒體曝光力度並不多見。

2013 年聖誕節後，隨著周永康在政法委的心腹、「610 辦公室」主任、原公安部副部長李東生的落馬，周案進入新的轉折點，接下來中紀委密集調動軍警，以及公安部的調查深入，諸多跡象都在傳達相同的資訊：周永康案已在最後收網階段，周被公開拋出的日子大限將至。

周永康兒子周濱被抓 家屬請律師

據香港《南華早報》2014 年 1 月 10 日引述多位知情人士消息稱，周永康的大兒子周濱已經在 2013 年 12 月正式被拘捕，其家庭在尋找律師準備辯護。周永康本人也被正式拘捕，此消息已通報給各省委書記。

「周濱已經通過中間人聯繫了好幾個律師，但是最後的任命還沒有做出。」「這是一個複雜的案件，律師必須考慮很多因素。」一個知情人說，被聯繫的律師們還沒有看到周濱本人，因為他被拘押。一般而言，在政治敏感案件中對律師的任命必須得到最高領導人的批准，並由他們最終決定。

另一知情人說，周濱被批准接觸律師意味著他可能被帶上法庭，他的審判可能很快就會開始。「最高領導人希望圍繞周永康的案件嚴格遵循司法程式，以發出信號說，中國是法治國家，調查不是政治清洗。」

此前海內外媒體報導說，周濱涉嫌參與四川省與石油工業的

非法交易，非法獲利近千億，據中國《刑法》規定，貪污罪最高可判處死刑。

據財新網報導，周濱（周斌）涉嫌透過妻子黃婉的父母在美國開設的公司，透過中國石油集團前董事長蔣潔敏，將該集團的海外並購、採購案，以高價讓岳父母的公司承包，從中獲取巨額利益，周家再把不法獲利轉往瑞士的銀行，規避法規監管。出身石油體系的周永康，據傳多年來從中石油獲利至少約980億人民幣。

不久前原中共中央委員、國資委主任蔣潔敏被查處後據說交代了3000億遼河油田被周永康家族以1000萬收購的黑幕。蔣潔敏掌管中石油時期，向周家輸送海外生意，僅俄羅斯的一個油田，蔣潔敏就支付給了黃婉父母超出成本八億美元的好處。

黃婉的父母在洛杉磯已經生活多年，擅於利用美國的代理人管理他們的資產，只需支付不到百萬美元的費用，就能管理數以億計的巨大資產。

周永康被關包頭 中央警衛重兵看守

三天後的1月13日，香港《東方日報》也援引報導稱，周永康目前被關押在距北京600多公里的內蒙古包頭市的一個軍事基地內，由中共中央警衛局與北京軍區共同負責重兵看守，家人均不能探視。

與之相呼應，大陸官媒報導，1月11日夜間，北京軍區在內蒙錫林郭勒盟蘇尼特右旗朱日和鎮訓練基地，首次進行重裝部隊高寒地區夜間實兵實彈演練。報導稱，坦克裝甲戰鬥群、反坦克

火箭編組和步機槍手相繼對「敵」實施火力突擊，某高地頓時火光沖天。

針對周永康的調查小組直接向習近平匯報，「他們上個月聘請了另外十名高級北京警官來加快審訊」。此外有知情人稱，中共中紀委專案組已抓捕 20 餘名周永康在政法系統的同黨，其中包括最高法院執行局局長、二級高級法官劉貴祥。數十名仍在公安、國安、檢察院、法院等部門擔任要職的高官，也遭內部調查，其中不少人將被「雙規」（指在規定時間、規定地點交代問題），國家安全部一名副部長也被查。也就是說，周永康案已到了收網階段。

公安部大地震 兩副部長被約談

《新紀元》詳細介紹了李東生的落馬因由。就在李東生被免職 10 多天後，據海外華文媒體披露，公安部排名第一的常務副部長楊煥寧也被納入中央「二號專案」（周永康專案）組的「約談」名單中，同時被約談的還有公安部另一位副部長黃明。

56 歲的楊煥寧是山東安丘人，西南政法學院畢業後到公安部工作，曾任公安部辦公廳副主任、公安部部長助理、副部長等職。楊也曾任中央新疆工作協調小組成員、中央西藏工作協調小組成員、中央對外宣傳工作領導小組成員，是中共 18 大中央委員。

有消息稱，楊煥寧是周永康主政政法系統後竭力提拔的對象，18 大時周曾計畫讓楊接任中央政法委書記一職，但落空。楊煥寧的國際形象極差，2009 年楊因積極迫害法輪功群眾，被海外明慧網列入惡人榜。

江派堡壘江蘇官場震動不斷

與楊煥寧同時被查的還有公安部副部長黃明。黃明和周永康、江澤民是江蘇老鄉，江蘇是江派的一個重要堡壘，近期江蘇官場也震動不斷。

2013年10月15日，揚州「大管家」、中共南京市市長季建業被曝雙規。他從2001年至2009年出任江澤民老家揚州市長、書記，同樣是大搞城市建設，當地民眾對他也是罵聲不斷。據悉，他在揚州任職期間，恰逢江退位不時回揚州居住，季經常可以見到江，頗受江器重還稱他為「父母官」。他也被稱為江老家的「大管家」。

繼季建業被雙規之後，香港媒體透露說，前任南京市長、現任蘇州市委書記蔣宏坤或成為下一隻「老虎」。他與季建業同為張家港人，蔣宏坤在江澤民心腹回良玉任江蘇省委書記時一路被提拔為南京市長，並在2009年接替據稱是江澤民外甥的王榮出任蘇州市委書記。

早在2013年12月19日就傳出，江澤民老巢江蘇省委書記羅志軍被調查的消息，稱其涉周永康案而被中紀委調查，引發江蘇官場劇烈動盪。據港媒《明報》引述現場官員披露，中共中央已明令羅志軍不可隨意活動。

39 軍軍長新任北京衛戍區司令

周永康被查，除了引發公安部大地震外，軍隊、武警也出現大清理。

2014 年 1 月 7 日，就在陳光標在紐約上演鬧劇反射江澤民集團攪局的同時，北京衛戍區黨委召開八屆四次全會。衛戍區黨委第一書記郭金龍在會上發表講話稱，「要紮實推進綜合防衛軍事鬥爭準備」，而且原中共王牌軍之一的 39 軍軍長潘良時，新任北京衛戍區司令員。

時事評論員周曉輝分析認為，從讓富有軍事鬥爭經驗的王牌軍軍長潘良時守護北京來看，不難嗅到一絲火藥味：京畿要地有一股暗流在醞釀，很可能涉及軍事力量，習陣營正盡力消除，並做好軍隊防衛的準備。江系在輿論上的「逼宮」之後是否會採用黑社會手段、或者動用軍事力量「逼宮」，沒有人可以擔保。

因此，北京衛戍區做軍事準備與紐約「逼宮」鬧劇看似不搭調，實則密切相關，一方面突顯了中共局勢的緊張，另一方面表明博奕雙方真的到了你死我活的地步。而且，既然「逼宮」都到了國際舞台，此後雙方的動作也不會小的。

這也從另一個側面解釋了為何北京方面要把周永康關押在內蒙古，而且派出重兵把守。對於一個企圖發動軍事政變的人，他的餘黨想要搞點劫獄之類的事，也不是不可能的。

10 省級軍區武警主官調整

在加強對周永康關押警戒的同時，北京方面還對 10 個軍區的主要頭目進行大調換，把爆發威脅的可能性降到最低。

據中共官媒報導，截至 2014 年 1 月 12 日，大陸 10 個省軍區和武警部隊的主官進行了大調換：原第 39 集團軍軍長潘良時出任北京衛戍區司令，負責京畿防務；原第 65 集團軍副軍長冷

傑松出任山西省軍區司令員；原新疆軍區副司令李松山出任青海省軍區司令員；原南京軍區副參謀長王海濤出任浙江省軍區司令員。武警部隊方面，原武警第126師政委丁曉兵出任武警廣西總隊政委；原武警廣西總隊參謀長馬建海出任武警內蒙古總隊司令員；原武警部隊政治部組織部長曹紅波出任武警江蘇總隊政委；原武警指揮學院副院長李蘇鳴出任武警山東省總隊司令員；原武警第117師政委高凱出任武警四川總隊政委。

中共公安部長郭聲琨在敏感時刻向周永康亮刀子，要求武警向習近平效忠。1月4日，公安部長、武警部隊黨委第一書記郭聲琨在武警部隊黨委二屆五次全體會議上發表講話，要求武警部隊向習近平效忠。

時事評論員楊寧認為，郭聲琨的講話向外透露了中共的政治安全和政權安全正在遭遇相當嚴峻的挑戰，中南海正面臨前所未有的危局，北京並不平靜。在這樣的危機下，中共需要軍隊和武警高度效忠。繼此前軍隊幾番表達對中共、對現任當權者效忠後，曾由江系周永康等掌控的武裝力量武警能否效忠，能否不被某些人利用，成了關鍵。

有消息稱，2012年前重慶市委書記薄熙來被雙規後，周永康動用武警力量發動了軍事政變，迫使胡錦濤緊急調動軍隊入京。此番郭聲琨的講話就是在給武警定調，即要忠於中共，忠於習陣營，防止武警中出現「雜音」。

周永康因鎮壓法輪功、疆人、藏人、異議人士和網民，在民間和國際社會臭名昭著。2013年12月15日，「抓捕周永康獲黨內外近100％支援率」的消息傳出，顯示習近平那時已經開始收網。

外媒：周永康死罪難免

在習近平收網的同時，江派也沒閒著。於是人們看到，在「天安門自焚偽案」的策劃主謀李東生東窗事發之後，江派人馬上演了最後的瘋狂，利用所謂大陸首善陳光標，在紐約上演「逼宮」醜劇，不過，逼宮戲很快流產，無論鬧劇費盡多少心機，大陸媒體一概禁止報導所謂的自焚整容案。

相反，2014 年 1 月 7 日、8 日兩天，中共中央政法工作會議在京舉行，習近平在會上提出「堅決清除害群之馬」。「害群之馬」當然包括周永康了。江派這一折騰，反而讓周永康死得更快。

關於周永康的結局，外媒廣泛認為其死罪難免，因為除了經濟上的貪腐外，周案的核心問題是迫害法輪功，周永康把持的政法委系統活摘法輪功學員器官的罪惡，目前仍一直被中共掩蓋著。此問題直接涉及到中共前政治局常委江澤民、曾慶紅和羅幹。江派人馬為了避免被清算，遂密謀政變，且死死抓住政法委的最高權力不放。

《新紀元》曾報導，周永康、薄熙來政變的目的，表面上看是從習近平手中奪權，但實質是為了逃避因為殘酷迫害法輪功、包括活摘法輪功學員器官等罪行受到清算。周家父子曾以被關押的法輪功學員頂替死囚犯，代之接受死刑行刑。調包一個死刑犯，周濱至少獲利 300 萬，而被行刑的法輪功學員則被活摘了器官。

從 2009 年開始實施的政變計畫，是由江澤民主導、周永康憑藉政法委「第二權力中央」統管、薄熙來藉重慶舞台而具體暗中實施的，後因前重慶市公安局局長王立軍出逃美領館而功虧一簣。不過，由此牽扯到的涉案人員眾多，特別是周永康搞政變的

大後台是誰？周永康被控之後，誰還在背後搞出陳光標鬧劇？這些都把打虎戲推向了更深一層。

競猜：還有哪九個沒公布

2014 年 1 月，在中紀委的副書記們頻頻亮相、反腐新聞不斷出現時，最引起人們關注的還是 1 月 10 日，中央紀委副書記、監察部部長黃樹賢在總結過去一年工作時的一番話。

黃樹賢稱，對涉嫌違紀違法的中管幹部，已結案處理的和正在立案檢查的有 31 人，其中周鎮宏、劉鐵男、倪發科、王素毅、李達球、童名謙、楊琨、齊平景等八人涉嫌犯罪已被移送司法機關處理，正在立案調查的還有蔣潔敏、李東生、李崇禧、李春城、郭永祥、季建業、廖少華、陳柏槐、郭有明、陳安眾、楊剛、王永春、許傑、戴春寧等 14 人。

讀者做一下數學題就會發現，31 − 8 − 14 ＝ 9，也就是說，還有 9 個「中管幹部」已進入中央紀委查辦程式，但目前還沒有對外公開宣布。「中管幹部」一般為部級官員，那這 9 個高官是誰呢？

有趣的是，第二天 1 月 11 日，新華網刊登題為《是誰？中紀委「老虎榜」，還有高官未公布？》的文章，有意點醒人們去猜測這 9 個未公布的「老虎」是誰。

有分析說，此前遭海外媒體密集曝光的周永康肯定是首當其衝的一個「大老虎」。還有人發現，當中紀委在拔除周永康的心腹親信時，從四川省擴展到石油系統、政法系統，除了李春城、郭永祥、李崇禧、蔣潔敏等人被公開調查外，還有「湖北政法王」

吳永文，周永康石油幫的中石油副總經理李華林、冉新權、王永春、王道富等還未出現在中紀委公布的名單中，如果再加上其大後台曾慶紅、羅幹、江澤民，剛好 9 人。

中紀委把周永康案叫成二號專案，1 月初江澤民派系的媒體放風說，一號案是針對溫家寶，但此謠言不攻自破，因為在這期間溫家寶被官方故意高調露面，就跟 2012 年 10 月 26 日被李東生餵料的《紐約時報》稱溫貪腐 27 億時一樣。而且溫家寶是倒周永康、薄熙來的最大推手。周薄以及周永康眾多心腹的落馬，反過來都證明瞭溫家寶不會成為被查對象。

那能比周永康案更大的一號案，毫無疑問就是江澤民案，以及由此帶出的曾慶紅等人了。不過，中紀委調查的案件中，百分之幾能公布於眾，那就得看局勢的發展和最高層個人的需要了。

第五節

政法委風暴
打虎路線圖指向「老老虎」

中國新年伊始，一場政法委風暴即將開始，習陣營的「打虎」路線圖直指「老老虎」江澤民。（大紀元合成圖）

　　正如人們預料的那樣，馬年新年還沒過完，中共官方和民間有關「打老虎行動」就已經開始了。

　　2014 年 2 月 10 日，是大陸企事業單位放假一周後的第一個工作日。不過，在此前一天的 2 月 9 日，關於中共喉舌媒體中央電視台掃黃，就已在網路上掀起了熱議高潮。10 日，習近平在俄羅斯的專訪講話，11 日李克強的一番講話，同日新華網的頭版專欄，12 日《南風窗》的打虎路線圖，都讓人們感到中南海打虎人的急切。

東莞掃黃針對政法委

　　2014 年 2 月 9 日，中央電視台午間《新聞直播間》欄目的

《焦點訪談》，播出了暗訪東莞色情業的節目《管不住的「莞式服務」》，時長 14 分鐘。節目曝光了東莞 KTV 裡跳豔舞，色情服務明目張膽；酒店「選秀」實為賣淫；五星級酒店「裸舞選秀」，小姐明碼標價；20 多項色情「莞式服務」成競爭特色等等。

出人意料的是，央視節目遭到大陸民眾一邊倒的抵制，當晚「東莞挺住」、「保衛東莞」等充斥了大陸微博和微信，央視成為眾矢之的。很多民眾表示，共產黨在道德上已經破產了，處處淪為笑柄和街鼠，東莞色情交易只是央視女主播和中共軍隊各個文工團的社會版，央視不檢討自己，哪有權力去曝光別人呢？

大陸律師王優銀分析認為，東莞掃黃，明的是抓小姐嫖客，實際上人家是要打背後的政法系統保護傘，一場席捲全國的借掃黃整頓政法系統保護傘的運動就要開始了！中國「黃、賭、毒」為何氾濫？政法系統官員充當保護傘，甚至直接經營黃賭毒是主因！

東莞掃黃將成為習陣營直搗江派罪惡大本營——中共政法委系統的標誌性事件！

習近平俄羅斯釋放信號

2 月 9 日同一天，據媒體報導，習近平出現在冬運會時，在索契接受了俄羅斯電視台主持人布里廖夫專訪，談到了中共正面臨的「改革難題」。

習近平說，中國改革經過 30 多年，已經進入深水區，「容易的、皆大歡喜的改革已經完成了，好吃的肉都吃掉了，剩下的都是難啃的硬骨頭。」習近平還強調「尤其不能犯顛覆性錯誤」。

外界普遍認為，習接受專訪時，有意通過外媒向國內釋放更多信息。即權貴既得利益集團是如今阻礙中國經濟發展的嚴重障礙，要繼續改革必須觸動這些利益集團，這就是剩下的難啃的硬骨頭。比如中石油、中石化、中海油、中電信、中移動，這些大型國企分別涉及江澤民家族、曾慶紅家族、周永康家族等中共江派核心財富利益集團。

習是想藉機向既得利益集團放話：舊有的利益格局一定要動，同時還得小心遭遇魚死網破共同翻船的結局。這些跡象透露出中共高層內鬥的激烈程度已非同一般。

李克強稱反腐「零容忍、出重拳」

2 月 11 日，中央政法委公開通報 10 起政法幹警違紀違法典型案件，這是習近平早前在政法會議上，對政法系統多年陳屙舊疾纏身大為火光之後的首次較大動作。中共前公安部副部長李東生落馬，標誌著對周永康的調查從經濟犯罪延伸到政法系統——這個江派的死穴。受習近平信任的現任中央政法委書記孟建柱上位以來廢止了勞教，也讓以江澤民為首的迫害法輪功的「血債幫」恐懼因「反人類罪」被清算。

2 月 11 日，新華網大頭條報導，李克強在中共國務院第二次廉政工作會議上，重申反腐「零容忍、出重拳」等狠話。2014 年 1 月 24 日，李克強被正式宣布擔任「國家安全委員會」第一副主席，習近平任主席，因「國安委」的權力橫跨中共黨政軍，主管經濟的總理李克強，等於變相擴權，有了間接操控軍隊的權力，比此前的溫家寶、朱鎔基等人權力大了很多。李克強此強硬表態，

釋放出一個非常清晰的信號，再一次確立了以習近平為代表的中共太子黨和以胡錦濤為代表的中共團派的聯手格局，使目前江派背景的三常委邊緣化。

《新紀元》在 2013 年 11 月中共 18 屆三中全會後出版了《習李王三權聯盟時代——未來中國九大轉折》一書，預測分析說，習近平要進行改革，必須聯手李克強和王岐山，並由此組成「三角聯盟」，否則改革寸步難行。如今李克強出面就反腐問題釋放強硬訊息，正是這種聯盟具體運作的體現。

官媒公布 10 起政法系統違法案件

習李王「反腐」，要從哪些行業、哪些領域首先開刀呢？接下來大陸官方媒體的報導給出了答案：一是首先拿民眾深惡痛絕的操控公檢法司的政法委開刀，二是集中辦理中石油、中移動等窩案。

2 月 11 日，新華網特別設立一整版專欄，矛頭直指周永康為禍十多年的政法委，為「清除政法系統害群之馬」造勢。

新華社發布通稿稱，中共中央政法委首次向社會集中公布了 10 起政法幹警違紀違法典型案件。新華網專欄還出現了「政法委不定期公布幹警違紀違法案件」、「堅決清除害群之馬不護短」、「中央政法機關將公開設立幹警違法違紀舉報網站」等欄目。

在通報的 10 起政法幹警違紀違法典型案件中，除涉及八個地方政法系統官員外，還包括最高法院諮詢委員會原祕書長劉湧與公安部居民身分證密鑰管理中心原主任佟建鳴。

劉湧為正廳級官員，是中央政法委本次通報的違紀違法人員

中級別最高的一個。按照王岐山提出的「一案雙查」，劉湧的上級就是最高法院院長，再上面就是周永康。

通報稱，最高法院諮詢委員會原祕書長劉湧自 2008 年以來，接受多名案件當事人的請託，為案件審理說情打招呼，涉嫌收受賄賂人民幣（下同）200 餘萬元。公安部居民身分證密鑰管理中心原主任佟建鳴自 2001 年任公安部治安管理局違警行為查處工作指導處處長以來，特別是在擔任公安部居民身分證密鑰管理中心主任期間，為相關企業謀取利益，涉嫌索賄、受賄 223 萬元。

通報稱，目前兩人都已被雙開，移送司法機關處理。不過民眾都清楚，官方公布的受賄金額都是大大壓縮若干倍之後的小數字，然而通報也揭示了一個現象：身為政法委官員，他們卻執法犯法，其罪行則更加惡劣。

此前《新紀元》報導，2013 年 12 月 25 日周永康在政法系統的頭號馬仔、前公安部副部長、迫害法輪功的「610 辦公室」頭子李東生落馬後，有消息稱，公安部內部要進行「人人過關」的清洗行動，公安部中層以上幹部要進行大調整。所有曾經在周永康主政公安及政法系統時期，曾在公安部任職過的處級以上官員，都必須就自己與周永康的關係作交代。

2014 年 1 月 8 日，原本是全國政法工作會議改名為「中央政法工作會議」，習近平與六個常委悉數參加，把一個技術執行層面的會議，變成在理論層面上提出新政策的重要會議。當時習近放狠話稱，要以最堅決的行動「掃除政法領域的腐敗現象」，堅決「清除害群之馬」。

當時正是前政法委書記周永康被紛傳落馬之際，外界普遍認

為，習近平說的清除「害群之馬」指的就是周永康。三天後的 1
月 11 日，港媒援引消息稱，在過去幾周，中紀委專案組已抓捕
超過 20 名周永康在政法系統的同黨，其中包括最高法院執行局
局長劉貴祥。另有數十名仍在公安、國安、檢察院、法院等部門
擔任要職的高官遭內部調查。2 月 11 日中紀委宣布的 10 個政法
委官員，是這些高官的一部分。

此前《新紀元》還曾獨家報導過，18 大後的三個多月裡，
各級政法委官員被雙規、逮捕的人數多達 453 人。其中公安系統
392 人，檢察院系統 19 人，法院系統 27 人，司法系統 5 人，非
公檢法司系統 10 人，還有 12 名政法高官自殺身亡。

一場席捲政法委的大風暴已經開始，大陸各地公安、檢察院、
法院的中共江派黨羽將首當其衝被整肅。

李東生不是政法系統最大的老虎

值得注意的是，就在李克強講話、政法委 10 人被查、習近
平陣營一天兩動作的同時，具有「第二央視」之稱的香港鳳凰網，
在其首頁視頻頭條以《中央一天兩動作警示政法系統 李東生非大
老虎》為標題，明顯為拋出政法系統更大的老虎造勢。

此外，鳳凰網當天還重點推出以《李東生是政法系統老虎 但
不是最大的老虎》為標題的視頻節目，此評論引述北京大學政府
管理學院教授李成言的話稱，前中共公安部副部長李東生的落
馬，也顯示中央反腐已經延伸到政法系統高層。但他同時認為，
打到李東生還不夠，「他是一隻老虎，但他不是一隻最大的老虎，
我們希望在政法系統能看到更大的反腐敗。」

打虎路線圖：退休「老老虎」也打

2月12日，大陸雜誌《南風窗》第四期的封面文章《打虎「路線圖」》被很多網站轉載，大陸門戶網站網易等都改標題為《中紀委打虎路線圖：退休「老老虎」也要打》，重點推出此文，向外釋放即將拋出更大老虎的信號。文中稱：「老老虎」不再享有法外豁免的「保護符」和特權。

《南風窗》引述接近中紀委的人士透露，在被查的 18 名省部級高官中，有多人在短期內結案，被移交司法機關。如南京市原市長季建業，在落馬後三個多月就被移送至司法機關。

作為江澤民老家揚州的「大管家」、原南京市委副書記、市長季建業，罕見地在馬年過年期間遭「移送司法」再到「採取強制措施」，同時中紀委一再強調「一案雙查」，官媒也連續發文，明顯暗示其背後「大老虎」就是江澤民。

打「窩案」方略為拋出周永康造勢

《打虎「路線圖」》一文還指向「中石油系」窩案。文中稱：2013 年 8 月，中石油集團副總經理、18 屆中央候補委員王永春因涉嚴重違紀違法，遭到中紀委調查。幾乎與之同時，李華林、冉新權、王道富等其他多位中石油集團和股份公司副總級高管也先後被調查、免職。其中，祕書出身的李華林剛被提拔到中石油集團任副總經理，不到一個月便火速落馬。不久，中石油前「掌門人」、時任國資委主任蔣潔敏也被立案調查。

一個值得關注的窩案則與四川前高官群體有關。中共「18大」

後，四川有三名省部級高官——李春城、郭永祥、李崇禧先後落馬，三人在仕途上頗有交集。時任四川省文聯主席的郭永祥祕書出身，履職經歷主要集中在三塊：在石油系統 26 年，在國土資源部做了一年半辦公廳主任後，2000 年轉四川任職，這一待就是 13 年。

李崇禧是郭永祥入川後的直屬上級——時任四川省委祕書長，在郭永祥升為祕書長後，李崇禧則升任省委副書記。再後來，李崇禧從省委副書記退任（轉省人大任職）後，接替者正是李春城。

不久前，中紀委副書記黃樹還宣讀了八名被移送司法機關的高官和 14 名列出具體姓名的「正在立案調查」高官。值得一提的是，李春城、郭永祥、李崇禧三人並未結案（未移交司法機關），仍處於「立案調查」環節。此時，李春城落馬已一年有餘，郭永祥被調查仍未結案，兩人接受調查都超過了六個月的常規調查時間，這說明，此系列案件涉及的問題更為複雜，可能涉及其他「老虎」。

因此有分析稱，「中石油系」窩案被查，李春城、郭永祥、李崇禧等多名四川前高官密集落馬且仍未移交司法機關，加上公安部原副部長李東生等政法系統高官落馬，多條線索都顯示，中紀委可能是在下一盤「更大的棋」。

周永康案涉及四川、石油系統、政法系統、江蘇等多個地方或部門。海外有分析認為：周案公布，終究是個程式與時機問題。

江派攪局 習近平「打虎」沒退路

就在外界高度關注周永康將以何罪何時拋出之際，江派利用

海外中文媒體放風稱，「習近平反貪受阻，黨內元老呼籲放生周永康。」對此，有北京消息人士表示，這純屬謠傳。這位消息人士還透露，周永康集團案僅存在查處範圍問題，而不存在擱置問題，現已通報到廳局級官員，將於最近正式公布。

對此，還有一種聲音認為：具體到反貪「打虎」這件事上，現在那些八卦媒體的流言蜚語已經證明，習近平反腐「打虎」沒有退路，因為退路就是死路，死老虎也可能有借屍還魂的本事。

網路有消息稱，截至中國傳統新年前，已經查明的周永康貪腐集團案所涉及的貪腐資金累計總額達千億，甚至上萬億。數量之大絕對空前。涉及周永康案被調查的官員達數百；牽扯人數更是數萬；在政法領域，估計至少有10％以上的高官可能涉及周永康集團案或個人貪腐案。

越來越多的證據顯示，周永康涉及多起命案。事實上，中共高層早已掌握周永康與薄熙來活摘法輪功學員器官的祕密殺人網，只是命案太大，涉及中共政權垮台問題，因此中南海面臨的難題是如何公布周永康罪惡。

接近北京高層的知情者透露，中共內鬥的核心問題，就是如何對待江澤民、周永康控制的「610」、政法委系統迫害法輪功這十多年犯下的反人類殺人罪證。證據都在中共高層掌握之中，因事態嚴重，大多數中共高層官員不願為江氏集團背黑鍋。這也是周永康最恐懼的事情，周永康極力掩蓋的罪行，就是政法委治下中國各地勞教所犯下的活摘器官殺人網罪惡，其利益巨大，黑幕驚人。

周永康重要黨羽揭秘

第六章

祕書幫

冀文林　李華林　郭永祥　沈定成

中紀委調查中共高官，經常從祕書查起。周永康的「祕書幫」被一網打盡，收網周永康已呼之欲出。（大紀元合成圖）

第一節

李崇禧、孔濤被抓
「沒有誰不能動」

李崇禧曾是周永康心腹大祕，被指在四川省紀委書記任上與劉漢在四川收購礦區有關。（新紀元資料室）

　　馬年新年伊始，周永康「四川幫」要角李崇禧在受調查五天後被迅速撤職，同一天也傳出周永康養子孔濤被捕的消息。挺習媒體適時預告「反腐無禁區」：相比 2013 年，中紀委 2014 年反腐打虎將針對更高級別的老虎，沒有誰不能打。

　　2014 年 1 月 2 日，四川省政協主席李崇禧被官方正式撤職，這離中紀委宣布調查他只有五天時間。同樣被快速撤職的還有原公安部副部長李東生，他於 2013 年 12 月 20 日被中紀委網站點名調查，25 日就被正式撤職，前後也只有五天。人們從中似乎感受到了時間的緊迫。

李崇禧知道很多周永康内幕

李崇禧是中共 18 大以來第三個正部級落馬高官，前兩個是：前中石油董事長蔣潔敏，「610」辦公室主任李東生，這三人分別是江澤民心腹周永康在「四川幫」、「石油幫」、「政法幫」的最高級馬仔。

李崇禧也是第三個在四川落馬的周永康親信，前兩個是 2012 年 12 月被查的四川省委副書記李春城，和 2013 年 6 月 23 日落馬的周永康「心腹大祕」、前四川省常務副省長、四川省文聯副主席郭永祥。

儘管周永康在四川待了不到三年，但 1999 年到 2002 年擔任四川省委書記期間，周永康買官賣官，扶持了大批親信嘍囉，結成了「四川幫」。2000 年 8 月，李崇禧擔任四川省委祕書長、辦公室廳主任，做了周永康的直接助手，在周升任政治局委員之前幾個月，周又將李提拔為四川省委副書記，2013 年 1 月，李又升為四川省政協主席。

其間，郭永祥在 2001 年 1 月至 2002 年 5 月擔任四川省委副祕書長，當時正祕書長是李崇禧。2002 年 5 月，郭永祥接任李崇禧，當了正職。由此可見，李崇禧的落馬，可能與郭永祥被抓後的檢舉揭發有關，而且他們兩人都知道很多周永康在四川的貪腐内幕。

據說四川官場早就流傳李崇禧被查的事，還聽說李崇禧被限制出境。不過，那以後人們還是經常看到李崇禧在媒體露面。也就是說，王岐山打虎是破了常規的，放長線釣大魚，一個貪官今天還在台上講話，說不定明天就被抓捕撤職了。

翻開李崇禧的簡歷，1951 年 1 月出生在四川簡陽，1972 年後他曾在四川省製藥廠當工人，1978 年考上四川財經學院，1982 年大學畢業後進入四川省紀委，幹了 10 多年紀檢工作後，1995 年他出任甘孜藏族自治州委副書記，第二年轉任阿壩州委書記。隨後他轉回四川擔任省委祕書長，成為了周永康的下屬。

一個長期抓貪官搞紀檢的人，最後自己卻成了貪腐分子，而且成了周永康這個大貪官的抓錢助手，據說周永康貪腐近千億人民幣，這無疑是中共所謂反腐體制的笑話。

李長春也被捲入周永康案

2014 年新年前後，在周永康的心腹李東生落馬之後，海外媒體報導說，李東生既是周永康在公安部扶持的親信，同時也是李長春當年在中央電視台的親信，李東生不但涉及周永康，也把李長春捲進來了。

消息說，過去十多年來，中共公安、國安、宣傳部門，被前政治局常委周永康、李長春所控制，以維穩、宣傳的名義，專門製造「敵對勢力」、製造混亂。李長春建立了一個揮霍無度、根本沒有宣傳效果的、假大空的「大外宣」，卻肥了李長春的家族和親信；周永康則全國點火，故意製造事端，惡化社會矛盾，為的是擴大自己的隊伍，增加維穩經費。這一文一武的折騰，把中國百姓害苦了。

2007 年李東生被調往公安部擔任副部長之前，在央視工作了 20 多年，直接受李長春的管轄。李東生昧著良心往上爬的過程中，也對李長春搞了很多行賄活動。

　　據知情人透露，為了配合周永康集團的政變，李東生動用自己控制的冒牌海外媒體、軍隊和公安的黑勢力，用輿論和技術手段攻擊海外敢講真話的媒體。據說李東生是攻擊活動的直接指揮者，為他提供經費支援的商人之一是周永康家族財務管家、「白手套」吳兵。

周永康養子孔濤被捕

　　2014 年 1 月 2 日，海外媒體引述消息人士的話說，周永康的養子、國安部高官、北京亞洲酒店的董事長孔濤，已於 2013 年 12 月 29 日在北京被捕。不過此消息還沒有被其他管道證實。

　　孔濤是遼寧盤錦人。1980 年代他就在盤錦認識了王立軍和周永康。周永康 1970 年從大慶油田調到遼寧後一路高升，1983 年任遼河石油勘探局局長、黨委副書記的同時，還兼任盤錦市委副書記、市長。在地方工作期間，周永康認識了「打黑英雄」王立軍。

　　北京消息人士說，王立軍、孔濤交往 20 多年，關係密切。他們與周永康一起做了很多交易，王立軍由此掌握了多年來周永康及兒子、太太與兩個祕書余剛、談洪，通過孔濤聯手貪污腐敗達幾十億元人民幣的大量材料。這些材料被王立軍分批轉到國外，其中一部分交給了美國駐成都總領事館。

　　據說王立軍逃進成都美領館後，去把他接出領館的，除了國安部副部長丘進，當時同行的還有孔濤。

　　如今孔濤被抓，說明周永康被抓的可能性又上了一個新台階，而且未來審判周永康時，王立軍會是周永康貪腐罪、政變罪的主要證人。

「第二央視」鳳凰網：沒有誰不能動

2014 年 1 月 1 日，被稱為「第二央視」的香港鳳凰網首頁頭條推薦視頻位置，刊登了兩篇為中南海拿下更高級別的「大老虎」造勢的報導。一篇為《美俄曝中共盯上「大老虎」：沒有誰不能動》，另外一篇則是《1 月份或會有大動作》。文章稱，相比 2013 年，中紀委 2014 年反腐打虎將針對更高級別的老虎，沒有誰不能打。

此前《新紀元》報導了鳳凰衛視的背景。該台是由中共控股，屬於中共「大統戰格局」下的媒體，具體掌控在具有「太子黨的精神領袖」之稱的葉選寧手中。2012 年 18 大前夕習近平「背傷」神隱之後，鳳凰衛視突然出現大量挺習宣傳，全面倒向習近平陣營。

2014 年 1 月 1 日，鳳凰網還引述香港時事評論員何亮亮的分析稱，從 18 大到現在，有一個態勢是非常明顯的：「反腐無禁區」。

不僅香港媒體如此樂觀，大陸媒體也公開表態。2014 年 1 月 2 日，中共黨喉《廉政瞭望》發表《打虎記》的封面文章，總結 2013 年落馬的高官。封面照片依次是：薄熙來、李東生、蔣潔敏、季建業，這四個均是江澤民集團的重臣。

中共 18 大後，現任當權者不斷升級「反腐」，中共中央政治局還通過了未來五年反腐規劃，破除了「刑不上常委」的舊規。2013 年 12 月 30 日的中共政治局會議，再次強調了「習八條」和「打虎」，並稱堅持「老虎」、「蒼蠅」一起打，「毫不手軟懲治腐敗，形成震懾」，將「反腐敗鬥爭引向深入」。

　　據統計，在 2014 年 1 月初，反腐共有 19 名省部級高官落馬，他們分別是衣俊卿、劉鐵男、倪發科、李春城、郭永祥、王素毅、李達球、王永春、蔣潔敏、季建業、廖少華、陳柏槐、郭有明、陳安眾、付曉光、童名謙、李東生、楊剛、李崇禧。

誰也不該為江澤民背黑鍋

　　中國問題研究人士章天亮分析，從王立軍事件後，習近平就狠狠砍了江澤民四板斧——審判薄熙來、停止勞教、成立國安委、雙規李東生。這四板斧可謂招招致命。審判薄熙來，斷了江系的接班香火；停止勞教，沒收了江系鎮壓法輪功最得心應手的武器；成立國安委、收回江系的權力並廢了江系的武功；抓捕「610 辦公室」主任李東生，則向外界釋放了習近平與江系切割的信號。

　　他表示：「鎮壓法輪功所動員的國家和社會資源超過了一場戰爭，不但軍隊、財政、外交、宣傳、文化、衛生等部門深深介入，就連正常國家運作中無需投入戰爭的公、檢、法、司、民政部門也深深介入。這讓中共當權者不堪重負。不但在經濟上難以為繼，在道義上也面臨著四面楚歌，因此稍有正常智商和道德的人，都不願意也不應該繼續背這個黑鍋。」

　　由此可以預見，北京當權者必定會把打虎戰役進行到底，把江澤民這隻虎年出生的大老虎打垮，否則，軟弱的打虎者只會被老虎吃掉。

第二節

李崇禧割了 20 萬人的闌尾

早在1999年，朱鎔基（左）就針對周永康（右）涉案的國際勞務輸出的20萬四川農民工遭強制割除闌尾和濫收費事件進行調查，卻被周永康擺平。（AFP）

2013 年 12 月 29 日，四川省政協主席、原周永康的祕書李崇禧被調查，這是 2012 年以來繼李春城、郭永祥之後，四川第三位省級官員落馬，也是周永康的「四川幫」被當局再次清除。隨著李崇禧的落馬，牽出了十多年前發生在四川的一起驚天大案。

在成都的中國天網人權事務中心負責人黃琦 12 月 31 日對美國之音表示，周永康在四川培植了一大批跟他關係密切的達官政要，李崇禧只是其中之一。

周永康直涉 20 萬農民工遭切闌尾案

黃琦指出，李崇禧是周永康一手提拔起來的，而周永康直接捲入了 1999 年參加國際勞務輸出的數萬四川農民工遭強制割除闌尾和濫收費事件。

　　黃琦說：「李崇禧是接任了前任四川省紀委書記沈國俊的職務。在周永康當政四川期間，他在四川的一個重大案件，就是當時四川風起雲湧地揭露了 20 萬農民強制切除闌尾的案件。這個案件最終是朱鎔基派了國安部長、公安部長、勞動部長等七部委的頭兒，組成調查組來四川調查。調查過程中，就是周永康和沈國俊以及現任中紀委副書記陳文清，當時（陳文清）擔任四川省國家安全廳廳長。他們一起共同把這個事打壓下去。然後 2002 年 7 月左右，周永康就在中央電視台《新聞聯播》前面用了七分鐘時間談四川的所謂勞務輸出重大成果。」

20 萬農民工 100 多億保險費 被四川政府黑吃

　　四川成都市的維權網站「六四天網」負責人黃琦就因此事而被四川當局於 2000 年 6 月被捕，到 2003 年 5 月 9 日，成都市中級法院才以「煽動顛覆國家政權罪」判其有期徒刑五年，2005 年 6 月 4 日才刑滿釋放。

　　2006 年 9 月 9 日，中央社就此事採訪黃琦，黃琦稱，該事件當中有一個最大的關鍵，海外的勞務公司給予大陸每一個出國勞工每年每個月 200 美元的人身保險金，而各地的勞務公司在政府部門組織下，把 200 美元的保險金吃掉了，沒有為農民安置保險。

　　同時，還向他們每人取 500 多元、700 多元的切除闌尾手術費；而醫院實際每人收取 250 至 300 元，每個都要吃掉幾百塊錢的切除盲腸費。

　　還有一個最大的關鍵是，按照當時國際勞工的有關規定，每一個勞工的月收入不低於 400 美元，而他們從全國範圍十個省區

的全部調查來看，沒有超過 130 美元。按照政府部門有關法律法規，勞務公司能夠合法收取的費用是每個勞工每個月 50 美元，實際上他們吃掉了每個勞工每月 220 美元。

據得到內部準確的消息，當時是 20 多萬農民出國，統一切除了闌尾不說，每人每一年要被他們吃掉兩萬塊錢。平均下來，他們出國打工的時間不少於三年，那麼每個人就要少了六萬，共 100 多億被政府黑吃。

後來，天網曝光了該事件，包括大陸、台灣、香港，所有媒體都在大幅度報導。最終《人民日報》駐四川辦事處主任劉裕國採訪了天網，以《內參》的形式寫給時任中共總理的朱鎔基，朱看了之後勃然大怒，馬上派國安部長、公安部長、勞動部長等七部委的頭兒，組成調查組來四川調查。

奇怪的是，總理派的調查組剛從北京出發，北京給天網打電話要他們準備接待工作。但等了兩天沒有任何消息，事後才知道調查組一下飛機就被國家安全廳接走了。整個過程中有很多反覆。

同時 2000 年 4 月，朱鎔基在中央電視台七點鐘報導稱：「侵犯人權的事，一經發現，絕不手軟。」然而朱鎔基的這個談話遭到全國媒體統一封殺。

李崇禧案涉劉漢案

2013 年 12 月 29 日，李崇禧落馬時有陸媒透露說，他的落馬很可能與其在四川省紀委書記任上擔任「礦業秩序整治督導組」組長涉及礦業重整併購有關。知情人士透露，涼山州政府收購私

人礦山進行拍賣，四川礦業大佬劉漢成為最大贏家，涼山州多數礦產流入劉漢的漢龍集團和堂兄劉滄龍的宏達集團。

李崇禧曾是周永康大祕，在周任職四川省委書記期間一路高升，惟命是從，俯首貼耳。在一系列迫害法輪功學員事件中，李崇禧的阿壩州迫害經驗受到周永康的肯定後在全省推廣，李崇禧也因迫害中罪惡累累得到周永康賞識而納入其派系之中，2000 年 12 月，李崇禧升任中共四川省委祕書長、辦公廳主任、省直機關工委書記（後又升任省委副書記、紀委書記、政協主席等職務）。

據悉，李崇禧是周永康在四川任職時官階最高的祕書，追隨周永康多年，周永康派系內主要大員都與之有密切關係，在周永康派系的構成圖中，李崇禧處於核心地位。

四川一副市長被抓 與李崇禧情婦關係密切

2014 年 3 月，中共官方公布四川南充市副市長鄒平被調查。鄒平與此前被查的原南充市蓬安縣委書記袁菱曾共事五年，當地官場早有傳聞，兩人「關係密切」。而袁菱被傳出與已落馬的四川省政協主席李崇禧有染。

至今周永康案尚未擺上檯面，而周永康的「四川幫」核心成員先後被拿下，並引發四川官場大地震餘震持續，接近萬名官員被查。

2014 年 3 月 17 日晚，四川省紀委監察廳對外通報，南充市副市長鄒平涉嫌嚴重違紀正被調查。

數位知情者對《21 世紀經濟報導》記者介紹，鄒平案發，與 2013 年 9 月落馬的南充市蓬安縣女縣委書記袁菱案有關。鄒、袁

二人曾在蓬安縣「搭班」五年，當地官場早有傳聞稱，兩人「關係密切」。而袁菱一案，涉案金額據稱高達 9000 多萬元。

鄒平，南充師範學院中文系畢業後，進入仕途並步步高升。在任南充市副市長前，鄒平曾在蓬安縣歷任縣委副書記、代縣長、縣長、縣委書記以及縣人大常委會主任等要職。共任職九年。

2006 年至 2011 年期間，袁菱一直是鄒平的副手。此後，鄒平升任南充市副市長一職，袁菱則在鄒平升職之後，接任了蓬安縣委書記之職。

2013 年 9 月，四川省紀委監察廳通報，袁菱涉嫌嚴重違紀正被調查，隨後被免職。

接近案情的人士透露，袁菱在任職蓬安期間，涉嫌通過直接收取賄賂，幫助親友承包延攬工程，在私人公司或項目中「占乾股」等手段，大肆牟取個人私利，涉案金額高達 9000 多萬元。

女縣委書記被傳與李崇禧有染

2013 年 12 月 29 日，中共中紀委網站發布消息稱，四川省政協主席李崇禧涉嫌嚴重違紀被調查。他成為繼李春城、郭永祥之後，四川省被拿下的第三名高官。李崇禧在周永康派系中處於核心地位。

第二天，新華網博客發文《李崇禧何止與女縣委書記關係密切？》揭祕李崇禧是一個牽涉人數多、牽涉數額十分驚人的「貪腐集團」的代表。

隨著李崇禧的落馬，與他「關係密切」大小官員也隨之浮出水面。其中之一就是南充市蓬安縣原女縣委書記袁菱。

　　文章說，李崇禧與袁菱私交好、關係密切。2002 年，袁菱任西充縣委副書記、紀委書記期間，李崇禧擔任四川省紀委書記。他們曾是上下級關係。

　　當時，四川在線引述一位熟悉四川政界的人士報導，袁菱落馬後，李崇禧要被調查的消息就在四川官場流傳。有消息人士透露稱，袁菱與李崇禧關係非同一般，外界更是稱其為李崇禧情婦。

　　蕪湖市政協常委也是知名網民周蓬安在微博發微評調侃：看樣子，縣委書記袁菱不簡單啊，能上和正部級李崇禧搞，也能下和縣長搞，可謂能屈能伸啊。網民也紛紛嘲諷，中共官員得「左右逢源」，當官不易！

第三節

冀文林落馬
周永康四大祕書全被抓

冀文林的倒台是瞄準周永康陣營
的另一行動。（大紀元合成圖）

　　2014 年 2 月 18 日中紀委監查部發布消息，海南省副省長冀文林涉嫌嚴重違紀違法，目前正接受組織調查。至此，周永康四個重要大祕書先後落馬，毫無疑問正昭示著打周永康這隻「大老虎」的網又收緊了一些。

　　2014 年 2 月 22 日，大陸各大新聞網站報導了中石油國際事業有限公司（「中油國際」）黨委書記沈定成目前已處於「失去聯繫」狀態。文章暗示，沈定成跟李華林、郭永祥、冀文林有相同之處，即均擔任過某卸任高層不同時期的祕書。而報導中的「某卸任高層」及「某領導」，就是指前政法委書記周永康。

　　此前四天，海外風傳已久的周永康大祕冀文林案才終於有了

下文。2月18日傍晚，中紀委監查部網站發布消息稱：「海南省副省長冀文林涉嫌嚴重違紀違法，目前正接受組織調查。」

《新京報》直接點名周永康

中紀委簡訊出來後，很多大陸媒體先後跟進報導了此消息，但都沒有直接點周永康名字。只是財新網、搜狐報導比其他媒體隱晦的提法更進一步。財新報導稱：「今年48歲的冀文林是『18大』後落馬的第18名副部級以上官員，值得注意的是，冀文林與此前於2013年6月落馬的原四川省副省長郭永祥和2013年8月落馬的原中國石油天然氣集團公司副總經理李華林，曾在不同階段擔任過同一位前政治局常委的祕書之職。」

而搜狐財經則是用《「高層大祕」冀文林》做標題，更拓展外界的想像力。並且在內文中用「他」替代了周永康，點明冀文林一路跟隨周永康鞍前馬後。報導說：冀文林和郭永祥、李華林一樣，都曾在不同階段擔任過同一位高層的祕書之職，而冀文林在三人中是追隨他最久的。從國土資源部辦公廳值班室助理調研員、部長祕書到四川省委常委辦公室副主任、正處級祕書再到公安部辦公廳副主任、中央維護穩定工作領導小組辦公室副主任、正局級祕書，一路鞍前馬後。

第二天凌晨，《新京報》的報導和官方微博則直接點出了周永康的名字，報導中還透露，據四川政界與冀文林有過接觸的官員表示，「冀調任時只有34歲，卻很『矯情』，不把大家放在眼裡，說話常用『命令式』口氣，讓大家聽了不舒服。」

四大祕書全落馬 打虎大網再收緊

在受周永康器重並在其提拔下一路高升的四個大祕中，冀文林是最後落馬的一個。前三個分別是原四川省文聯主席郭永祥、原中石油股份副總裁李華林和四川省政協主席李崇禧。郭永祥是在 2013 年 6 月底、李華林是在 10 月份，李崇禧則是在 12 月底分別被拿下。他們的共同之處是：

一、四人都是因緊緊追隨周永康而獲得提拔。

二、四人因為這種特殊的身分，彼此有了交集。據大陸《中國經營報》2013 年 10 月 19 日刊登的文章《原中石油股份副總裁李華林編織龐大人際關係網》中披露，李華林的祕書身分，為其後來的發展形成了一個圈層，他與「同樣擔任過高層祕書的原四川省委常委、祕書長郭永祥、海南省副省長冀文林頗有交集」。而李崇禧與郭永祥在四川產生交集，也不足為怪。

比如 2011 年 2 月，就在冀文林被任命為海口市市長後不久，他跟李華林簽署了價值 2.5 億元的合同，李華林當時是中石油子公司昆侖能源負責人。《21 世紀經濟報導》還把中石油前董事長蔣潔敏捲入其中。據說冀文林是先和蔣潔敏會面後，才確定了合同。目前，海口市政府已和昆侖能源共同建立了一家巴士公司，市政府還同意全力支援能源公司在市裡設立 55 個石油站，昆侖將協助建立中石油的海口總部。

三、因為四人都仰賴周永康的提攜，所以也分別充當了周家在四川、中石油、公安系統攫取利益的馬仔和幫凶。

如李華林利用人脈，讓周永康高考成績很糟糕的兒子周濱（又名周斌），進入了位於四川南充的西南石油學院，其後周濱

還去了美國休斯頓，當時的李華林正在擔任休斯頓辦事處副主任。再如對於周永康和其家族在四川的貪腐行為和普通民眾的舉報，身為紀委書記的李崇禧卻裝聾作啞。

而對於周濱利用周永康的影響力大肆賣官，並一再介入司法案件，收取巨額金錢後為犯事的人減刑、或調包死囚犯來獲取巨利，甚至用祕密關押的法輪功學員頂替死囚犯被執行死刑，而在執行時還把法輪功學員押到做器官移植手術的地點，將其活摘器官後活活疼死的罪惡，身為公安部辦公廳副主任的冀文林不會不知曉一二。

四、因為四人在周永康貪腐鏈條上分別占據重要一環，其貪腐所得也不在少數。網路上有消息稱，冀文林以日後提拔為名，大搞女部下，包養情婦 13 名，囊括女主持人、女記者、女大學生等各行業美女。情婦爭風吃醋舉報：冀貪污 9 個億，名下有 78 套房，三個老婆生有 14 個小孩，已全移民美國。

五、四人是成也周永康，敗也周永康。

按照不久前中共中紀委公布的打虎路線圖所言，即在「瞄準」某高官之前，先在其外圍布局，從其「身邊人」或「朋友圈」入手調查。只有在外圍深挖，從多個「陣線」搞清楚了低階官員的關聯案件，獲得相對確鑿的證據和關聯案情後，才會慢慢合攏、收網，對準「大老虎」。

傳周永康內部講話「幹就幹了，不要寫日記」

2014 年 3 月周永康案仍未水落石出之際，網路上瘋傳周永康在一次內部會議上的講話，教唆地方官員如何「悶聲發大財」，

他聲稱自己從來不寫日記，這是「血的教訓」，「幹就幹了，不要寫日記」。告訴官員：「有幾個二奶都沒有關係，但別什麼都對她說。」

據說，這是周永康在某次九省區市片會上的一段講話。他以江澤民的家訓告訴地方官員要「悶聲發大財」，他稱：「告訴大家一個千真萬確的真理，形象工程，都是摘烏紗帽的禍根，那些勞民傷財的玩意兒，擺在哪裡你都不能不承認。所以，一定要記住，下基層不要穿 6000 元以上的皮鞋，不要戴幾十、幾百萬元的手錶。」

此段講話引發網路熱議：「這位書記，不但自腐還在教唆群腐！」、「證明周從來就未想過黨的存亡、國之興衰，民之疾苦，只想一心發大財。」

2000 年 10 月 27 日，香港記者張寶華在中南海問江澤民關於董建華在 2002 年香港特首選舉中是否已經「欽定」，江澤民怒斥香港記者簡單、幼稚，並不失時機的「教導」他們：「中國人有一句話叫『悶聲發大財』，我就什麼話也不用說了，這是最好的⋯⋯」此後，「悶聲發大財」成為嘲諷貪官的一個熱詞。

2013 年 8 月薄熙來案庭審結束之後，周永康被指成為薄案的第二季主角，伴隨著其石油幫、四川幫內的高官紛紛落馬，周永康及其家族的巨額貪腐內幕浮出水面。

《大紀元》曾報導，周永康家族有兩大金庫，一是國資委主任蔣潔敏與周永康前祕書李華林搭檔，成為周的大金庫；另一個金庫在四川，是由李春城與周永康的另一個祕書郭永祥聯手。兩大金庫將周家變成了中國真正的首富家族，周永康父子貪污近千億元的財富。

蔣潔敏跟隨周多年，主管中石油後，更是利用職權討好周永康。中石油收購海外油氣田、向海外採購油氣田設備的項目，蔣潔敏想辦法讓中石油暗中加價多付，令周氏家族大賺一筆。透過這種方式，蔣潔敏向周永康家族輸送了上百億美元的利益，周家把鉅款全部洗到瑞士銀行，逃避美國監管。

另外，薄熙來執政重慶時，周濱參與了一個 400 億的項目，從中獲利 100 億。他在薄熙來的幫助下積累了 200 億元人民幣（31 億美元）的財富。

有消息稱，周濱不僅在國外有一堆的銀行帳戶，還在北京擁有 18 處房地產，其中一處價值高達 2500 萬歐元，東、北、西部郊區都有宮殿式的建築，其中一處不裝修的價值是 2 億人民幣。

周永康有「百雞王」之稱

據悉，周永康長期接受薄熙來提供的女人，包括歌手、女演員以及大學女生。周永康光是在北京，就有六處「行宮」可以淫樂。知情者稱，周早期從事石油工作時，便因性好淫樂被外人譏為「百雞王」。

《大紀元》曾報導，被中共官方吹捧為「中國時尚民歌天后」的湯燦是薄熙來和中共政法委書記周永康二人「共用的情婦」，是捲入周永康、薄熙來政變的核心人物。湯燦透過賣身監督中共高層，為薄熙來和周永康收集高層情報和「打通」要害關節。自 2011 年底湯燦就沒了蹤影，有傳她已被判刑。

周永康罪惡驚人 涉政變與活摘

周永康涉嫌貪腐的金額高達數千億元，他的更大罪行則是政變謀殺，以及活摘法輪功學員器官。

有「維穩沙皇」之稱的周永康以政治局常委身分掌管中共公、檢、法、國安和武警系統長達 10 年之久，親掌 200 萬武警，7000 億維穩經費，其權勢橫跨公檢法、司法、情報、媒體、民政、國企、軍隊等，權勢之大被稱為「第二權力中央」。

王立軍事件之後，周永康與薄熙來聯手發動政變的陰謀曝光。該政變是由江澤民主導，曾慶紅主謀，由周永康實施，在中共「18 大」期間將薄熙來推上政法委書記之位，然後利用其掌控的軍隊、武器等發動政變，將習近平趕下台。但這一計畫因王立軍出逃而全盤崩潰。

另外，周永康最大的罪行是活摘法輪功學員器官。《大紀元》曾報導，周永康的兒子周濱因其父的權勢與影響力，專門從事賣官、減刑、調包死囚犯來獲取巨利，周永康父子曾一度用被關押的法輪功學員頂替死囚犯被執行死刑，在行刑時器官被活摘，法輪功學員被活活疼死，而死囚犯被洗白後再回社會。

周永康策劃的一系列政變、暗殺等行動，目的就是為掩蓋政法委治下中國各地勞教所犯下的活摘器官殺人網罪惡。

由於全球一億法輪功學員 15 年來堅持不懈地曝光真相，中共罪惡尤其是活體摘取法輪功學員器官的反人類罪行在全球範圍廣泛曝光，中共許多高層官員也看到中共末日不遠，都不願意、也不敢替江澤民背黑鍋。

　　《大紀元》獲悉，江澤民、周永康所犯下的反人類殺人罪證都在中共高層掌握之中，因事態嚴重，命案太大，涉及到中共政權垮台，中南海面臨的難度是如何定罪周永康。

周永康重要黨羽揭秘

第七章

遼寧幫

周永康在遼寧的兩爪牙：遼寧省原公安廳長、省政協副主席李文喜及瀋陽市檢察院檢察長張東陽 2014 年伊始相繼被抓。（大紀元合成圖）

第一節

王立軍送周永康 260 輛走私車

被視為薄熙來鐵桿馬仔的王立軍，在遼寧省鐵法縣和鐵嶺市擔任公安局長期間，就與時任公安部長的周永康關係密切，王曾一次性送周 260 輛走私車。（Getty Images）

王立軍「打黑」打到周永康老巢

1970 年周永康從油田技術員起家，一直做到盤錦市市長，在盤錦連續幹了 15 年。曾有媒體報導說，2002 年秋，身為鐵嶺市公安局長的王立軍負責盤錦「打黑」，不經意地打到了周永康的老巢。

據知情人回憶：黑社會的頭目們為了保命，紛紛供出自己幕後的老闆，其中有兩個老闆的父親，據說曾經是周永康在盤錦的老上級，還有一個版本稱，周永康的妻妹也參與了他們兒子的生意。

知情人說，兩位老上級星夜驅車直奔北京周永康的宅邸，向周永康求救。當時，周永康命令王立軍，親自進京向自己匯報整個盤錦的打黑情況。王立軍得以單獨與周永康會面，周永康要求王立軍停止在盤錦的進一步行動。這樣，在周永康的直接干預下，

盤錦打黑「適時」終止。

此後，王立軍利用各種機會向周永康表示了自己的「忠心」，包括逢年過節拜訪、參與周永康的家庭聚會，與周永康的乾兒子——亞洲大酒店總經理孔濤，就是那時開始相識並相熟的。

知情人士指出，「王立軍擔任鐵嶺、錦州擔任公安局長時，最喜歡打擊走私車。有一次，王立軍打下一起走私進口轎車大案，共有 520 輛，主要是寶馬、賓士等豪華車，王立軍一下子就送給周永康 260 輛，可見，兩人的關係非同一般。」

周永康簽字調王任重慶市公安局長

薄熙來入主重慶後，2008 年，王立軍由錦州市公安局長調任重慶市公安局擔任常務副局長、局長，都由周永康簽字通過。

有港媒報導，2009 年，周永康更給薄熙來打私人電話，對王立軍的仕途做出安排，談妥王將在三年內升三級。

知情人士對《薄熙來事件謎局》一書作者分析說，「周永康也是王立軍調到重慶擔任公安局長的幕後推手之一。加上兩人之間的諸多利益關係，這也是王立軍出事後，周永康要保王保薄的主要原因。」

知情人士還透露，中共中央對周永康的祕密調查仍在進行中。

傳周永康、薄熙來淫亂錄像被王立軍交給美國領館

海外博訊網據知情人士透露，王立軍交給美國領館的錄像資料中，有薄熙來和周永康同女孩淫亂的內容，這些女孩是徐明安

排的。錄像中還有周、薄兩人討論如何推翻習近平以及如何應對其他政治局常委。

周永康長期接受薄熙來和王立軍提供的美女，有 28 名已經確認。她們有歌手、女演員、以及中央民族大學等學校的女生。為方便淫樂，周永康有六處「行宮」。其中一名著名歌星，薄熙來與之淫亂後，送給周共用。

傳文強死前與王立軍交易 供出周永康

2010 年 7 月 6 日，就在重慶原公安局副局長、重慶原司法局局長文強被執行死刑前一天，重慶市副市長、公安局局長王立軍來到自己抓捕的文強的監室，與他密談近一個小時。有消息透露，文強或把他知道的周永康等人的黑幕告訴了王立軍。

7 月 6 日 15 時 45 分，時任重慶市公安局局長王立軍來到監室會見了自己抓捕的重慶原公安局副局長、重慶原司法局局長文強，兩人密談近一小時後，即 16 時 35 分王立軍才離去。

原香港《文匯報》記者姜維平根據《中國青年報》關於文強死前最後幾天的消息撰文稱，記者用「一些材料」，而不用「幾頁」材料這個量詞，說明文強已經寫出了許多檢舉揭發某高官的東西，這些文字是最有價值的，也是最真實的，據他所知，很多貪官在臨死前，均向執行死刑的法警高喊：我要立功表現！於是，警察必須暫停執行，拉回核實，有一些人因此撿了條小命！

姜維平稱，王立軍與文強談了近一個小時，王立軍一定是利用文強的兒子做籌碼，與其討價還價的，他知道文強最心疼兒子，薄熙來也最怕文強兒子誓言報仇，故先違法抓捕了他兒子做人

質，而且不到節骨眼不放，此時派王立軍來向文強攤牌，放掉你兒子，並讓你見他一面，但你臨死前必須閉嘴，把你知道的東西埋在肚子裡，否則，你兒子將以「毀滅證據罪」判刑！於是，文強轉變了強硬的態度，「之後，文強情緒較好。晚飯吃了三個蒸蛋，餐後還吃了梨……」

《新紀元》2012 年 7 月 2 日曾報導，據知情人透露，文強一審得知被判死刑後，為保命，一度想「咬」出周永康的罪行，以求得重大立功的認可。報導稱，不排除文強把他知道的周永康之流的黑幕告訴了王立軍，以便今後有機會給自己翻案，這樣對於文強的兒子和家人也是留下了一個希望。

王立軍在生命受到薄熙來威脅時，他沒有去找自己的頂頭上司、中共政治局常委、政法委書記周永康，周永康還親口給王立軍許諾，將來將任命他為公安部副部長，兩年後轉成正部長，憑藉王立軍跟周永康在鐵嶺時的老交情，為什麼他沒有去找周永康，而是走進了美國領事館？外界大多猜測，文強很可能把一些祕密告訴了王立軍。

文強掌握周永康家族犯罪祕密

當一提到文強時，人們就會想他是賀國強的人馬。少為人知的是，他是原公安部部長周永康在任時提拔重用的「明日之星」，都得到周永康等中共最高權力人物的直接栽培和扶持。

從 1999 年到 2002 年，周永康任四川省委書記期間，文強在重慶任公安局副局長（從 1992 年到 2008 年），文強在周的手下為官，兩人關係熟稔。而且文強也掌握了不少周永康及其兒子周

濱在四川胡作非為、特別是經濟犯罪的證據。當年文強張狂地宣稱「誰也動不了我文強！」時，正是周永康主政公安部期間。

2002 年周永康擔任中共政治局委員、並任中共中央政法委員會副書記、公安部部長。在周擔任公安部部長期間，文強得到很多公安部的一等功獎勵，都是周永康批准的。

據重慶方面的知情人士透露，文強 1600 萬的受賄金額，其中有 1000 多萬是 2003 年到 2006 年弄到手的，這個時段恰好在周永康任公安部長期間。

第二節

遼寧李文喜、張陽落網

　　2014 年 2 月 11 日，就在中共中紀委公開通報十起政法幹警違紀違法典型案件的同時，海外有消息稱，周永康在遼寧的主要馬仔、遼寧省原公安廳長、省政協副主席李文喜，過年前已被中紀委雙規，並被直接帶到北京受審。

　　類似情況一年前出現在武漢。2012 年 12 月 13 日（也有消息稱 2013 年 1 月 1 日後），周永康心腹、政法委書記、原湖北省人大常委會副主任吳永文，同樣被祕密逮捕並帶往北京接受審查。按中共慣例，被押往北京接受審查的案件都非同尋常，通常背後有大後台的落馬官員才會被押送北京受審。而李文喜、吳永文的後台均指向周永康。

　　而此前不久，與周永康案有關的「外圍馬仔」——李春城的「大管家」、四川成都錦江區公安分局原局長吳濤被宣布判處 12 年 6 個月刑期。

周永康在遼寧政法委的重要馬仔

周永康從 1970 年至 1985 年間曾在遼河油田工作 15 年，然後在遼寧盤錦開始起從政之路。而生於遼寧省本溪縣的李文喜，在 2000 年之前均在本溪市工作，主攻公安、政法系統。兩人在這段時間結成了利益同盟。

有消息說，周永康曾壓制過不少針對李文喜的舉報。2011 年5 月，遼瀋地區約有近百名幹警通過匿名方式向中共中央政治局、中紀委舉報李文喜在任遼寧省公安廳長期間，「動用非法手段使遼寧省委省政府及各市公安局長等多名政敵深陷竊聽門、搶掠礦山資源、私設家族武裝、貪贓枉法、非法拘禁、刑訊逼供、鎮壓群眾、濫殺無辜等令人恐怖震驚毛骨悚然的黑惡犯罪事實，其野蠻行徑殘暴手段足令舉世驚駭。」由於周永康的保護，李文喜不僅沒有遭到調查，舉報人反而遭到各種打擊報復。

據《新紀元》調查，李文喜與周永康另一主要「共同點」是，兩人都因為積極鎮壓法輪功，而被「追查迫害法輪功國際組織」在多個通告中列作「追查涉案主要責任人」，此外，原中共遼寧省委副書記、遼寧省省長薄熙來；中共遼寧省委副書記、江澤民外甥夏德仁等也同時「榜上有名」。

比如，李文喜是「追查國際」追查毀容虐殺法輪功學員高蓉蓉的凶嫌之一。高蓉蓉曾是瀋陽市魯迅美術學院職工，因堅持修煉法輪功，被劫持至龍山勞教院。2004 年 5 月 7 日下午三時，秀美的高蓉蓉被該教養院二大隊副大隊長唐玉寶、隊長姜兆華等叫到值班室，連續電擊六至七小時，致使她的面部嚴重毀容，滿臉是傷。一年後，年僅 37 歲的高蓉蓉被迫害致死。而時任遼寧省

公安廳廳長的李文喜，是高蓉蓉致死案的主要責任人之一。

 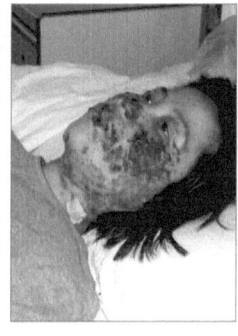

周永康在遼寧政法委重要的馬仔李文喜是「追查國際」追查毀容虐殺法輪功學員高蓉蓉的凶嫌之一。圖為高蓉蓉受迫害前後。（大紀元）

薄、李按江澤民旨意迫害法輪功

遼寧是迫害法輪功最嚴重的省份之一，這與江澤民在此大量扶持鎮壓爪牙密切相關。1999 年 7 月 20 日，江澤民不顧政治局其他人的反對，一意孤行要鎮壓法輪功，初期江的打壓政策受到各級官員的抵制。為了推行其迫害政策，同時解決關押法輪功學員的問題，1999 年 8 月 10 日至 15 日，江澤民來到遼寧。

據薄熙來最信任的司機王某某披露，江澤民非常明確地對時任大連市長的薄熙來表示：「你對待法輪功應表現強硬，才能有上升的資本。」當薄谷開來聽說這事時，馬上給薄熙來出主意，大連只有在鎮壓法輪功方面「脫穎而出」，薄熙來才能「鶴立雞群」，獲得晉升的機會。

於是，薄熙來馬上加大力度鎮壓大連的法輪功學員，與此同時，在江澤民的下令撥款下，薄熙來擴建了很多大型監獄，中國各地無處遣送的法輪功學員都被運到了大連。

大連很快成為中國迫害法輪功的「急先鋒」，各種慘無人道的惡劣事件相繼發生。據聯合國人權組織報導，2000 年 10 月，遼寧省瀋陽市馬三家勞教所的警察，將 18 位女法輪功學員扒光衣服投入男牢房，任其強姦，導致至少五人死亡、七人精神失常、餘者致殘。此事件在國際媒體曝光後引起了很大的反響。

更令人難以想像的是，薄熙來、王立軍、李文喜等人，把關押的遼寧的數百萬法輪功學員當成其升官發財的工具，最先祕密組織參與了活摘法輪功學員器官的罪行。據國際社會調查，至少四萬多名法輪功學員因活摘器官而慘死。

然而，犯下這些反人類罪行的凶手卻不斷得到江澤民、周永康的提拔和重用。薄熙來很快從大連市長變成了江澤民在「17 大」之後選定的接班人，而薄熙來、周永康在遼寧培植的黨羽李文喜，也在 2000 年後從本溪市公安提拔為遼寧省公安廳廳長、黨委書記和遼寧省省長助理等要職。

瀋陽檢察長張東陽被雙規

就在遼寧省公安廳廳長李文喜被雙規後，2 月 18 日，大陸媒體《21 世紀經濟報導》引述瀋陽市政府新聞發言人的消息證實，2014 年 1 月下旬，瀋陽市檢察院檢察長張東陽被中央紀檢部門帶走調查。

據「明慧網」報導，2014 年 1 月 16 日，在遼寧省兩會期間，正興致勃勃參加會議的瀋陽市檢察院檢察長張東陽，突然被宣布「雙規」，立即被帶離會場。

張東陽本是警察出身，在中共迫害法輪功的 1999 年，張東

陽是瀋陽市公安局刑警支隊副支隊長，2001 年張東陽任瀋陽市公安局法制處處長。法制處在當時是迫害法輪功的主要部門，負責對法輪功學員非法勞教的審批，當時瀋陽市各區縣，有大批法輪功學員被劫持到馬三家教養院、瀋新教養院、張士教養院、龍山教養院迫害。張東陽作為瀋陽市公安局法制處處長，是當時迫害的主要參與者。

張東陽欠下的四條命債

2004 年張東陽調到遼中縣任紀委書記，他利用廣播、電視、海報誣衊法輪功，召開各部門的會議，大肆非法抓捕法輪功學員。據明慧網報導，至少四名法輪功學員因張東陽而被害死。

案例一：2005 年 4 月 13 日，法輪功學員吳連鐵被遼中縣國保大隊、茨榆坨鎮派出所警察等綁架後被判刑八年，被監禁在盤錦市監獄三大隊。獄警中隊長王魁忠用老虎凳等酷刑折磨吳連鐵。2006 年 5 月 22 日，吳連鐵絕食反迫害，遭獄警野蠻灌食致死。

案例二：2006 年 2 月 16 日晚九時左右，遼中縣法輪功學員鄭守君被綁架，隨後遭到國保大隊長李偉等人的刑訊逼供，鄭守

據明慧網報導，法輪功學員吳連鐵（左）及鄭守君（右）等，至少有四名法輪功學員因張東陽而被害死。（明慧網）

君頭部被打成重傷並被判刑四年。2008 年 8 月 18 日，鄭守君的家屬突然接到瀋陽東陵監獄警察打來的電話，讓家屬到「監管醫院」見鄭守君。當家屬急忙趕到醫院時，見到的竟是鄭守君的遺體。之後，鄭守君的遺體被惡警在文官屯火葬場祕密火化。

案例三：法輪功學員邱青華，是與鄭守君同時被警察綁架的。遼中縣「610」頭子馮東昌和國保大隊長李偉對丘青華進行刑訊逼供，馮東昌將一杯熱水灌入丘青華的左耳，致使丘青華左耳失聰，感染後造成腦膜炎，神志不清，連家人都認不出來了。2008 年丘青華被非法判刑四年，在獄中遭受迫害，最後在生命垂危的情況下，監獄人員為了推卸責任，在敲詐勒索大量現金之後，2011 年 8 月將奄奄一息的丘青華拉回家中。一個多月邱青華含冤離世。

案例四：2011 年秋，法輪功學員陳國濤被遼中縣國保大隊長李偉等綁架，被祕密轉到瀋陽，進行肉體和精神上的折磨，陳國濤被折磨得精神恍惚，在回家後不到一個月的時間便含冤離世。李偉還恐嚇其他法輪功學員不許曝光此事。

證人：遼寧祕密集中營活摘器官

張東陽盤踞遼中縣長達近十年。遼中縣東北與瀋陽的于洪區毗連，而臭名昭著的迫害法輪功學員的黑窩馬三家勞教所就在于洪區。早前有媒體披露，馬三家並不歸遼寧省管，直屬中央「610 辦公室」。此外，遼中縣距離曾被曝光活摘法輪功學員器官的醫院和關押法輪功學員的地下集中營的瀋陽蘇家屯，也並不遠。

2006 年 3 月 9 日，《大紀元》發表《瀋陽集中營設焚屍爐，售法輪功學員器官》。化名皮特的大陸資深媒體人向《大紀元》

獨家披露，在遼寧瀋陽蘇家屯區有個類似法西斯的祕密集中營，關押著 6000 多名法輪功學員。這裡很多法輪功學員離奇死亡，焚屍前內臟器官都被掏空出售。

同年 3 月 17 日，第二位證人現身。《大紀元》以《主刀醫生太太揭蘇家屯器官摘取黑幕》為題，進一步點明上述集中營就設在瀋陽市蘇家屯區雪松路 49 號的遼寧省血栓病中西醫結合醫院。證人安妮的前夫曾親自摘取了 2000 例法輪功學員的眼角膜。從 2003 年開始，他開始出現精神恍惚，晚上盜汗作噩夢，床單濕透了一個人形。後來他才告訴家人，醫院大量摘取法輪功學員的腎臟、肝臟等器官，這些學員很多還是活的。叫他幹的人說：「你已經上了這條船了，殺一個人是殺，幾個人也是殺。」那時他們被告知，殘害法輪功學員不算犯罪，是幫共產黨「清理敵人」。

2006 年 3 月 31 日，《大紀元》刊登了《瀋陽軍區老軍醫指證蘇家屯集中營內幕》。這位了解中共活摘器官內幕的瀋陽軍區總後勤部下屬的一名老軍醫表示：「蘇家屯地區的醫院僅僅是全國 36 個類似集中營的一部分，但是目前的法輪功學員基本上還是在監獄、勞改營、看守所較多，只有需要的時候才大規模調動。目前全國最大的關押法輪功的地區主要是黑龍江、吉林和遼寧，僅在吉林九台地區的中國第五大法輪功集中關押地就有超過 1.4 萬人被集中關押。……在我接觸的資料中中國最大的法輪功關押地在吉林，只有代號是 672-S，關押人數超過 12 萬。」

老軍醫還透露說：「中共中央同意將法輪功作為階級敵人進行任何符合經濟發展需要的處理手段，無須上報！也就是說法輪功如同中國許多的重刑犯一樣，不再是人，而是產品原料，成為

商品。我能講的只有這些了。」

外媒聚焦：瀋陽集中營活摘器官

據法國國際廣播電台 2006 年 3 月 19 日和 20 日在對亞太及大巴黎地區的新聞節目中分別報導：有關中共在瀋陽蘇家屯遼寧血栓中西結合醫院設立集中營祕密關押法輪功學員的消息，引起世界各地人權組織的高度關注。消息說，這個祕密設立的集中營，從 2001 年開始陸續關押有 6000 名法輪功學員至今，沒有人活著出來。

2006 年 3 月 10 日，荷蘭媒體 APS 以《（中共）關押法輪功學員的集中營被曝光；獄方謀殺囚犯並摘取內臟牟利》為標題，報導了一位知情人向外界披露，瀋陽蘇家屯設「祕密集中營」關押法輪功學員，學員被迫害致死後獄警和醫生摘取並販賣他們的內臟器官以牟取暴利的駭人罪行。

這位原中共情報人員詳細講述了蘇家屯集中營裡非法「摘取」器官的罪行。他說：「如果法輪大法學員被關進蘇家屯，一進去就永遠出不來了。一個服刑者，共產黨不可能讓他們消耗糧食，那麼讓他們做什麼？他們最後都是會被殺的，他們的內臟全部會被摘取了，送至各個醫療單位去，因為現在中國買賣人的腎、肝、內臟是一個很賺錢的買賣。在死刑犯的屍體不夠用的情況下，對這些以販賣器官牟利的人來說，摘取被迫害致死的法輪功學員的器官是最容易得手的。」

文章說，二戰後，在大屠殺中承擔罪責的納粹官員在紐倫堡審判中受到了應有的懲罰。自從 1946 年審判結束以後，世界各國人民都有一個共同的願望，希望人類歷史上再也不會出現奧斯

維辛（Auschwitz）、布亨瓦特（Buchenwald）和達豪（Dachau）這樣的集中營。然而事與願違，就在此時此刻，中國國內就有一個極其類似的恐怖機構正在運作。

周案升級 政法系統大震盪

自從薄熙來案爆發後，中紀委一直把周永康案當成二號專案加緊查處。人們發現，早期官方透露的周永康罪行，無論是「四川幫」還是「石油幫」，主要集中在經濟貪腐上，據說周永康家族貪腐上千億，是目前中共反貪歷史上貪腐金額最大的。然而自從 2013 年 12 月底以來，周永康案已經出現轉折，更多跡象表示，周永康在政法委的罪行，是和迫害法輪功、活摘器官等罪行密切相關。

李東生被拋出時，官方罕見強調其隱祕的、跟迫害法輪功團體有關的三個頭銜：中央防範和處理 X 教問題領導小組副組長、「610」辦公室主任，國務院防範和處理 X 教問題辦公室主任，並將其放置公安部副部長職務前，被外界認為為日後清算打伏筆。

而遼寧省公安廳長李文喜、瀋陽市檢察長張東陽的被抓，再次給出了清晰的資訊：周永康不但犯下經濟貪腐罪、政治政變罪，更是犯下了反人類罪，這是誰也包庇不了的。

十多年來，全球上億法輪功學員堅持不懈地講真相，早已經在國際、國內形成了聲勢浩大的反迫害浪潮。中共高官和現任當權者們，大多都不敢也不願意繼續為江澤民集團鎮壓法輪功背黑鍋，不願一起遭清算。

這就是當權者抓捕政法系統迫害法輪功打手的根本原因，也是周永康案不斷升級擴散的主要原因。

周永康重要黨羽揭秘

第八章

親屬幫

2013 年 12 月初，周永康被雙規的消息被媒體廣泛報導後，儘管未獲官方證實，但網路陸續傳出周妻賈曉燁、大兒子周濱夫婦及親家、周永康弟媳等一干親屬也被控制的消息。（新紀元合成圖）

第一節

周濱在澳洲賭場的享樂祕聞

周永康、周濱父子在中國國內的權色交易醜聞眾所周知。圖為周濱（圈中人）2013 年正月初五帶一批豪賭客到珀斯高檔賭場，並雇傭十名健碩性感的澳洲男女陪侍左右。（新紀元）

　　澳洲的雙速經濟型態通常是指礦業繁榮的同時，非礦產行業持續萎靡，比如強勁的礦業帶動了礦業重州西澳和昆士蘭州的發展，但高企的澳幣卻遏制了製造業出口和旅遊業，對以服務業為主的東部各州如新南威爾士和維多利亞州造成了不確定因素。

　　這一點連澳洲的賭場也深有體會，比如當前受中國經濟發展趨緩的影響，礦業進入冷卻期，皇冠賭場（Crowns Casino）以本地人為主的低端賭博遊戲廳常常是門可羅雀。不過他們的貴賓（VIP）室卻總有源源不斷的客流，這其中絕大部分是揮金如土的大陸豪賭客。

周濱帶豪客西澳賭博

　　每年的中國新年期間，是澳洲賭場迎接中國豪賭客的最高峰

期，也是「頂級豪客」比較集中的時間。

2013 年正月初五，位於西澳州的皇冠珀斯賭場就接待了一批「頂級豪客」，其中包括中共前政治局常委、政法委書記周永康的兒子周濱，及其同行的一個豪客團。

據其隨行人員透露，周濱是皇冠珀斯賭場的常客，他為皇冠賭場拉客。每次周濱來，皇冠賭場的老闆詹姆斯‧派克（James Packer）一定會提前來到珀斯，並全程陪同遊戲及各種娛樂。

派克家族從 2004 年買下珀斯的波斯伍德賭場（Burswood Casino）起，就投入 750 萬美元翻新和升級賭場設施及物業，目的是迎合亞洲尤其是中國大陸的高端市場，這一翻新工程於 2012 年底完工。而其從 2006 年起開始開放的貴賓服務項目，一直是其利潤的最重要來源。

皇冠珀斯賭場的貴賓室叫作珍珠廳，據悉，2006 年底開始服務的珍珠廳處於整個賭場的最佳位置，直接展現西澳美麗的天鵝河 180 度的全景。

為了照顧好這些中國大陸來的豪客貴賓，除了賭場內設有中國餐館外，皇冠珀斯還雇傭了很多華人為貴賓提供正宗的中國式私人服務，飲食起居、吃喝玩樂各個方面事無鉅細，無微不至。

澳洲不學新加坡 給賭客機場優待

皇冠集團的財報顯示，其 VIP 收入連年以雙位數的比例增長。在經濟放緩階段，當澳洲普通餐館及酒店生意慘淡經營的時期，皇冠賭場附設的餐廳和酒店大都經營得很好。

皇冠墨爾本賭場的執行總裁羅文‧克萊吉（Rowen

Craigie）坦承：「只要你做的是高端客戶生意，那就永遠不愁利潤下滑。」皇冠集團的戰略就是拚命吸引「人頭利」極高的中國客。皇冠墨爾本賭場 2011 年至 2012 年曾計畫在墨爾本機場建立起一套極盡奢華與體貼的全套接機服務，讓外國豪賭客們賓至如歸。賭場與墨市機場及政府部門協商，想在機場內設立一套私人服務設施。在這套設施內，VIP 賭客將可以坐享海關和移民官的特別服務，迅速被放行。皇冠集團抱怨說，墨爾本機場根本無法好好接待賭場的 VIP 們，導致豪賭客戶越來越多地被新加坡的兩家新賭場挖走。

克萊吉稱，新加坡機場設有特別接待區，豪賭客們剛走下頭等艙，就會被馬上送往賭場酒店休息。這個接待區設有專門的海關和移民官，使得 VIP 豪賭客們可以享受特殊服務。這一提議遭到獨立參議員尼克·瑟諾芬（Nick Xenophone）的炮轟，指這是「權貴們在搧老百姓的耳光」。「新加坡這麼做並不代表我們也得這麼做。難道我們要用護照去換籌碼嗎？」

儘管澳洲政府不學新加坡給賭客特殊優待，但對於頂級豪賭客，皇冠通常會直接出動私人專機免費接送。

私人專機接賭客

澳洲航空服務公司的數據顯示，皇冠賭場的私人專機 2012 年飛赴大中華區近 300 趟載送豪賭客，全球其他任何地區均望塵莫及，給澳洲運來一批又一批的頂級豪賭客。

據《悉尼晨鋒報》報導，豪賭客業務——也稱「VIP 傭金計畫」（VIP Commission Program）是皇冠集團博彩業務的一個重

要組成部分，占其總收入的近三分之一。在 2011 年至 2012 年度，
豪賭客為該集團帶來了 7.97 億元的收入，遠高於前一財年的 5.83
億元。2 月的中國新年和 10 月的墨爾本春季賽馬嘉年華前後，是
航班最密集的時段。

　　皇冠集團的私人飛機艦隊共有三架噴氣式灣流四型飛機
（Gulfstream IV jets），頻繁飛行海外狂攬豪賭客。在 2010 至
2012 年間，平均每月通過澳洲領空的飛行次數達 23 次，三年至
少 824 班次。報導說實際班次可能更多，因為澳洲航空服務公司
的數據沒有包括未穿越澳洲領空的飛行。皇冠集團的一名發言人
奧尼爾（Gary O'Neil）證實，公司的私人噴氣式飛機艦隊的確被
用來運送豪賭客到澳洲的賭場。他說：「皇冠的私人飛機是我們
國際及州際 VIP 旅行業務的重要組成部分。」

　　為了狂攬豪賭客，皇冠集團除了提供免費的私人飛機之外，
還會送上包括高級食品飲料、星級閣樓酒店套房、出動私人遊艇
帶他們觀光旅遊、甚至為他們雇傭陪侍男女等福利來討好他們。

　　周濱 2013 年正月初五的珀斯之行就包含了所有這些高規格
的服務。據周濱的隨行人員私下透露，周濱帶領的這個豪賭客隊
伍，來時就已經從香港帶來了 20 名「小姐」，抵達珀斯後，皇
冠又為他們雇傭了十名健碩性感的澳洲男女陪侍左右。周濱與這
十名澳洲男女在遊艇上的一張合影被曝光。照片中的風景是典型
的西澳天鵝河風景。坐在照片正中的唯一亞裔男子就是周永康的
兒子周濱。

　　據悉，被雇傭來陪侍的這些澳洲青年男女每人每天可獲得兩
萬澳元的報酬，相當於澳洲當地一個速食店廚師半年的工資。據
傳有時還會僱傭按小時付費的「名角兒」，付費高的一小時要價

達兩萬澳元。

　　熟悉賭場 VIP 業務操作的人士透露，豪賭客的主體是中共高官、國企幹部及富豪。據悉，曾慶紅的兒子、早已移民澳洲的曾偉也是皇冠珀斯賭場的座上賓，每次他來，皇冠的老闆詹姆斯·派克必定是全程陪同。知情人士透露，中國豪賭客絕大多數情況下都輸錢，且數額驚人。據傳曾慶紅兒子曾偉曾一次出手 500 萬澳元，令人咋舌。據其隨行人員透露，周濱給小費極為大方，可謂大把撒錢。但事後皇冠會為其報銷連小費在內的一切開銷。

周濱攜妻外逃 曾偉不敢回國

　　當時盛傳周濱攜妻外逃，這點從皇冠賭場的事也可以得到某種印證，就是：據十分了解皇冠賭場豪賭客的知情人士透露，2013 年正月初五，周濱帶了一批豪賭客來到珀斯皇冠賭場。但自 2013 年中國新年後，沒見周濱再來皇冠賭場，而以往他大約每兩個月來一次。

　　曾偉則不敢回中國。2010 年，負責幫曾偉照看其悉尼豪宅的嘉文·斯洛特爾（Gavan Slaughter）曾告訴《悉尼晨鋒報》的記者說，「曾偉一家很少住在這裡（指悉尼），他們大多數時間住在澳洲境外，包括北京，在北京他們擁有別墅。」不過 2013 年以來，曾偉似乎已常住澳洲，澳洲華人社區盛傳他不敢回中國，因為回去很可能馬上被抓。

　　2014 年 2 月 15 日，海外傳出曾慶紅兒子曾偉已被中紀委軟禁的消息。

曾慶紅、周永康在澳洲收購礦業

作為前中共政治局常委周永康的兒子，周濱為皇冠賭場拉客，當然首先能夠接觸到的是很多中共高官。

在控制國企方面，同為江派核心成員的周永康和曾慶紅長期操控中國的石油行業，是中共「石油幫」的領頭人物。中共前政法委書記周永康曾在石油部門任職 38 年。而他之所以發跡，是因為他以前跟曾慶紅在石油部是同事。作為中國石油壟斷行業的代表，號稱「兩桶油」的中石油、中石化一直掌控在曾慶紅、周永康這條線上。維基解密曝光的電文也顯示，周永康家族和同夥控制著中國的石油利益。周濱本人在石油、地產以及投資四川信託有限公司等所擁有的資產中，包括很多國有資產。

曾慶紅、周永康兩家與中共在澳洲的礦業的關聯也非同尋常。2013 年 3 月被中共當局密捕的四川億萬富豪、漢龍集團董事長劉漢，被指與周、曾官商勾結。據可靠消息：澳洲砂礦生意基本被曾慶紅家族壟斷，而劉漢在四川的發家史與周永康有關。

近年來，漢龍集團頻頻出手，赴海外收購礦產資源，其目標是在 10 年內成為全球第四大鐵礦石供應商，爭奪全球鐵礦的話語權，有效制衡全球三大鐵礦石巨頭——澳洲力拓、必和必拓及巴西淡水河谷。漢龍礦業的目標是在澳洲組建一個價值 300 億到 500 億澳元的大型礦業公司。而中共國企在西澳已擁有近 20 個鐵礦石項目。

《悉尼晨鋒報》（Sydney Morning Herald）2010 年 4 月 24 日報導，被稱為中國石油商人的前國家副主席曾慶紅的兒子曾偉和太太蔣梅，在 2008 年斥資 3240 萬澳元（約人民幣 2.5 億元），

在當地購買了一座豪宅，這是當時澳洲最昂貴的豪宅，現在也是澳洲房產交易史上第五昂貴的豪宅。

色情・貪腐・權錢交易

皇冠賭場的老闆專門雇傭澳洲男女為其提供色情享樂，可謂深諳周濱所好。據皇冠知情人士透露，周濱每次帶豪賭客來皇冠，都會從香港帶一群女子過來，如正月初五這次就帶了 20 位小姐來到珀斯，再加上皇冠提供的 10 名澳洲男女，共 30 人陪其玩樂。

周永康、周濱父子在中國國內的權色交易醜聞眾所周知。特別是 2012 年 2 月重慶事件發生後，周永康把持的「兩桶油」（中石油、中石化）就不斷曝出情色醜聞，如「俄羅斯豔女門」、「AV 女優門」、「香豔照門」和「非洲牛郎門」等。其中的「AV 女優門」就發生在周濱擁有的上海惠生公司在中石油四川石化乙烯項目（彭州）的建設過程中。

2012 年 5 月，一則名為《中石油「AV 女優門」特大醜聞》的帖子爆紅網路，該網帖稱，在投資高達 380 億元的中石油四川石化最大的項目中，日本島津公司及其代理商——北京華爾達公司為了取得該項目上百台色譜儀的訂單，先是超低價中標，接著將用戶和總承包商的官員送到日本，用風騷美豔的日本 AV 女優為這幾名官員提供全方位服務，甚至還帶上面具作為「志願者」分別與 AV 女優拍攝了 A 片作為紀念。其中一人回國後在喝多了的情況下幾次大讚日本 AV 女優的美豔風騷。中石油為了平息此事一直高價刪帖，刪帖總費用高達數百億元。

2009 年因中國首富黃光裕案被查辦的公安部部長助理鄭少東

曾交代，周濱利用其父周永康的影響力，在周永康曾任職的石油部門及地方上大搞權錢交易，其中包括插手四川大型工程項目，插手中石油的石化項目，通過國土資源部大肆倒賣土地，賣官鬻爵。

周濱控制中石油系統，促成了重慶和四川高層官員的眾多升遷。據稱周濱還通過薄熙來獲得近 100 億人民幣的利益。

據報導，周濱的確在甘肅、山西、遼寧等地「拿人錢財，與人消災」，使一些難以置信的重大案件未獲應有的審理。比如，最高法院有這樣一個案子，警察用開水從頭到腳的澆嫌犯致其被活活燙死，但周濱在拿到一億元好處費後，擺平此事，涉案警官沒有受到任何懲罰。這是在最高院有據可查的案子。還有消息人士透露，周濱在收取 2000 萬人民幣後，撈出了涉嫌殺人、開膛剖心的甘肅二號黑幫頭目出獄。據稱，這個案子在甘肅法院和北京最高法院都有記錄。

周濱還利用周永康的權勢，設局侵吞四川郎酒廠，搶走其近 30 億資產。

據報導，周濱不僅在國外有一堆銀行帳戶，還在北京擁有 18 處房地產，其中一處價值高達 2500 萬歐元。

皇冠涉嫌洗錢

2013 年 1 月澳洲媒體報導，皇冠涉嫌將 1.8 億美元的非法賭博資金從台灣轉移到到澳門而遭到台灣當局的調查。報導稱，這些資金是高層賭徒們準備用來在皇冠的澳門合資公司——新濠博亞娛樂（Melco Crown Entertainment）賭博的。

台灣監管機構 2013 年 1 月上旬宣布對皇冠旗下的新濠國際

發展有限公司（MLE Melco Crown Entertainment）台灣分公司從台灣非法向澳門轉移資金一事展開調查。根據台灣當地法律，該公司在過去三年裡為 100 多名台灣賭徒轉移資金的行為已經違反了當地的銀行法。在台灣，只有註冊銀行才被允許從事國際貨幣兌換和轉帳業務。不過，這項調查最後不了了之。

皇冠洗錢的行為，澳洲媒體時有披露。2009 年，三名中國銀行的銀行家通過墨爾本皇冠賭場洗錢達 2000 多萬澳元。

關於皇冠賭場

皇冠賭場在澳洲有墨爾本與珀斯兩家，墨爾本皇冠賭場坐落於墨爾本市的亞拉河（Yarra River）河畔，珀斯皇冠賭場則位於西澳的天鵝河畔，都是境內外的旅遊熱點。賭場的老闆是詹姆斯‧派克，他 2005 年從已故父親、澳洲媒體界大亨、澳洲首富凱瑞‧派克（Kerry Packer，1937 年 12 月 17 日～2005 年 12 月 26 日）手中繼承父業。但以賺錢為目標的詹姆斯並沒有在媒體界有所作為，而是轉戰博彩業。在全球金融海嘯中，他因為將大部分投資放在博彩業而蒸發掉六成身價，一度被澳洲人視為「敗家子」。

凱瑞‧派克曾是澳洲出版業、報業、電視廣播業和賭場業的巨頭，擁有九號電視網路（Nine Television Network）和澳大利亞綜合新聞（Australian Consolidated Press），後來合並為 PBL（Publishing and Broadcasting Limited），澳洲很多暢銷雜誌都是 PBL 的產品。

凱瑞‧派克曾是世界上最大的賭徒，是拉斯維加斯的最大豪賭客。1997 年他在拉斯維加斯米高梅大酒店的賭場，數天之內他

就贏走了 4000 萬美元，好幾個賭場的高級主管因此被解雇。他曾經在拉斯維加斯美高梅開幕時大贏超過 2000 萬美元，給了 200 萬小費，也曾在滾石賭場給荷官 10 萬美元小費。但老派克說：「我只賭我賠得起的數目。」派克的確沒有讓賭博控制自己，他雖然是當時世界上最大的賭徒，而且終身賭博，但他沒有因此而毀掉自己的生活，也沒有因此毀掉自己的任何產業。他告訴人們用頭腦而不是情緒賭博。

澳門皇冠賭場現名澳門新濠鋒酒店，是澳洲皇冠集團老闆詹姆斯‧派克與澳門賭王何鴻燊的兒子何猷龍合資的賭場，由澳洲 PBL 集團與澳門新濠國際發展有限公司集團合營。2006 年 3 月，新濠國際發展有限公司與澳洲 PBL 集團先合組新濠博亞娛樂有限公司共同成立百寶來娛樂（澳門）股份有限公司，承投美國永利旗下副賭牌，交易於 2006 年 9 月 11 日經澳門特區政府批准。2006 年 10 月，百寶來娛樂（澳門）股份有限公司更名為新濠博亞博彩（澳門）股份有限公司。

自接掌珀斯賭場以來，詹姆斯‧派克的策略就是將皇冠珀斯建成澳洲的主要賭博門戶，面向中國大陸龐大的賭客市場。他曾在皇冠的股東大會上說，「悉尼一直是澳洲國際遊客的大門，而皇冠在珀斯的投資為我們提供了一個機會，使珀斯成為澳洲同樣重要的門戶。」他認為珀斯接近亞洲，並與北京處於同一時區，處於理想的地理位置。為此他一直遊說澳洲聯邦政府及西澳州政府要對中共示好。

2012 年 10 月，繼美海軍陸戰隊駐紮在澳洲達爾文附近之後，詹姆斯和另一位嚴重依賴中國的澳洲商人——媒體大亨克利‧斯托克斯（Kerry Stokes），公開敦促坎培拉與中共保持友好關係，

以致澳洲在 2013 年 4 月公布的新國防白皮書中沒有包含以前有爭議的聲明。商業利益和國防安全之間的衝突持續升溫，受到澳洲公眾的強烈關注。

由於礦業上對中國的嚴重依賴，西澳州政府也對派克的中國策略支持有加，西澳現任州長科林‧巴內特公開支持派克，西澳政府並將其有史以來最大的體育場的興建地址選在了皇冠賭場所在的公園內，引起民間的爭議。

第二節

獨家揭祕惠生幕後兩老虎

周斌

華邦嵩

在香港上市的上海惠生工程，公司大股東兼主席華邦嵩只是代人持股，幕後真正老闆實際是周永康兒子周濱（即周斌）。（大紀元合成圖）

在香港上市的上海惠生工程，背後股東個個是江派心腹，分析指出該公司與江澤民家族淵源深厚，而幕後真正的老闆實際是周永康的兒子周濱。

2013 年 9 月 4 日，《蘋果日報》報導，在港上市的惠生工程技術服務有限公司（下稱惠生工程），與周永康的兒子周濱有密切關係。周濱夫婦在美國生活多年，周永康出任中共公安部部長的 2002 年，周濱夫婦取得港澳通行證，在港設立公司。

惠生幕後是周濱 在「AV 女優門」曝光

惠生工程是來自上海的民營企業，2012 年底在香港上市，2013 年中傳出消息說，公司大股東兼主席華邦嵩（47 歲）只是代人持股，幕後真正老闆實際是周濱，然該公司曾經發聲明否認。

不過，9 月 2 日中石油四個高管被查後，當天惠生工程周一早盤開市後一個多小時左右突然停牌，停牌前股價急瀉逾 16％。公司晚間發聲明稱：「公司控股股東、公司主席華邦嵩目前正協助中國有關機關進行調查工作。」

惠生工程是中國最大的私營化工服務商（EPC 設計、採購及施工管理），成立於 1997 年的上海。公司成立不久，即獲得中石油旗下蘭州石化改擴建訂單；隨後又陸續獲得了大慶、吉林、遼陽、大連、新疆獨山子、廣西欽州等多地石化工程項目訂單。公開資料顯示，2009 年、2010 年、2011 年該公司來自中石油及其附屬公司的總收益分別為 11.89 億元、39.85 億元、29.42 億元，分別約占總收益的 63.1％、80.1％、58.4％，由此可見，中石油對該公司的重要性不言而喻。

2012 年有人在網路上曝光了上海惠生公司在中石油四川石化乙烯項目（彭州）的建設過程中，採購人員接受日本公司性賄賂的「AV 女優門」色情醜聞，事件引起中國社會的震動。民眾都知道曝出醜聞的大公司背後的後台很厲害，原來這些「大人物」正是前政治局常委周永康的兒子周濱與中石油董事長蔣潔敏。當年周永康在四川主政期間極力推崇此項目，四川當局對民眾的抗議採取了血腥的鎮壓。

消息人士還稱，中石油四川石化是有史以來最黑的項目，380 億元的投資至少有 300 億進入了個人的腰包，整個項目就是一個徹頭徹尾的「豆腐渣」工程，但因為中石油和相關的供應商大都有通天的能力，所以無人敢查，無人敢問，最後只能是一堆廢鐵。

有知情人對《大紀元》透露，中石油調查組在四川石化發

現其中的腐敗程度遠超公眾的預測，但涉事的日本島津公司及其代理商北京華爾達公司在中石油高層背景深厚，調查只好半途而廢，改為在網上高價刪帖以降低影響。為此中石油花費的刪帖費高達 100 多億。

中石油「AV 女優門」醜聞被熱炒時，正是周永康被傳失勢下台的時候。現在回頭來看，這很可能是中紀委故意安排人在網路上曝光「AV 女優門」，否則，這樣的「國家機密」，一般人哪能得知呢？也就是說，從那時起，高層就已經在調查周永康家族的貪腐罪行了。

惠生與江澤民也密切相關

從惠生公布的公司管理層名單來看，這個民營企業後台非常硬。其管理層包括獨立非執行董事吳建民，劉吉、蔡思聰、執行董事、高級副總裁劉海軍、陳文峰，執行董事是華邦嵩。

惠生網站介紹說，吳建民，73 歲，曾擔任毛澤東周恩來的法語翻譯，在逾 40 年的外交生涯中，曾擔任中共常駐聯合國代表團政務參贊、中共駐比利時、歐共體、法國大使，外交部新聞司司長和發言人、外交學院院長、全國政協副祕書長兼新聞發言人等職位。

劉吉，77 歲，1958 年畢業於清華大學動力機械工程系，上海內燃機研究所工作 20 年，1983 年後先後擔任上海市科協副主席、上海市委宣傳部副部長，上海市經濟體制改革委員會主任、中國社會科學院副院長、中歐國際工商學院的院長等職務。劉吉還出任過第一上海投資有限公司與環球實業科技控股有限公司

（均在聯交所主板上市）的獨立非執行董事，以及在納斯達克上市的 O2micro 國際公司的二級董事。

蔡思聰，香港人，53 歲，曾獲得英國威爾斯大學紐波特分校商業管理研究生文憑，和澳洲商業法律碩士學位。蔡思聰 1995年至 2002 年在湧金有限公司任職交易主管兼總經理，2005 年後出任中潤證券有限公司的副主席兼負責人，他是香港證券商協會有限公司主席，英國財務會計師公會資深會員，有逾 16 年的專業證券交易經驗。蔡思聰還是大陸多家聯交所上市公司的獨立董事，包括成都普天電纜股份有限公司（股份代號：1202）、招金礦業股份有限公司（1818）及耀萊集團有限公司（0970）。人們很驚訝，一個小小的民營企業，怎麼能有這麼大的能量，請到這個高階層的人。

《蘋果日報》在《京城密語：江家周家聯手榨乾石油業》一文中透露，劉吉是江澤民的智囊，上海起家的惠生公司，跟江澤民、江綿恆很有聯繫，而且周永康的第二任妻子賈曉燁據說就是王冶坪的外甥女，因此惠生公司背後的大老虎，不只是周永康家族，還有江澤民家族。

叫王冶坪「嫂子」的劉吉

據《江澤民其人》書中寫道，劉吉 1935 年 10 月出生，安徽省安慶市人，畢業於清華大學水利工程系，畢業後分配到上海。雖然畢業於理工科，但劉吉熱中研究的卻是「領導學」。在江澤民主政上海期間，劉吉被提拔為上海市委宣傳部副部長，是陳至立的下級。1993 年他被調到北京，後任中國社會科學院副院長。

劉吉的理論功底主要發揮在「明主論」，試圖在黨內為江澤民包裝開明形象，以及把「核心論」和「新權威論」變成主流意見，指導江澤民如何提高權鬥「藝術」，讓江開始藉權施威、藉威擴權。為此江澤民與劉吉有過幾次促膝長談，把劉吉奉為「國師」。

江澤民入主中南海後，劉吉出入江府從不用事先通報，負責江府內勤的警衛人員從不敢擋駕。在江澤民家裡，對王冶坪以「嫂子」相稱。

據稱，劉吉調北京後，一般在上海駐京辦事處用餐，想換換口味時便驅車直駛江府。王冶坪興致好時便親自下廚，烹飪幾樣劉吉喜歡的江南菜。即使王冶坪本人無暇顧及，身邊工作人員也早已習慣劉吉這種想來就來、想走就走的特權，隨時為他打點用飯。

獨家：周濱尋歡作樂照片曝光

《蘋果日報》還介紹說，周濱行事低調，有曾與周濱夫婦接觸過的人士形容，周公子的樣貌與父親相似，但是臉部沒有父親那麼方，個子則長得比父親還高，頭頂上的頭髮還有點稀落。至於周妻子黃婉，東北人，樣子一般。當時周濱夫婦居住在北京亞運村一帶，他的名片上寫著美國某某公司的工程師。單看他們的打扮和談吐，難以發現兩人的背景大有來頭。

不過《新紀元》獨家獲得一張周濱在澳洲賭場尋歡作樂的照片，這可能是媒體公布的周濱第一張照片。周濱與十名澳洲男女在遊艇上飲酒作樂，背景是典型的西澳天鵝河風景。

傳「周永康兒子被抓」

2013 年 9 月初，海外媒體紛紛報導稱，前政治局常委、中央政法委書記周永康已經立案調查，甚至已被軟禁，其子周濱的下落也成了各界密切關注的焦點，各種傳聞不斷，甚至稱其出逃後，被中共中央「勸回來」後被抓捕。

據香港《新維月刊》9 月號報導，一名四川消息人士對《蘋果日報》表示，周永康之子周濱兩個月前在成都被抓：「這個可以肯定。當然是中央派人，沒有習近平的命令哪有人敢動他。最近這邊好多人被抓。」另一訊息源也稱周濱被捕，並補充道：「周濱去年（2012 年）去了新加坡，原打算就此逃亡，後來被中央勸回來。現在聽說被捕了。」

第三節

調包死囚 周濱涉活摘器官

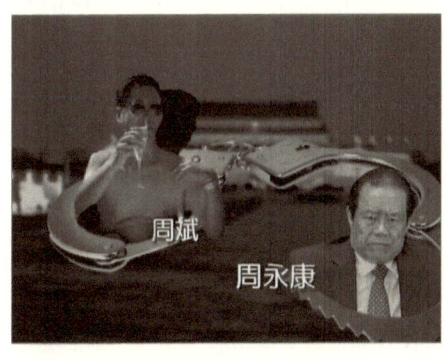

周濱（即周斌）仗著其父周永康的權勢，專門從事賣官、減刑及調包死囚犯牟取非法巨利的勾當，讓法輪功學員頂替死囚犯，趁執行死刑時活摘器官，而死囚犯卻被洗白後再回到社會。（新紀元合成圖）

　　已經被判刑入獄的原公安部部長助理、經濟犯罪偵察局局長鄭少東是周永康的鐵桿馬仔，也曾是江派重點培養的接班人。鄭少東在 2009 年初被抓捕後，供出周濱的許多犯罪問題。據他交代，周濱利用父親周永康的影響力介入司法案件，收取巨額金錢後為犯事的人平事和撈人（通過不正當手法把被拘留的人弄出來）。周濱曾收取 2000 萬元後，把甘肅二號黑幫頭目撈出獄，而此人涉嫌殺人，其手段殘忍。

　　周濱涉入的最大犯罪是，把被關押和被祕密關押的法輪功學員頂替死囚犯，再趁執行死刑時把法輪功學員押到器官移植手術地點，活摘他們的器官後，讓他們活活疼死。因為是活摘器官，使得頂替死囚赴死的事情變得更加隱祕。

　　消息稱，周濱在這過程中收取數額巨大的金錢利益，因其父是周永康，他只需付給相關司法人員數十萬元好處，就可以把死

囚犯換成法輪功學員。在中國的司法系統裡，調包一個死囚犯的
黑市價格大約是 300 萬元人民幣。

鄭少東還交代，周濱利用父親周永康的影響力，倒賣土地（通
過投機手段以遠大於標價的價格出售），插手中石油、中石化的
項目，搞權錢交易，賣官鬻爵。

周永康是迫害法輪功元凶之一羅幹的接班人，因其手段凶殘
毒辣而得到前中共總書記江澤民、前中央政治局常委曾慶紅等人
的賞識和重用。包括前重慶市委書記薄熙來在內，這些人都在迫
害法輪功中沾滿血債。

薄熙來在大連市和遼寧省政府當政時，最先犯下活體摘取法
輪功學員器官盜賣的罪惡，而在得到前後兩任政法委書記羅幹、
周永康的支持下，此罪惡在全國範圍內被效仿、蔓延，大批遭非
法關押的法輪功學員器官被活摘，中共迫害法輪功到了喪心病狂
的瘋狂地步。

前重慶市公安局局長王立軍曾自曝他至少參與數千例器官移
植，他在一次頒獎典禮上說：「我們的科技成果是現場幾千個集
約的結晶。」然而，在活摘器官的事件中，王立軍只是周永康和
薄熙來的一個馬前卒，江澤民則是他們的總後台大老闆。

周永康賣命推行 江澤民迫害法輪功政策

周永康 1999 年至 2002 年任四川省委書記，從上任開始就一
直極力推動並直接參與對法輪功學員的迫害，其任職期間，四川
成為當時全國迫害致死法輪功學員人數最多的省份之一。2002 年
至 2007 年，周任職中央政法委員會副書記、公安部部長、黨委

書記，武警部隊第一政委、黨委第一書記。

2007 年，江極力把周永康塞進政治局常委行列，代替羅幹掌管政法委，以繼續其迫害法輪功政策。中共政法委是迫害法輪功的主要指揮系統。周永康從 2007 年成為政治局常委之後，為了迫害法輪功和打壓不斷高漲的民間維權運動，動用的「維穩」費用逐年增加。2012 年的維穩經費達到 7018 億元人民幣，超過一年 6703 億元的軍費開支。

在周永康擔任公安部長和政法委書記期間，中國的刑事案件每年以 17～22% 的幅度上升，公安部門成了百姓公認的最腐敗、最黑暗的部門，中國嚴重刑事案率居高不下，黑勢力橫行，各地民眾對社會治安不滿意程度逐年上升。

在周永康掌控的政法委的迫害下，難以計數的法輪功學員遭綁架、判刑、勞教。自 1999 年以來，估計已有幾百萬的法輪功修煉者遭虐殺。身體健康的被活摘器官盜賣，被迫害致死的則做成塑化標本販賣，全世界展覽，該罪惡至今仍在發生。

周永康涉活摘器官 「這個星球前所未有的罪惡」

王立軍逃往美領館事件後，引發中共政治海嘯，薄熙來、周永康等江派死黨迫害法輪功的犯罪事實再次被大量披露出來，薄熙來、薄谷開來、王立軍的案件核心真相均涉及活摘器官、非法在國際販賣屍體等罪惡。

在中國大陸，中共政法、軍隊系統廣泛出現活摘法輪功學員器官的罪行，而且最直接部門就是周永康掌控的政法委下屬的專門迫害法輪功的「610」辦公室。

2013 年，「追查迫害法輪功國際組織」（簡稱追查國際）對外發布了有關調查錄音。調查員以原中央政治局常委、中央政法委書記羅幹辦公室張主任的身分進行調查。中共負責政治宣傳的政治局常委李長春向「追查國際」調查員透露，周永康主管法輪功學員器官活體摘取事件。

早在 2013 年 4 月 30 日，追查國際曝光了一系列調查電話，其中有一段錄音是在 2008 年汶川地震後 5 月 29 日打的，「追查國際」調查員以時任成都市委書記李春城的身分打電話給周永康。電話中，周永康沒有否認把法輪功學員關押在戰備倉庫和防空洞，只是後來察覺出這個「李春城」似乎「異常」，而不願意繼續談話。

從海外媒體最近幾年公布的真相顯示，周永康的罪惡涉及龐大殺人網絡、濫用武力及暗殺等。關於周永康的犯罪事實，其實中共高層早已掌握，只是命案大到會波及中共政權垮台，因此，中南海目前面臨的難度是如何公布周永康的罪惡。

第四節

財新網屢曝周家黑幕

2014年3月1日，「財新網」發表《周濱家鄉成「康居鄉村」先進典型》披露，周永康兒子及家人幾乎全部被抓。圖為江蘇省無錫市厚橋街道西前頭村周家祖籍。（大紀元資料室）

　　薄熙來案宣判後，周永康被外界公認是薄案續集的主角，習、李陣營下一個反腐的大老虎。隨著中石油腐敗窩案的深度發酵，大陸媒體再度拋出重磅消息，將四川神祕商人吳兵背後更神祕的人物——周永康的兒子周濱、兒媳及岳父母一家推向公眾視野。

　　2013年9月25日，財新網首次批露周濱及其丈人一家在中石油系統的商業運作模式公司及內部關係。報導稱目前周濱在北京家中，證實此前外界稱周濱遭控制，被軟禁。周永康兒子被官媒拋出，這是薄案後中共向外界釋放的重大信號。根據中共官場潛規則，顯然大老虎周永康已出問題，間接證實此前外媒報導周永康被雙規或遭到專案組調查。

　　不過，這篇文章發布只兩天的時間就被刪除，從中可看出中共高層博奕的激烈程度。財新網隸屬於財新傳媒，其總編輯胡舒立據傳與王岐山關係密切，一般被外界視為習近平陣營的大陸媒

體，其屬下的財新網、新世紀等媒體通常帶有某種風向標的色彩。

2014 年以來，財新網多次爆料周永康家族的醜聞，報導中提到周永康兒子周濱的名字也非首次，但這篇特稿對周濱和周永康管家吳兵經營公司的細節有更多的爆料。分析認為，這篇特稿的目的可能是為了配合習近平陣營反腐打大老虎周永康做更多的鋪墊。

周濱與其岳父母被擺上台

財新網連續追蹤報導中石油腐敗窩案的背後利益鏈後，2013年 9 月 25 日以不起眼的標題《特稿：拉古娜海灘的黃家》，拋出了該案中至今為止大陸媒體最重磅的信息。直接對準了周濱及其岳父母，將他們家族最隱祕腐敗的部分利益鏈公司做了詳細披露。

報導稱隨著中旭系吳兵等人被查「失聯」，已赴美 20 多年的黃渝生一家，因為中石油腐敗窩案也成為公眾人物。黃渝生夫婦是周濱的岳父母，黃渝生的女兒黃婉，英文名 Fiona。黃渝生的父親黃汲清是中國地質史上重量級人物，也被官方稱為「中國的石油之父」。

1993 年前後，21 歲的周濱來到了美國的德州一所大學，攻讀石油方面專業的研究生學位，並在那跟黃婉生活一起。在 2000年前後，周濱和黃婉的地址改為黃婉家人所居住的新澤西州，2000 年後他們重心轉向國內，經常居住北京。

黃渝生的美國公司

據財新網報導披露，現年 69 歲的黃渝生，1986 年來到美國，

1992 年他用英文名 Steve Huang 在新澤西註冊海斯科公司（Hysco Corporation），2007 年底公司解散。

　　他們也從新澤西搬到加州，並在享譽全球的拉古娜海灘東北部的小城拉古娜伍茲處擁有二處房產，屬於著名的養老勝地。2007 年 12 月、2008 年 4 月黃渝生註冊了兩間新公司，前者命名仍是海斯科，主要代理銷售井口設備，將外資的設備賣給中國油企。另一家「Newrun International」，但這二家公司都在 2013 年 7 月 9 日全部解散。

黃家涉足中國境內商業中心

　　據財新網報導，黃家的商業重心早在 2002 年就開始轉移回中國境內，或許跟女兒、女婿回中國發展有關。

　　2002 年 6 月周濱岳母詹敏利在北京成立北京海斯科投資顧問有限公司，註冊資本為 10 萬人民幣。2004 年 11 月吊銷。

　　2003 年 8 月，詹敏利成立另一家公司北京中旭陽光科技發展有限公司，註冊資金 100 萬元，2006 年 7 月亦告註銷。

　　2004 年 4 月初，另一家中旭系的公司——北京中旭陽光石油天然氣科技有限公司在北京成立，註冊資金 500 萬元。詹敏利出資 400 萬元成大股東，趙明出資 100 萬元擔任法人，註冊地址在北四環中路華亭嘉園內。後該公司遷至北苑路 168 號中安盛業大廈。

　　2007 年註冊資金增至 2000 萬，其中詹敏利出資 1600 萬元。2010 年 2 月，該公司更名為北京中旭陽光能源科技股份公司。

　　據財新網之前報導，中旭系一直被認為是四川富商吳兵的產業，主要涉足水電、道路、房地產和文化娛樂。中旭陽光能源致

力於石油天然氣領域資訊化服務，成立三年後，即拿下中石油資訊化大單，覆蓋旗下十多家省級分公司 8000 座加油站的零售管理系統。

周濱露面任中旭董事長

直到 2009 年 12 月 30 日，詹敏利將 1600 萬元股權轉讓給周濱，他才出現在中旭陽光的股東名單，法人和經理仍為趙明。2010 年 2 月，中旭陽光改制為股份公司，周濱持 2400 萬股占 80％，擔任董事長，岳父也進入董事會，岳母為監事。

2012 年 12 月開始，周濱突然不再擔任董事，由妻子黃婉出任董事長。目前北京中旭陽光能源網站無法打開，辦公室也不再掛牌。財新網報導稱中旭陽光能源只是周濱其中一個投資公司，他還有其他生意。

近日海外中文媒體披露，周永康的兒子從海外被押解回北京軟禁。財新網報導引用多位消息人士稱周濱一周前已從境外回到北京家中。側面證實周濱在北京遭到控制。

周兒子、親家、弟媳被拋出

此前，媒體多有報導，四川神祕商人吳兵被外界稱為周永康家的「白手套」，為周及其兒子非法所得的巨額黑錢進行漂白。自從 2013 年 8 月 1 日晚吳兵在北京西客站被帶走，迄今與外界失去聯繫。

8 月 30 日《南華早報》稱中共在最近結束的北戴河會議上敲

定對周永康展開調查，習親自下令官員徹查到底。隨後海外多家中文媒體稱周永康已經被軟禁，也有外媒稱其遭雙規。

9月11日，《財經》雜誌副主編羅昌平微博發文稱，對吳兵的定性是周永康相關案的風向標。9月19日，捲入中石油案的上海惠生工程公司集團主席華邦嵩、財務部經理趙宏彬均在協助調查，被官方找去談話的人士向《紐約時報》披露跟周永康有關。

中國《21世紀經濟報導》9月披露，中石油子公司在四川一家鉀肥企業的股權變動中，涉嫌造成國有資產流失，而兩名神祕商人周峰及周玲英，被認為是幕後的最大受益者。據悉，周玲英是周永康三弟周元青的妻子。

此前一個月薄熙來案審判，在法庭內薄熙來當庭全盤翻供，江澤民集團勢力在法庭外運作給薄熙來「平反」，釋放各類假消息；與此同時，周永康在石油系經營30年的勢力，也迅速被習近平、李克強陣營給剪除，四名中石油高管連帶前中石油董事長、現國資委主任蔣潔敏一起落馬，石油系遭到強震，至今沒有停止跡象。

周永康犯下活摘器官反人類罪

周永康控制的政法系統，也頻傳地震，中共政法委書記也被降格，從政治局常委中剔除。周永康除了涉及重大腐敗之外，還與薄熙來密謀政變，及參與活摘法輪功學員器官的反人類罪等，根據國際追查組織調查：李長春親口承認周永康具體負責活摘器官。

中共活摘器官罪行是由江澤民、周永康等中共最高層利用國家機器統一組織下的大規模的、涉及全國範圍的群體滅絕性大屠

殺，是在官方的組織和保護下，由司法系統和軍隊、武警、地方等醫療機構聯合進行的系統犯罪，而軍隊、武警醫院和器官移植中心則為活體摘取法輪功學員器官的主要場所。

薄谷開來案審前曝光屍體工廠

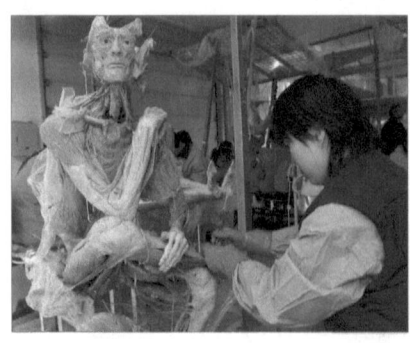

在薄谷開來案宣判前夕，《財經中國》以題《哈根斯人體塑化工廠追蹤》首度打破媒體沉默，暗示薄谷開來參與反人類罪、群體滅絕罪才是此案的關鍵。圖為哈根斯的大連屍體加工廠。（AFP）

自 2009 年 11 月，胡舒立因連續黑幕報導觸怒江派，被迫率團隊集體辭職《財經》雜誌後，同年 12 月胡舒立又創辦了「財新傳媒」，寓意《財經》之後的新起點。「財新網」與《新世紀》周刊、《中國改革》月刊、《比較》、財新英文周刊一起，構成了財新傳媒「一網四刊」的新格局。

和當年《財經》雜誌敢揭黑幕、銳利的辦報風格一樣，財新網在胡舒立的帶領之下，連續拋出多篇有分量的報告，在習近平與江澤民集團生死博奕中扮演為習派開路的角色。

2012 年 8 月 16 日，在薄谷開來案件 8 月 20 日宣判前夕，《財經中國》以題《哈根斯人體塑化工廠追蹤》首度打破媒體沉默，報導了大陸民眾對哈根斯屍體工廠的關注聲討，暗示薄谷開來參

與反人類罪、群體滅絕罪才是此案的關鍵。《第一財經》其後再發表《死亡博士和他的「屍體工廠」》文章，揭露德國人哈根斯其人身世。

據《大紀元》披露，薄谷開來是中共活摘器官的主謀之一，在她和薄熙來的指揮下，大連是最早活摘法輪功學員器官的地方，薄谷開來不但靠出賣器官賺錢，還販賣法輪功學員的屍體牟取暴利。

揭活摘器官同月 薄移送司法

2012年9月10日，由胡舒立以前掌管的《財經》雜誌，曝光中國最大宗公開的非法買賣活體器官案，在題為《非法買賣51顆腎臟背後：器官由三甲醫院洗白》的文章中，詳細披露了一個叫鄭偉的腎臟器官仲介販賣器官的黑幕。

曝光由中共地方政法機構與軍方醫院和器官黑道仲介聯合操縱的器官買賣黑幕。

無獨有偶，兩日後的9月12日下午，美國國會舉行一場以「中共活體摘取宗教與政治異議人士的器官」為主題的聽證會，三位醫生和一位前資深調查記者分別作證法輪功修煉者被迫成為器官供體，並呼籲美國政府進行調查。

同月28日，中共中央政治局會議審議並通過中紀委《關於薄熙來嚴重違紀案的審查報告》，決定將活摘器官主謀之一的薄熙來移送司法機關處理。

2013年4月7日，隸屬財訊傳媒的《財經·視覺》（Lens）發表一篇一篇長達兩萬字的獨家調查《走出「馬三家」》，曝光

了位於遼寧馬三家女子勞教所酷刑折磨的驚人黑幕，該勞教所也因迫害法輪功學員而成為臭名遠揚的人間地獄。

曝光周永康家族黑幕

從 2013 年 9 月開始至 2014 年 3 月，「財新網」又連續發表了七篇文章，矛頭指向中共前政法委書記周永康。

包括 2013 年 9 月 4 日，「財新網」披露，有周永康「大管家」之稱的四川籍香港商人吳兵，目前在接受當局調查。9 月 25 日，「財新網」發表了一篇題為《拉古娜海灘的黃家》的特稿，爆料出周永康兒子周濱和周永康管家吳兵的更多經商細節。然而文章兩天後即被刪除，從中可看出中共高層博奕的激烈程度。

2014 年 1 月 30 日，財新網以八個記者的強大陣容、以《周濱的三隻「白手套」》為標題、以視頻的方式再次「普及」周永康之子周濱（或稱周斌）的貪腐。3 月 1 日，「財新網」發表《周濱家鄉成「康居鄉村」先進典型》披露，周永康兒子及家人幾乎全部被抓。此文隨後被刪除，但已經在大陸微博、微信等網路流傳甚廣。

3 月 2 日，昆明殺戮事件後，「財新網」和「財經網」等都在大頭條直接點名周永康：《全國政協發言人回應周永康問題》、《記者問「周永康」呂新華：你懂的》；3 月 3 日，「財新網」刊發特稿《富商周濱的叔叔們》，講述周濱在無錫老家的兩位叔叔周元興和周元青以及家族成員的種種傳聞。

胡舒立與習近平王岐山關係密切

「財新網」主編胡舒立分量非同一般，被美國《商業周刊》
（Business Weekly）稱為中國財經界「最危險女人」，與習近平、
王岐山關係密切。

胡舒立於 1998 年 4 月曾創辦《財經》雙周刊，並擔任主編
11 年。期間，她與採訪團隊屢屢揭露財金黑幕，尤其是揭露江派
大將家族的貪腐黑幕報導，成為大陸媒介龍頭，也自然成為江澤
民集團眼中釘。

2009 年 10 月，胡舒立率領她的團隊集體辭職《財經》總編，
就是因為江派對胡舒立惱羞成怒，前政治局常委李長春施壓中宣
部的結果。據報導，在胡舒立準備離開《財經》之際，王岐山曾參
與斡旋，試圖調解雙方，但最後胡舒立還是另立門戶，創辦財新傳
媒，並在王岐山支持下，把海南的《中國改革》雜誌也吸收進來。

消息稱，胡舒立在王岐山任中國農業信託投資公司總經理的
時候就已相識，一直關係密切。

2013 年初，力挺習近平「中國夢、憲法夢」的《南方周末》
新年賀詞被篡改事件，掀起軒然大波，甚至觸發國際關注。在事
態蔓延即將失控之際，胡舒立聯手王岐山，找廣東省委書記胡春
華親自介入僵局，最終「擺平」南周事件。

香港《新維月刊》曾報導，習近平與胡舒立淵源深厚。1985
年，胡舒立被《工人日報》派往廈門做駐站記者，習近平時任常
務副市長，兩人彼時已有來往。據悉，當年胡舒立團隊離開《財
經》後，迅速搭起了新媒體平台，其中《財經新聞周刊》獲曾任
浙江省委書記的習近平支持，由《浙江日報》投資。

第五節

周永康被拘細節
兒子三次逃到海外

2013 年 12 月 5 日，中紀委和中央辦公廳官員率大批公安人員包圍周永康寓所，抓捕周永康並祕密關押。為防止周永康舊部屬暗中包庇，中共高層提前布署，從各地調集一批新入職的公安待命。（大紀元合成圖）

周被批准石油大學露面 其子押回北京調查

王立軍事件後，江派周永康的處境日漸「危殆」。2013 年 10 月有港媒披露，周永康處於被調查中，而他每次「露面」都是經過特批。周的兒子周濱也已被押解回北京，接受調查。

據港媒報導，北京消息人士爆料稱：「從周永康在中共 18 大交卸權力以來，一直處於被軟禁的狀態。周永康曾到過江蘇、山東，這次『十一』又回到石油大學母校參加 60 周年校慶活動，但所有這些在媒體上露面，都是經過項目組特批的。」

該消息人士還說，兩周前在新加坡被中共國家安全人員監控的周濱，在一周以前已經被押解回北京接受調查。

　　《南華早報》報導，2013 年 10 月 1 日在中國石油大學 60 周年校慶之際，周永康回到母校，參觀了校史館和學生活動中心，並與母校老師和同學相聚。該大學在其網站上還發布了至少 20 張圖片。

　　報導稱，周與其他退休領導人的現身比起來顯得低調。周永康僅由大學校長和中共黨委書記陪同。在大學新聞發布當中，也沒有提及中共高層的官員。該訪問也沒有被大陸中央級官媒提及。此外，周永康並沒有中共在任、卸任高層陪同。合影的照片除了昔日的老同學，沒有任何的高官露臉。

　　據總部位於北京的政治分析家陳子明稱：「周永康的低調現身顯示高層當局可能意見分裂，但是更可能的是，調查仍然在繼續。」

　　陳子明說：「許多他的門徒已經被拘捕，這是調查周永康的跡象。」「我們不能說周永康的現身暗示調查已經過去，因為薄熙來在他被捕之前也現身了。」

周濱「鐵哥們」吳兵被抓

　　2013 年 8 月 1 日，海內外多家媒體紛紛報導，周永康家族親信、活躍於石油、水電、文娛、地產等領域的神祕商人吳兵，8 月 1 日在北京逃離時被抓。

　　港媒《蘋果日報》報導稱，吳兵是四川商人，周永康之子周濱的「鐵哥們」。他是為周家搞錢的主要人物之一，是為周永康家族打點資產的關鍵人物。雖名不見經傳，但卻是搞錢能手，通吃黑白兩道，曾經替周家斂取數十億元（人民幣），並藉助網路

打擊政治對手。

吳兵涉嫌的主要罪行有，為周家侵吞數百億國有資產，其中包括用 9000 萬元買下陝西榆林中石油的每年利潤 27 億元的油田；用 4000 萬元收購總價值 80 億元的企業項目，其中包括五糧液、國窖等公司股份。

近日，據海外中文媒體報導，吳兵目前被關押在北戴河一處別墅，據悉目前是中共中央辦公廳（中辦）的人員控制和審問吳兵。吳兵不僅招供了周永康、薄熙來、王立軍、徐明，據稱宋祖英也牽涉到部分的案件之中。

習近平 2013 年 9 月 23 日至 25 日罕見地用四個半天時間出席河北省委常委「民主生活會」，當面要求河北省委人人「自我批評」、互相「揭批」，河北省委書記和省長相互揭短和亮醜。

現任河北省委書記周本順，出任政法委等職務近 10 年，是前中央政法委書記周永康的鐵桿，習近平上台後，周本順被空降河北主政。

習近平親自坐鎮河北省委常委班子「民主生活會」，被外界認為習近平此項舉動有深意，意在打擊江派，對周永康的舊部心腹發出警告，要其出醜，羞辱意味頗濃。

周永康追隨江澤民迫害法輪功

《大紀元》此前報導，周永康在擔任省委書記期間，為了繼續向上攀爬，害死了自己的前妻後，成為江澤民的外甥女婿，並緊跟江鎮壓法輪功的政策，在四川掀起了血雨腥風。四川省是當時全中國迫害致死法輪功學員人數最多的省份之一，僅可查證姓

名者就有 43 位。

　　也正因為如此，毫無公安經驗的周被江澤民欽點到北京先後擔任了公安部部長、政法委書記、政治局常委等。周永康父子的貪腐行為，也受到江澤民的庇護，一直被掩蓋。掌握了重權的周永康更加肆無忌憚地大貪特貪，也更加瘋狂賣力地鎮壓法輪功。

　　自周永康擔任中共公安部長以來，從 2002 年 12 月到 2005 年 11 月，不到三年的時間，經確認被迫害致死的法輪功學員人數就由 700 人左右上升至 2940 名。

　　在周掌控政法委後，難以計數的法輪功學員被綁架，數萬人被判刑、勞教。截至目前，突破重重封鎖得到證實的有近 4000 名法輪功學員被迫害致死，絕大部分死於公、檢、法的酷刑折磨，每件酷刑都超過血肉之軀所能承受的極限。此外，還有數萬法輪功學員被活摘器官，而這樣的罪惡正是在與江、周、薄等人的指示、參與犯下的。

周永康被拘捕細節曝光

　　海外媒體引述權威消息稱，2013 年 12 月 5 日，由中紀委和中央辦公廳官員率大批公安人員包圍周永康寓所，之後中紀委高官入內向其宣讀中央政治局決定後，周永康由公安人員帶走，並祕密關押。

　　周永康被拘捕後便被趕出中南海，押往一個只有極少人知道的祕密處所。有消息指，周永康被關押的地方位於天津。據悉，周永康涉貪腐金額高達 1000 億元人民幣，僅此一條罪名足以判處死刑。

由於周永康在公安武警等政法系統有大批舊部屬，為了防止有人暗中通風報信和包庇，中共高層提前做出布署，從各地調集一批新入職、全部是新面孔的公安待命。

還有消息稱，周永康昔日司機、服務人員以及他的妻兒等，也都被隔離審查。

關於「周永康落馬」的消息在輿論場早已人盡皆知，但中共仍遲遲不公布消息。2013 年聖誕節前後公開多名周永康前心腹鐵桿被中紀委調查，包括前「610 辦公室」主任、公安部副部長李東生和四川省政協主席李崇禧等，再度令輿論沸騰。目前，至少有八名與周關係密切的省部級高官被查處。

因為與之前落馬的李春城（前四川省委副書記）、郭永祥（前四川省副省長、四川文聯原主席）及蔣潔敏（原中共中央委員、國資委主任）等人一樣，李東生和李崇禧兩人與周永康同樣有密切聯繫。尤其在李崇禧被調查的消息傳出後，有大陸前官媒記者發消息稱，「周永康 12 月 24 日正式被中紀委宣布雙規（在規定的時間、規定的地點交代問題）」。

據報導，周永康案涉及的官員範圍之廣、級別之高、貪腐數額之大，令人瞠目，中共高層一直在斟酌是否要給周案帶上「集團」的帽子。從目前掌握的周案情況來看，這將是中共自成立以來最大的貪腐案件，不排除在宣布的時候將周案直接定性為中共「建黨以來最大貪腐集團」。

而周永康案的核心罪惡是政變及活摘法輪功學員器官，此罪行更是集團犯罪，遍及整個中共軍隊武警及衛生部等多個部門，罪行驚人。《新紀元》在暢銷書《周永康垮台的驚人內幕 暗殺習近平另有圖謀》中，詳細介紹了周永康的十多個罪行，指出官方

審理的貪腐只是其小罪，政變奪權才是倒台肇因。書中還揭開了周永康治下政法委的驚天罪行，並曝光其政治同盟及政治對手詳細名單，詳述事件的來龍去脈和未來走向。

周濱三次逃海外 背後有報信者

據北京消息透露，周濱曾在薄熙來落馬後、中共兩會前後以及周永康心腹郭永祥被雙規時，曾先後三次攜妻子離境避風頭，輾轉於香港、新加坡與馬來西亞之間。

在薄熙來落馬後，周永康在中共 18 大前讓周濱帶著妻子出國避風頭，待風聲過後，周濱一家於 2012 年年底回國。但沒過幾天，跟周濱也有幕後交易的四川省委副書記李春城被雙規，周家的腐敗問題又成為各界關注的焦點，2013 年兩會召開前，周濱夫婦再次出國避難。

當周濱認為李春城被抓暫時不會影響到其父周永康的安全時，才於 2013 年 5 月經香港回國，但 6 月份又傳出了周永康的鐵桿祕書郭永祥被雙規的消息，而且四川多名富商同時被抓，矛頭直指周永康。此時，周濱已感覺到有點在劫難逃，再次帶著妻子從香港出境，輾轉於新加坡和馬來西亞之間。

北京消息人士指，周濱之所以能夠三番兩次成功出境躲避風頭，背後有通風報信者，一方面是周永康在公安部和司法機構提撥起來的人馬，關鍵時刻向周家通風報信；另一方面是周濱用金錢收買的地方勢力人馬也會向其報信。

周永康家族貪腐驚人

自從周永康被抓的消息釋放出來之後，有關周永康家族的貪腐內幕逐漸被海內外媒體大起底。

有消息稱，周永康不僅貪腐驚人，甚至涉 13 起命案，至少擁有 29 名情婦，其中「不少來自中央電視台，還不包括只有一夜情關係者。」與此同時，周濱利用父親的勢力在四川大肆斂財。

周濱利用妻子黃婉父母在美國開設的公司，透過中國石油集團前董事長蔣潔敏，將該集團的海外併購、採購案，以高價讓岳父母的公司承包，從中獲巨額利益。周家再把不法獲利轉往瑞士的銀行，規避法規監管。出身石油體系的周永康，據傳多年來從中石油獲利至少約 980 億人民幣。蔣潔敏被查處後還交代了 3000 億遼河油田被周永康家族以 1000 萬收購的黑幕。

周父子核心罪惡：活摘器官

周永康父子最為核心的罪惡是參與活摘法輪功學員器官，《大紀元》此前報導，周濱因其父的權勢與影響力，專門從事賣官、減刑、調包死囚犯來獲取巨利，父子倆曾一度用被關押的法輪功學員頂替死囚犯被執行死刑，在行刑時器官被活摘，法輪功學員被活活疼死，而死囚犯被「洗白」後再回社會。

周永康緊隨中共江澤民集團成為迫害法輪功學員的元凶，因此害怕遭受清算，策劃了由江澤民主導、曾慶紅主謀、周永康負責實施，意圖廢習近平推薄熙來上位的政變計畫，但因王立軍出逃美領館而全盤崩潰。

　　目前周永康案已延伸至其幕後大佬江澤民、曾慶紅，不僅大陸媒體曝光江曾家族的腐敗醜聞，自從中共江澤民集團拋出「離岸解密」釋放同歸於盡的信號之後，令中南海高層決戰時局升溫。近日，江澤民揚州「大管家」季建業被移送司法，黨羽繼續被清洗，矛頭已直接指向江澤民。

第六節

當今重大真相被媒體集體遮罩

對於中國迅速演變的局勢，外界如同霧裡看花。其根本原因在於中共通過外交途徑，給各國政府、媒體、公司和投資者施加壓力，以至法輪功的真相一直被各國媒體有意過濾，但是法輪功問題卻是今日整個中國局勢的核心問題。（大紀元合成圖）

在過去 21 年中，中國社會發生了一系列重大事件，這些事件給中國帶來前所未有的變化，並將繼續給中國乃至世界帶來深遠影響。然而，事件真相幾乎被全球所有媒體集體過濾，由此導致外界對中國時局的判斷進退失據，並可能錯失歷史機遇。

這重大事件就是法輪功真相

當今法輪功問題成為整個中國局勢的核心問題，政局焦點。由於中國經濟容量在國際經濟的重要比重，國際主流民眾都在找尋真實的中國新聞，真實的中國新聞關乎眾多國家、財團、投資者、學者、政府機構做決策的重要依據。

法輪功問題已成為當今世界中國因素中的核心議題，因真相被掩蓋，在今天世界主流媒體上看不到真實的中國新聞，這使得

法輪功學員辦的敢於獨立報導中國真相的《大紀元》、新唐人等媒體脫穎而出，大受歡迎。

1992年，法輪功由創始人李洪志先生公開傳出。短短七年間，根據中共官方公安部內部數據統計，當時大約有7000萬到一億人修煉法輪功。法輪功學員遵循真、善、忍的準則修身養性，強身健體。千千萬萬人獲得健康、升華身心，好人好事層出不窮，社會走向穩定。

在無神論割裂中國傳統文化、在經濟大潮造成道德真空的時候，法輪功重建了中國人的信仰體系，為中國的未來奠定了穩固的道德根基。無論是對綿延5000年、奠基了巨大歷史財富的中國古老文明，還是對世界的文明來說，這都是一件可喜可賀、功德無量的幸事。

然而，中共前黨魁江澤民以一己之私，出於對權力的過分保護和妒嫉，悍然發動了對法輪功的殘酷迫害。從此，中國所有的法律形同虛設，所有的政府職能，從政治、司法、外交、教育、媒體……方方面面，都把重心壓在了法輪功上，每年相當於四分之一國民經濟的社會綜合資源被用於迫害法輪功，最高時達到四分之三。

一個政府向全世界撒著彌天大謊，對其最善良的主流民眾進行殘酷的迫害，幾百萬學員被害死，甚至發生了星球上從未有過的罪惡——駭人聽聞的大規模活摘器官事件，數以萬計的法輪功學員被活摘器官。受迫害人數之多，範圍之廣，時間之久，程度之慘烈，曠古未見。

即使如此，法輪功學員仍然以難能可貴的勇氣和和平精神，講述真相，法輪功在全世界120多個國家傳播。中共迫害難以為繼。經過14年的瘋狂迫害，中共不僅沒有迫害倒法輪功，反而

不得不面對無法收拾的苦果，公權肆無忌憚，官員全面腐化墮落，社會道德崩潰，民間抗爭此起彼伏，紅牆搖搖欲墜。

中共政權面臨垮台 中國處於巨變前沿

繼任者出於維持政權的需要，出於對亡黨的恐懼和血債的顧慮，並不願意死心塌地繼續迫害政策，但這讓迫害法輪功的血債幫非常恐懼，害怕迫害停止後遭到清算，因此不惜一切代價捆綁現任高層，甚至不惜謀反，最後導致薄熙來下台。但高層的搏擊並沒有停止，血債幫唯恐被清算，在政治、經濟全方位對現任當權者進行阻擊。

因此，不解決迫害法輪功的問題，一切改革都是空談。中國局勢處於持續動盪之中，中共分崩加速。

中共外交施壓 各國媒體回避法輪功問題

目前，對於中國迅速演變的局勢，外界卻如同霧裡看花，判斷進退失據。其根本原因在於中共利用中國巨大的經濟容量和市場，通過國與國之間的外交途徑，給各國政府、媒體、公司和投資者施加壓力，以至於當代社會如此重大的真相一直被各國媒體有意過濾，包括大陸所有的媒體，海外幾乎所有控制華文媒體以及國際主流媒體的國際財團，大多因中國市場等因素，在中共經濟利誘和脅迫等壓力下而有意回避法輪功問題。

這場迫害直接牽扯一億法輪功學員及其家屬幾億人，幾百萬人被害死，甚至發生了活摘器官這種納粹集中營也沒有發生過的

駭人聽聞事件，國際社會卻鮮有報導。

迫害者把整個國家政權重心壓在上面，置國家法制崩潰、經濟破產、道德摧毀而不顧，把中國社會推向災難，把中共自身拖入解體，這些也鮮見於記者筆端。

在中國，反迫害讓億萬中國人覺醒，尤其是《九評共產黨》橫空出世，全面揭開中共的歷史本質，1億5000萬人退出中共黨、團、隊，中共邪惡專制正在瓦解，世界正面臨歷史的巨變，國際社會卻似乎毫無知覺。

此外，神韻純善純美的演出風靡全球，引領傳統道德的回歸，每年近百萬的現場觀眾，在世界頂級劇院，票房屢創火爆紀錄。這一從文化上復興中華五千年古老文化的藝術奇蹟，在國際主流媒體卻基本鴉雀無聲。

對此重大真相 有系統的掩蓋 14 年

當前，法輪功問題已經成為中國局勢的核心問題。拋開這直接涉及幾億人的關鍵問題、影響政局的核心因素，外界對中國的局勢根本無法判斷，無法決策，一切都雲山霧罩，不得其解。王立軍、薄熙來事件之後，問題尤其突顯。

當代社會如此重大事件的真相被各國媒體集體過濾，當中國因素突顯時，外界根本找不到判斷中國局勢的著力點。他們對中國重大問題的解讀都偏離事實，所有的分析推演都偏離真實，得出的結論也是偏頗的。這個責任誰來負責？

作為無冕之王的媒體，報導真相，聲援正義，捍衛人類的普世價值，義不容辭。屈服於中共壓力，回避法輪功真相，不僅讓

媒體報導失準，更讓媒體的職業道德和道義責任蒙羞，是國際傳媒界亟待洗刷的奇恥大辱。

因報導真相 《大紀元》等媒體脫穎而出

欣慰的是，法輪功學員辦的媒體《大紀元》、新唐人等一直在突破中共的新聞封鎖，致力於報導真相。在王立軍事件出現之後，國內通過「動態網」訪問《大紀元》新聞網的點擊量大幅上升，很多國內出來的人也在尋找《大紀元》，尋找真相。

在中共的重重壓力下，在血雨腥風中，這些敢言媒體成了當代社會一道亮麗的風景線，也鑄就了它們的歷史豐碑。

王立軍薄熙來事件之後，眾多的國際主流媒體也在看《大紀元》，但因為壓力，它們引述報導的時候並不提《大紀元》。

這是一個不同尋常的時代 真相就是財富

中共對一億信仰真善忍價值的法輪功學員的迫害，形成了擺在人類面前的一場空前的善惡較量。危害人類一百多年的共產邪靈和共產專制的最後結局，也將很快見分曉。

這場迫害，尤其是活摘器官罪惡，是人類歷史上從未見到過的邪惡，一場對人類根本價值的戰爭。它不僅僅傷害了那些受害人，傷害了他們的家人，傷害了這個國家，更傷害了人類的基本尊嚴，傷害了人類賴以生存的基本文明準則。

在二戰後的紐倫堡世紀大審判中，一位法官說過這樣一段話：「我們即將判決和懲處的種種罪行經過了如此精心的策劃，是如此之

惡劣，其破壞性的後果又是如此的巨大，因此文明世界絕對不能對之放任不管，因為如果這些罪行在今後重現，人類文明將不復存在。」

今天，這話也同樣適用於中共迫害元凶對法輪功學員的迫害，尤其是大規模活摘器官的罪行。

在千百萬善良法輪功學員由於信仰「真、善、忍」而遭受殘酷迫害乃至活摘器官的罪行時，如果我們不採取行動，我們的人性、良知與道德價值到底體現在哪裡？人類的尊嚴和文明到底體現在哪裡？活摘器官罪行，這個星球從未有過的邪惡，在檢測每一個人的道德底線。這個道德底線，將決定一個人的未來，一個國家的未來，也影響到整個文明的命運。

如果政府、媒體與民眾對這一慘絕人寰的暴行視若無睹，人性、道德的底線已經崩潰，文明的基石也不復存在。對這樣的另類毀滅性戰爭，除了奮起應戰，別無選擇。

制止迫害悲劇，制止對人類根本價值的踐踏，其實也就是在拯救我們的文明，拯救我們未來的命運。這事實上是人類社會的一場正邪大戰，沒有人是旁觀者。我們只能對罪惡勇敢宣戰。

二戰後，自由社會通過立法等方式，一直在嚴防大屠殺這樣的悲劇重演。國際社會發出了「永不重蹈覆轍」（Never Again）的誓言，納粹罪犯至今仍被追查。不幸的是，前車之鑒未遠，這個星球上前所未有的、遠超納粹的罪惡卻發生在當今中國，而且持續了十幾年，迄今仍在繼續，因為真相還在被掩蓋、過濾。

作為媒體，最大責任就是廣傳真相。在真相被掩蓋過濾的歷史關頭，真相就是生命，真相就是財富，真相就是先機，真相就是未來。

尋找真相，報導真相，為了我們自身的未來，也為了人類文明的航舟能繼續前行。

中國大變動系列 **022**

周永康重要黨羽揭秘
被調查官員超過十萬人

作者：新紀元編輯部。**執行編輯**：王淨文 / 張淑華 / 黃采文。**美術編輯**：林彩綺。**封面設計** ： R-one。**出版** ： 新紀元周刊出版社有限公司。**電話** ： 886-2-2268-9688(台灣) 852-2730-2380(香港)。**傳真** ： 886-2-2268-9610(台灣)/852-2399-0060(香港)。Email:mag_service@epochtimes.com。**網址**：www.epochweekly.com。**香港發行** ：田園書屋。**地址**：九龍旺角西洋菜街56號2樓。**電話**：852-2394-8863。**台灣發行**：高見文化行銷股份有限公司。**地址**：新北市樹林區佳園路二段70-1號。**電話**：886-2-2668-9005。**規格**：21cm×14.8cm。**國際書號**：ISBN978-988-13130-4-1。**定價**：HK$128 / NT$400。**出版日期**：2014年4月。

新紀元
NEW EPOCH WEEKLY

www.ingramcontent.com/pod-product-compliance
Lightning Source LLC
Chambersburg PA
CBHW031337020726
47499CB00005B/1297